女性的书写：英美女性文学研究

Women's Writings:
A Study on British and American Women's Literature

杨建玫 / 著

图书在版编目（CIP）数据

女性的书写：英美女性文学研究/杨建玫著．—北京：经济管理出版社，2012.12
ISBN 978－7－5096－2297－1

Ⅰ.①女…Ⅱ.①杨…Ⅲ.①英国文学—妇女文学—文学研究—19～20世纪②妇女文学—文学研究—美国—19～20世纪 Ⅳ.①I561.06②I712.06

中国版本图书馆CIP数据核字（2012）第314589号

组稿编辑：张　艳
责任编辑：张永美　杨　雪
责任印制：杨国强
责任校对：陈　颖

出版发行：经济管理出版社
（北京市海淀区北蜂窝8号中雅大厦A座11层　100038）
网　　址：www.E－mp.com.cn
电　　话：（010）51915602
印　　刷：三河市延风印装厂
经　　销：新华书店
开　　本：720mm×1000mm/16
印　　张：15.25
字　　数：262千字
版　　次：2012年12月第1版　2012年12月第1次印刷
书　　号：ISBN 978－7－5096－2297－1
定　　价：39.00元

联系地址：北京阜外月坛北小街2号
电话：（010）68022974　邮编：100836

序　言

女性文学，从广义上讲，泛指女性作家创作的文学；但从严格意义上讲，则是指以改变男女不平等为宏旨、具有鲜明女性意识、表现女性真实自我、从女性视角观察社会的文学。

综观英美早期女作家的创作，从19世纪中叶至后半期，许多作家由于生活范围的狭窄和自身女性经验的局限，仅将创作题材局限于她们最熟悉的小家庭。到了19世纪末20世纪初，英美文坛出现了一些具有超前意识的女权主义作家，她们塑造的女性形象已逐渐学会思考自己的命运，并试图要掌控自己的命运。她们具有女性自我意识，想要做自己的主人。在认识到她们所遭受的男权压迫之后，她们开始觉醒并反抗命运。虽然她们的反抗还显得微弱无力，但总归开始了行动，这对于当时的女性来说，无疑是一场巨变。艾米丽·勃朗特、伊迪丝·华顿、达芙妮·杜穆里埃是其中的杰出代表。

20世纪中期的英美女性文学在关注女性的同时，开始关注人生体验。英美当代女性文学是从20世纪六七十年代兴起的女权主义运动的产物。女性文学的崛起，日益成为当今世界文坛中令人瞩目的文学现象。作家们将笔触伸向社会，自觉承担起知识分子的社会责任，在张扬女性所特有的生命意识与人生经验的同时，坚持关怀社会的人文主义立场。卡丽儿·丘吉尔、玛格丽特·德拉布尔、多丽丝·莱辛、乔伊斯·卡罗尔·欧茨、芭芭拉·金索芙和安妮·

泰勒坚持用严肃的态度来关注现实、关注社会，以责任感体察人生。

本书追溯了英国和美国女性文学的发展历程，涵盖了19世纪到20世纪晚期英美代表性女作家的作品。运用女性主义、新历史主义、精神分析、文化研究、伦理学、新现实主义、叙事学等批评方法，对卡丽儿·丘吉尔、玛格丽特·德拉布尔、多丽丝·莱辛、乔伊斯·卡罗尔·欧茨、芭芭拉·金索芙、安妮·泰勒的代表性作品进行了文本细读，对其作品中体现的女性关怀意识、人性思考、性别身份、历史意识等主题及其创作手法进行了详细阐释，以体察她们的人文关怀。

杨建玫

2012年11月

目 录

绪 论

女性文学是以妇女的性别特征为出发点，对女性的处境进行描述的文学文本。这类作品突出了女性在家庭和社会中的地位和价值，体现女性意识，女作家以自身的经历和体验为基础，以女性意识为观照表现女性生存本相。

女性主义文学理论是西方后现代批评史中的一个重要流派。它对传统文学批评的不足进行批评、补充、革新，具有深刻性等优势以及不断壮大的阵容，是20世纪最具摧毁力的批评理论之一，处于文学研究和批评的中心地位。女性主义文学理论从新的角度对作家文本中的主题、男性形象、男性话语、女性形象、女性话语等进行重新剖析，揭示男性对女性的压制和女性的呼声与出路。

女性主义文学批评中的一个关键问题是分析性别关系，而女性主义的中心议题是男性的支配地位和女性的“他者”状况，即男尊女卑。在男权社会，男性通过其活动的公共场所，即社会结构——法律、教育、宗教、经济、文化等——起主导作用，而女性的活动场所仅限于家庭。男性可以按照自己的意愿建构“女性特征”，制定一系列支配女性的社会“法则”。可以说，是这个男权社会导致了女性“他者”地位的产生，使女性丧失了自己的独立身份，在社会、经济、婚姻和家庭中处于劣势地位，没有机会发展自己的才华和潜力，成为备受男性压制的被动的牺牲品。

生活在这样高压的男权社会环境中，一些女作家不堪忍受这样的压抑，她们用自己的笔做武器，来抗议当时的男权社会，维护女性的自主权。美国女权主义评论家伊莱恩·肖沃尔特（Elaine Showalter）强调女作家的感情和经历在其创作中的作用。她认为，女作家在作品中记载了她们的女性经验。美国女权主义理论家桑德拉·吉尔伯特和苏珊·格巴（Sandra M. Gilbert 和 Susan Gubar）也认为，女性的创作与个人经验关系紧密，其文本是她们下意识的文本宣泄，往往掩藏着深层次的动机，这常常来自一种女性的愤怒。女作家在写作中经常注重她们自己的独特经历，以一种自白的方式表现出来。这样，独特、强烈的女性情感孕育了女性文学。情感挫折也滋养了女性的才能，由于她们在情感上受到压抑，在生活上十分艰辛，这就导致她们下意识地在创作中倾吐真实的情感，以拥有一片展示自己情感的空间，不再"失语"。①

女作家常常通过表达女性意识的觉醒来传达她们对男权社会传统社会习俗和道德规范的反抗。女性自我意识是女性觉醒的标志，她认识到自己是作为主体而存在的，认识到自己的身体、感情、生活经历、社会状况、社会地位、与他人的关系等，便会有意识地探索女性的历史命运和未来，探寻女性生存的意义与价值。当女性将自己与传统角色分离开来，并认识到了自我价值时，她就不仅作为客体而存在，而且作为主体而存在。高层次的女性自我意识意味着，她意识到了强加到女人身上的束缚和各种不公平现象。因此，女性自我意识是对男权社会的传统女性观念的否定，它肯定女性的自我价值和独立性，实现了女性将主体和客体融合为一体的双重价值。作为向男权社会传统秩序进行的一种挑战，女性自我意识也是一种反抗或革命。有女性自我意识的女人们学着做自己的主人，这体现在她们的思想和行为上。②

女性文学是英国文学和美国文学的伟大传统之一，对当今文学的影响巨大。英国和美国的女性写作具有悠久的历史。

英国早期真正的女性文学在19世纪初从简·奥斯汀（Jane Austen，1775－1817）开始，经过勃朗特姐妹（Charlotte Bronte，1816－1855；Emily Bronte，1818－1848）、乔治·艾略特（George Eliot，1819－1880）等女作家的努力，将英国女性文学推向了成熟。这些作家以家庭、婚姻、爱情为主题，再现19世纪英国女性的情感和思想意识。至20世纪早期的弗吉尼亚·伍尔夫（Virginia Woolf，1882－1941）和达芙妮·杜穆里埃（Daphne Du Maurier，1907－1990），英国女性作家给世界留下了丰厚的文学遗产，造就了英国女性写作

---

① Sandra M. Gilbert，Susan Gubar. The Madwoman in the Attic：The Woman Writer and the Nineteenth－Century Literary Imagination. Yale University Press，1984，p. 719.

② 陈晓兰：《女性主义批评与文学诠释》，兰州：敦煌文艺出版社，1999年，168－170页。

的辉煌传统。

19世纪，美国早期的女性文学虽然不像英国早期的女性文学一样产生了举世瞩目的大家，然而，女作家们通过描写她们最为熟悉的世界，再现了女性的生活，反映了她们的追求、理想、精神压抑、情感困惑以及反抗。至20世纪初，随着女权主义运动在美国的发展，女性文学也迅速发展，出现了像凯特·肖邦（Kate Chopin，1851－1904）、伊迪丝·华顿（Edith Wharton，1862－1937）、薇拉·凯瑟（Willa Cather，1873－1947）和苏珊·格拉斯佩尔（Susan Glaspell，1882－1948）等第一代有女权主义思想的作家。她们将女性经验与创作相结合，在作品中刻画了有女性觉醒意识的“新女性”形象，反映了当时美国女性的生活境况与心理状态。

到20世纪初，英美女作家在作品中显现出明显的女性意识。艾米丽·勃朗特、达芙妮·杜穆里埃和伊迪丝·华顿是这个群体中的杰出代表。

20世纪英美女作家的创作呈现出一派繁荣景象。英国戏剧家卡丽儿·丘吉尔（Carl Churchill，1938－）、诗人奴拉·尼·古诺（Nuala Ni Dhomhnaill，1952－）、小说家玛格丽特·德拉布尔（Margaret Drabble，1939－）和多丽丝·莱辛（Doris Lessing，1919－）的文学成就赋予女性写作独立的意义，给世界文坛留下了浓重的一笔。美国南方女作家勾勒了美国南方的地域故事，洞察到人性、人类的命运以及历史的悲剧，谱写了现代南方之歌。黑人女作家以杰出的作品重构了黑人文化，展示了黑人妇女实现自我、追求尊严的艰难历程。至20世纪后期，乔伊斯·卡罗尔·欧茨（Joyce Carol Oates，1938－）、芭芭拉·金索芙（Barbara Kingsolver，1955－）和安妮·泰勒（Anne Tyler，1941－）的创作超越了传统女作家的创作范畴，将女性关注与社会、政治、生态等融合，再现当代美国社会中女性的存在，创作了一幅当代美国社会写真图。

中国的外国文学评论界在20世纪90年代逐渐兴旺，学者们运用女性主义、历史主义等文学理论，从不同的角度对英美文学史上著名女作家的创作进行了方方面面的评论。然而，多数学者着眼于分析单独的作家及其作品，对英美女作家的创作缺乏全面、综合的评价。在现代文学研究的语境下，利用当代文学批评理论从新的角度对这些作家及其文本进行综合分析，将会深化我国的英美女性文学研究，促进其发展，因而具有较强的实际意义。笔者利用当代文学批评理论，对英美文学史上部分重要的英美女作家进行了综合研究，着重分析其在中国尚未得到充分关注的作品，力争对她们有一个客观、圆满的评价。

本书从分析英美部分著名女作家的作品入手，综合梳理英美女性文学的发展脉络，彰显英美重要女作家的女性书写及其女性关怀。本书共分为三章。

第一章探析英美早期的女性文学。19 世纪末 20 世纪初，英国女作家群关注当时女性的日常生活，她们将女性经验融入到艺术理想的追求之中；19 世纪末，美国早期女性文学以“家庭现实主义”的手法，集中于女性的日常生活，美国的“妇女文艺复兴”反映了社会巨变的年代里女性的自立和自我发现。20 世纪初，美国女作家凸显出女性意识，勾勒出多位“新女性”的画像；艾米丽·勃朗特对人类的自私本性进行了探讨；伊迪丝·华顿对女性的关注凸显出她的女权主义倾向；达芙妮·杜穆里埃以浓重的现实主义色彩慨叹现代人的悲剧人生及其身份的焦虑，彰显出其“康沃尔情结”与哥特式手法。

第二章探究英国当代女性文学。女作家们用严肃的态度关注现实，关注社会，以责任感体察人生。戏剧家卡丽儿·丘吉尔通过历史上的女性与现代女性的聚会，彰显出她的女性关怀；诗人奴拉·尼·古诺的爱尔兰语创作不但使爱尔兰语复兴，还突出了她的女权主义思想；玛格丽特·德拉布尔通过质疑历史，对历史进行了重新阐释，实现了今天与历史的对话；多丽丝·莱辛通过多重视角叙事结构和多声部复调声音，进行了颠覆性女性主义叙事。

第三章诠释美国 20 世纪的女性文学。南方女小说家韦尔蒂（Eudora Welty，1909 – 2001）、弗兰纳里·奥康纳（Flannery O’Connor，1925 – 1964）和卡森·麦卡勒斯（Carson McCullers，1917 – 1967）笔下的平凡世界、畸形世界和孤寂世界向世人展示出现代南方人的生存状态；现代黑人女小说家的创作经历了自我找寻的“文艺复兴”时期和自我定义的黄金时期；当代最具活力的女作家乔伊斯·卡罗尔·欧茨的新现实主义创作是一幅万花筒般的当代美国社会写真图；芭芭拉·金索芙集政治关注、生态关注及社会活动于一身；安妮·泰勒笔下的现实世界显现出“天使”反抗意识的发展，她不自觉地与中国当代作家方方有共同的“母亲批判”，与池莉不约而同地进行了母性自我反思。

第一章　英美早期的女性文学

第一节　英国早期的女性文学

一、英国早期妇女文学概览

英国的妇女文学写作始于17世纪，女性小说家的成名始于18世纪初。直至18世纪末，以拉·德克利沃夫夫人（Mrs. Ann Radcliff，1764－1823）和玛丽亚·埃奇沃思（Maria Edgeworth，1767－1849）为首的女作家才开始以小说的形式进行创作，并在文坛上产生了一定的影响。这些女作家塑造的女性形象站在女性的角度，讲述女性自己的故事，从不同角度反映了当时女性的思想形态和生活状态。她们的作品多以写家庭婚姻中的女性为主，描写作家的亲身经历。女作家以其感情特有的细腻与敏感来塑造众多女主人公，深刻揭示她们的心理与感情，以女性视角对妇女的处境进行描述。

19世纪的英国小说异常繁荣，大批杰出女作家的出现使英国小说在世界文学史上地位显赫，而女性小说的成就尤其斐然。当时，英国小说有两条主线：一条是沃尔特·司各特（Walter Scott，1771－1832）的浪漫主义历史小说；另一条是以女作家简·奥斯汀（Jane Austen，1775－1817）为代表的现实主义小说，描写爱情与婚姻中的日常风波和喜剧性冲突，展示当时农村的阶级关系、社会心理、风俗习惯。

二、19 世纪女作家群的兴起

英国女作家的创作在 19 世纪达到了历史上的第一个高峰，简・奥斯汀、勃朗特姐妹、盖斯凯尔夫人（Mrs Gaskell，1810－1865）、乔治・艾略特等 30 多位女作家相继登上文坛，成为英国文学史上一个独特的现象。她们冲破以男性为主导地位的英国文学桎梏，在她们的笔下，许多性格鲜明、具有超时代思想的女性形象栩栩如生。她们抵制父权社会的压迫，向往自由、与男性平等的生活。这些杰出女性作家的才华和努力不仅成为其他女性作家创作的基石，同时赢得了诸多男性作家的肯定和赞许，此后女性主题的小说不再是女性作家的专利，在越来越多男性作家的作品中女性开始担任主要角色，男性作家对女性人物表现出前所未有的关怀、同情、尊重和赞美。

为什么 19 世纪只有英国的文坛出现了女性作家群崛起的现象？这有其历史必然性。17 世纪的资产阶级革命结束后，英国确立了君主立宪制。这种政治体制对英国的文化影响是多重性的。首先，王室得到了保留。王室是英国尊严的象征，它的存在成为英国文化的中心和英国传统文化的象征，它使每个英国人都尊重传统文化和社会道德秩序。其次，英国选举制度和两党执政制度使英国的民主意识深入人心。民主的文化促进了英国的男女平等，19 世纪英国女性形成了独立、自信、坚强的性格。英国民主制度强调个体尊重，人们能够为了自己的权利而进行斗争。最后，英国资本主义制度的确立促进了经济的发展。英国中产阶级的壮大，英国妇女特别是中产阶级妇女的命运也发生了极大的变化。

当处于社会底层的劳动妇女为生活所迫走出家门时，中产阶级妇女却完全退隐到家中。妻女不外出工作也是 19 世纪中产阶级地位的象征。妻子闲居家中是丈夫事业成功的象征，“资产阶级通过他们的妻女来炫耀其财富，她们的无所事事和奢华被用来表现她们所有人——丈夫和父亲——的勤劳和威望”。做一位“家庭天使”是当时的时代对中产阶级妇女的呼唤。中产阶级妇女从繁重的体力劳动中解放出来，“妇女们可以有思想，可以博览群书……男人们开始赞同并帮助她们要变得聪明、智慧，而不是嘲笑或阻止她们”。妇女所受到的普及教育又使她们摆脱愚昧状态，在阅读大量的书籍中，顺其

人的本性去憧憬理想和品味现实。尤其是中产阶级妇女，不必为了生活而拼命奔波，有了闲暇时间读书写信，又有一定的文化素质去用心体验生活的滋味。女作家在19世纪英国的民主文化氛围中迅速地成长起来了，女性文学终于蓬勃而起。

女性作家采用了一种在当时人们普遍认为是不成熟的体裁——小说，这是男作家们不屑于采用的方式。在他们看来，它的形式太随意，和书信相似，不足以表现文学的高雅。但女性却天然地适应这种体裁。就所有的文学类型而言，小说无论从本质抑或处境来看，皆是妇女最能适应的体裁，是体现妇女学问的适当形式。女作家也多以写家庭婚姻中的女性为主。描写作家的亲身经历，正如夏洛蒂曾经说过："我决不会用自己未曾体验的东西去影响读者的感情。"综观19世纪英国女性文学，几乎都是描写生活在乡间的中产阶级青年女性的婚姻恋爱。她们几乎人人都是博学的，有丰富的内心世界，有独到的见解，有自己的女性尊严，追求以爱情为基础的婚姻。小说又都是以有情人终于结成了一桩门当户对的婚姻而结束。

三、女作家的艺术追求

19世纪英国女作家作品追求女性人格的独立和女性家庭的幸福和稳定，她们拥有以家庭为基础的女读者群。

但凡家境不好而又受过相当教育的青年女子，总是把结婚当作仅有的一条体面的退路，尽管结婚并不一定会让人幸福，但总算给她自己安排了一个最可靠的储藏室，日后可以不致挨冻受饥。因此，赢得一位理想的丈夫就是当时年轻小姐们的人生惟一目标，也是社会认可的一条法则。但所有的女作家都认为，理想的婚姻是可以通过艰辛的努力而找到的，那就是找到一个自己爱又爱自己的男人，而且两个人都是一个阶级的，男子要有修养、风度、财产，在各方面都要优于女性，女性则"对自己的丈夫必须怀着类乎崇拜的感情"，对男性的这种崇拜是传统习俗和男性意识在女性意识中的渗透。财产和爱情缺一不可，精神和物质的和谐才能达成夫妻关系的和谐。

19世纪英国女作家作品中的女主人公不论是否美貌，最终都结成了门当户对的婚姻。这一点特别受到广大中产阶级妇女的欢迎，女性文学作品成为母亲给儿女们进行婚姻教育的教科书，因此拥有大量的读者。而女性读者在读作品时也肯定了自己的想法和经历，因为这些想法和经历在女性创作的作品中得到了证实。这使文学的面貌显得更加平易近人，鼓励大量的女性进入文学创作领域。

19 世纪英国女性作家群的崛起有着深厚的英国文化基础。民主的文化给妇女以受教育的机会，增强了女性的自信心，同时提高了女性的文学欣赏水平；女性创作的传统和女性创作的成功鼓励了妇女在文学领域大显身手；女性读者群的兴起，促进了女性作家更加贴近生活，描绘着女性的日常生活和内心体验，表现着自由、独立、尊重个体、维护社会秩序等独特的英国文化。英国女性作家群终于在 19 世纪引起了世界的瞩目。

第二节　美国早期的女性文学

在历史的长河中，由于男权主义对女性的统治和奴役，男权文化占据主导地位。西方文学评论界长期以来由男性控制，女性文学被埋没。早期的美国女性小说在 19 世纪中叶达到了空前繁荣的程度，并且是当时最受社会欢迎的文学形式。当时美国著名作家纳撒尼尔·霍桑（Nathanial Hawthorne）曾致书出版商，愤愤不平地抱怨道："美国如今已经完全沉迷于一伙该死的拙劣文学女性……这类小说怎么都能销售到 10 万册以上?"① 然而，到 19 世纪末，美国绝大多数女性作家却受到冷遇，其作品也遭受尘封无影的厄运。直到 20 世纪 70 年代，随着 60 年代末女权运动的兴起和女性主义文学理论的逐渐发展，美国文学界才开始重新评价美国女性的作品，19 世纪的美国女性小说随之也重新引起了学界评论者的重视。

然而，男性评论家对女作家的评论往往带有偏见，观点具有片面性，仍有大量的女作家鲜为人知，19 世纪末至 20 世纪初的美国女性小说研究仍有

① Nathaniel Hawthorne. Letters of Hawthorne to Willam Ticknor, 1851 – 1864. Newark, N. J. : Carteret Book Club, 1910, p. 75.

许多可挖掘的空间，而用女性主义文学理论诠释这些女作家及其作品的空间更大。在我国的外国文学评论界，迄今为止对美国早期的女性小说的研究体系尚未完善、成熟。因此，对之进行研究的意义就显得尤其重大。

经过大量的科学研究和分析，本书采用女性主义文学理论对19世纪美国女作家的作品进行文本细读，重新诠释已被男性评论家定论的几位有影响的女作家的代表性作品，从新的角度对其文本中的主题、女性形象、男性形象、女性话语、男性话语等进行阐释，以全面发掘和评价这些女作家，使读者能够对她们有进一步的深刻、公正的认识，使这些长期受忽视的弱势群体得到足够的重视。

一、美国早期妇女创作背景

19世纪的美国是一个典型的男性居于主导地位的传统男权社会。男性处于支配地位，女性是“他者”，男性在公共场所起主导作用，而女性的活动范围仅限于家庭，男性按自己的意志建构“女性特征”，制定一系列支配女性的社会“法则”。女性则没有独立的身份，没有机会发挥自己的才能和潜力。她们在经济、婚姻和家庭中处于劣势，成为被男性压制的牺牲品。当时，大多数女性按照那个时代为女性规定的“虔诚、贞洁、顺从、持家”的“女性模式”生活。

然而，内战以后，黑奴的解放和资本主义经济的高速发展给美国社会生活和人们的思想观念带来极大的冲击，由此产生了一个明显变化，那就是越来越多的女性走出家门抛头露面，在社会和政治生活中占据越来越重要的地位。其中一些受过教育的女子拿起手中的笔，书写了她们所熟悉的生活。这样，读者可以从一些19世纪中叶美国女作家的笔下了解到当时美国女性的生活状况。

19世纪中叶的美国女性小说是女性自己的文学。这些作品出自女性之手，以女性为写作对象，又为女性而作。写作这一由男性主宰但又被社会界定为女性特有的领域，便形成了这些小说的主要写作范围，正如一些评论家所言：女性作家艺术上的局限恰恰证实了她们生活的界限。当男性公民在外发挥才干时，女性的天地则只有家庭。女性被禁锢在她们“适当的位置上”，很少有机会体验到外部世界的生活，因此，这些女性作家的主要写作范围是“家庭”。她们描写了她们最为熟悉的世界，再现了女性的生活——她们的追求、理想、精神压抑、情感困惑以及她们的反抗。

19世纪下半叶，随着女权运动的深入发展，女性得到了进一步解放，她们走出家庭，开始出入公共场所。到19世纪末，思想、行为有所解放的“新女性”越来越多，她们有知识、有文化，经济相对独立，社交面扩大了，婚姻自主权也大大增强。这样，美国女作家的女性意识也随之空前高涨，并在她们的作品中有所反映。

二、美国的妇女文艺复兴

有人把1855～1865年的10年称为“美国女性文艺复兴”的时代。现代西方女性主义评论家认为，传统的男权评论家的文学批评标准有意贬低女性生活题材，而这些女作家拒绝保持沉默。她们精力充沛，有胆有识地投身于创作。有越来越多的女性成为职业作家，随之越来越多的女性读者也依赖于阅读女作家的作品，这一时期的代表性作家有：索思·沃思（South Worth，1819 – 1899）、苏珊·沃纳（Susan Warner，1819 – 1885）、范妮·费恩（Fanny Fern，1811 – 1872）、奥古斯塔·埃文斯·威尔逊（Augusta E. Wilson，1835 – 1909）、路易莎·梅·奥尔科特（Louisa May Alcott，1832 – 1888）和萨拉·奥恩·朱厄特（Sarah Orne Jewett，1849 – 1900）。

这些女性作家的创作时期正是美国男权社会推崇“真正女人”的传统道德标准之时，其中心点是要把女性禁锢于家庭之中，使其扮演社会所规定的女儿、妻子和母亲的角色。她们富裕的家庭背景为她们在少女时代提供了受教育的机会，使她们以后在成为家庭主妇后仍有机会成为职业作家。实际上，这些作家本身的经历就代表了她们所塑造的文学形象，折射出作家、作品和她们所处时代的关系，而这种作家和作品的紧密关联正是女性小说的一个重要特征。同时，她们的写作又使她们超越了女性作为女儿、妻子和母亲的传统角色。她们笔下的女性经历因为源于她们自身的经历而更加真实可信。

这些女作家大都采用“家庭现实主义”（Domestic Realism）手法，其内容集中于女性的日常生活，故事大多反映了社会巨变的年代里女性的自立和

自我发展。她们有共同的创作特点：发出女性自己的声音，让女性张口说话，以找寻女性的自我意识。这些小说反映出一种温和的、有限的或是实用的女性主义，这些女作家正是以自己的经历和作品，深刻反映了玛利亚与夏娃这个二元文学形象模式。从她们塑造的女性形象身上，读者既可以看到玛利亚具有传统价值观的女性形象的品质，又可以发现夏娃富有独立意识的女性精神的性格，即玛利亚代表柔弱温顺的性格，她惟命是从，屈从于命运的安排，她被描绘成至善完美的母亲和妻子，满足于自己扮演的家庭角色和受奴役的地位；而夏娃则刚强独立，无视权威，敢于向命运发起挑战，在家庭中享有与男性较平等的关系，甚至与男性平起平坐，成为家庭的决策人。19 世纪女性小说中的女性形象正是这两种性格的结合体。

这些女性小说可以归结为以下两类：在第一类小说中，小说以一种传统的女性生活模式开始，女性人物扮演着为人女、人妻、人母的社会二等公民的传统性别角色。在她们的心目中，玛利亚就是神圣的化身和行为的典范。当这些女性失去了生活依靠和保障后，她们所选择的是自立自救的道路。她们性格刚强，具有强烈的独立意识，富有责任感。她们正是本着改变自己命运和保护自己亲人的信念，勇敢地向命运提出了挑战才获得成功的。沃纳的《宽宽的大世界》（The Wide，Wide World）中的主人公海伦便是这样的人。而索思·沃思和费恩有同样的经历，她们两人的遭遇在小说《被遗弃的妻子》（The Deserted Wife）和《露丝·霍尔》（Ruth Hall）中得到了真实的再现。

在第二类小说中，主人公是一些才华横溢、胸怀大志的女性。她们的内心深处萌动着夏娃的叛逆本性，对传统生活模式的不满成为她们改变生活道路的主要动力。于是，她们有意识地反抗社会强加于她们身上的束缚，立志走一条独立的道路，按照自己的理想模式安排生活。这种类型的典型代表是奥尔科特的《小妇人》（Little Women）中的女主人公乔·马奇。她“要写书，要赚大钱，出大名”，为了达到这一目的，她每隔几周就把自己关到屋里写她的小说。通过写作，乔冲破了社会加在女性身上的种种束缚，闯出了一条与传统女性角色不同的路。奥古斯塔·埃文斯·威尔逊的《圣·埃尔莫》中的女主人公埃德娜也属于这种类型。

这些自强自立的女性还认识到，只有首先取得经济独立，才能取得真正意义上的平等。费恩的小说《露丝·霍尔》中的主人公露丝便是在丈夫去世后靠自己的双手写作抚养两个女儿的，其实费恩本人有相似的经历。女性走上自立自强的道路不仅使她们掌握了自己的命运，而且还使她们成为对家庭、对社会有用的人。奥尔科特的《小妇人》和埃文斯的《圣·埃尔莫》中的女主人公乔和埃德娜都走出家庭，乔办了一所学校，她的作用延伸到了社会领域，而埃德娜成为一名作家，用自己的笔扮演着她自己设计的女性角色。

萨拉·奥恩·朱厄特是19世纪下半叶美国著名的女作家，她的代表作《尖尖的枞树之乡》被女作家薇拉·凯瑟称为可与《红字》和《哈克·贝里·芬》并驾齐驱的三部美国小说传世之作之一。作为描写新英格兰缅因州风土人情的乡土作家，朱厄特的独特之处在于从女性的视角进行创作，作品带有女性话语的典型特点。她在作品中构建了一个以女性为文本创造者和文本中心的叙事结构，从而打破了美国主流文化将男性作为创作主体、把女性作为文学作品中附属物的角色模式。同时，她还超越了单纯的社会范畴，表现了女性对自然的认同。她并没有像女权主义作家那样突出强调女性对男性的反抗与抗争，但是，她在作品中颠倒了主流文学中主体和客体的定位，使女性和自然相融，成为作品和生活的真正主人公，由此可见她的生态女权主义倾向。在她的笔下，女主人公托德是一位集独立、自给、智慧、实际等品质于一身的女性，她具有坚强的个性，勤勉地劳动，与大自然和谐相处，深得村民爱戴。相比之下，朱厄特笔下的男性角色颇为逊色，他们生活于生活的边缘，是些令人怜悯、同情的人，像利特尔佩奇和威廉即属于这一类人物。因此，朱厄特在作品中表现出对女性生活和地位的极大关注，虽然她笔下的女性仍然扮演着妻子、女儿的传统角色，但她将她们描绘成家庭和社会的栋梁，把女性定位于文化的权力中心，这些思想在当时男权统治的社会里具有超前意识。

相比之下，19世纪后半期的女作家更多的是张扬女性的品德，如忍辱负重，关爱合作以及道德责任感。这些女主人公在充满了社会偏见、男性歧视和艰难困苦的生活面前表现出令人钦佩的勇气。这些小说反映了当时女性的心声，因此，这些女性小说带有一定的理想主义色彩。“玛利亚和夏娃的完美结合只是一种理想世界的反映，是她们内心深处渴望以独立的人格和自我的奋斗实现自我的理想。"①

这些女作家虽然不是明确的女权主义者，但是她们在作品中批判了社会偏见和性别歧视，有力地推动了女性解放事业。她们因其作品真实地反映了19世纪美国女性的生活与理想而享有极高的声誉。

三、女性意识的显现

19世纪末至20世纪初，由于女权主义运动在美国取得了一定成就，女性获得了比以前更大的自主权，女性文学也迅速发展。她们在作品中着重刻画"新女性"形象，出现了像凯特·肖邦（Kate Chopin，1851－1904）、伊迪丝·华顿（Edith Wharton，1862－1937）、薇拉·凯瑟（Willa Cather，1873－1947）和苏珊·格拉斯佩尔（Susan Glaspell，1882－1948）这样的第一代有女权主义思想的作家，她们从不同侧面反映了当时美国女性的生活境况与心理状态。

1. 肖邦的觉醒

以上这些作家中最直接、大胆地描写女性意识的首推肖邦。她生活在一个全是女人的家庭，她们的独立和坚强性格影响了她。她的代表作《觉醒》（The Awakening）于1899年出版，表现了女性解放的主题，抨击了19世纪男权统治下美国社会的道德规范，充分反映了肖邦的女权主义思想。女主人公埃德娜的压抑、觉醒和反叛是一条自始至终贯穿于作品的主线。虽然埃德娜是富商的妻子，却只是丈夫的玩偶，她不被当作独立的人这一事实造成了她的精神压抑和性压抑。在大海中游泳使埃德娜觉醒了，她希望做个独立的人，觉醒的结果是反叛。埃德娜拒绝再顺从地扮演妻子角色，她不愿意只为别人而活着，从住宅里搬出去，住进了属于自己的"鸽子笼"。她还试图以绘画为生，以摆脱对丈夫的经济依赖。埃德娜的行为标志着她独立自主生活的真正开端。觉醒后的她采取了为传统价值观所不容的婚外恋行动。当罗伯特也让她失望时，她冲向了大海，以生命换得了最后的身体自由和精神解放。

---

① 金莉："十九世纪中叶美国女性作家"，《美国研究》，1996年第1期，28页。

除了《觉醒》以外，在短篇故事“一个小时的故事”（The Story of An Hour）里，肖邦也呈现了传统女性生存困境的主题，描述了麦纳德太太在听到丈夫死亡的消息后一个小时里表现的一种无意识的女性意识觉醒。肖邦以女主人公的“我自由了，我自由了”的话语表达了千千万万备受婚姻束缚的女性想要挣脱婚姻枷锁的呼声。

通过一系列的女性形象，肖邦展现了19世纪男权社会中产阶级女性身心备受压抑的生活窘境。她们受到男性社会的强大威力的压制，又在压抑中觉醒，在觉醒中反叛。肖邦为女权运动大声疾呼，为女权运动的发展起到了推波助澜的作用，不愧为美国女性文学和女权运动的先驱。

2. 华顿的女性自我意识

与肖邦相似，华顿也关注20世纪初女性的命运。但是，她主要着墨于上层社会的女性。华顿在许多作品中描绘了上层社会女性的生活，表达了她对女性命运的关怀和思考。她是美国文学界一位思考女性问题的先驱。在其成名作《欢乐之家》（The House of Mirth）和代表作《纯真时代》（The Age of Innocence）中，华顿对女性问题进行了探索，展现了19世纪末20世纪初美国男权社会对女性的压制和女性受家庭、婚姻和经济制约的生活状况。

华顿自身独特的经历使她开始关注女性问题，并将女性体验融入了创作中。其中一些女性甘心接受其被动的劣势地位，而另一些女性开始觉醒，有女性自我意识的思索或反抗行为。《欢乐之家》中的莉莉·巴特有着女性自我意识的思索和隐晦的反抗行动。华顿后来经历了婚外恋和离婚，这使她对女性问题有了进一步思索，在文学创作上日趋完善，所以《纯真时代》中的艾伦·奥兰斯卡比莉莉进步了许多。艾伦已跨越了单纯的空洞女性思索阶段，代之以许多公开的反抗世俗的行为，虽然艾伦出走巴黎的出路并非圆满，但对当时的女性而言已前进了一大步，而华顿有许多经历与艾伦极其相似，可以说艾伦是华顿的艺术再现。作品中两位女性人物的不同反抗经历反映了华顿在女性问题认识上的不同发展阶段，表现出她强烈的女权主义倾向。

华顿在女性问题上的缺憾是，她对于女性解放的出路不乐观。她塑造的女性人物仍受婚姻、家庭和经济的制约，没有理想的出路，这说明她对女性解放没有信心，在女性问题上有局限性，不是一位十足的女权主义者。即便如此，华顿在两部小说的创作上表现出了很强的女权主义倾向，她堪称为20世纪初美国女性作家的代表和女性主义先驱。

3. 凯瑟的生态空间

20世纪初，美国文坛另一位独具特色的女作家是以描绘美国西部大草原拓荒者形象而见长的薇拉·凯瑟。她以抒情的手法从多重侧面描写了19世纪末美国中西部开拓者的顽强创业精神和坚忍不拔的刚毅性格，歌颂了他们的高尚情操和美好心灵。她的《啊，拓荒者》（O，Pioneers）和《我的安东尼亚》（My Antonia）突出描写了西部拓荒女性的艰苦创业史，赞颂了她们的坚强斗志，创造性地把她们塑造成为自立、自尊、自强的人。《啊，拓荒者》的女主人公亚历桑德依靠自己的智慧、强健的体魄和顽强的意志支撑起了家庭，带领家人开垦荒野，将荒地开拓成为肥沃的土地。她让家人过上了富足的日子，成为生活上的巨人。凯瑟将亚历桑德塑造成一位“亚马逊女战士”般的女人。她强壮、聪明，有独立的见解，不随波逐流，靠自己的双手牢牢掌握着自己的命运。她的弟弟们在故事中是以失败者的形象出现的，与她相反，他们软弱无能，一事无成。因而，亚历桑德不再是人们所熟悉的那种柔弱卑微、温良顺从、依附男人、毫无主见、社会地位低下的家庭主妇形象，而是一位精明能干、意志坚强、独立自主、目光远大、事业有成的农场主和一个大家庭的一家之长。《我的安东尼亚》中的女主人公安东尼亚代表的是西部边疆做女佣的姑娘，她在大草原上孜孜不倦地辛勤耕耘，最终成为草原上真正的富有者。

薇拉·凯瑟小说的主题之一就是我们当下所关注的“生态诗学”：女性自我和山水风景之间的关系。无论在《啊，拓荒者》还是在《我的安东尼亚》中，作者都探索了这一主题。女性在参与美国边疆开拓的过程中，在空荡荡的西部大草原表现出了情绪稳定、坚毅刚强这些本属于男性的特征。作者用女性的特有语言勾勒出一幅人类与自然相互依存的风景图。作者通过把公共空间女性化而在某种程度上建立起了女性的叙事权威。同时薇拉·凯瑟并未忽略私人空间在女性寻求解放过程中的重要作用，因此，作者努力赋予家以与传统意识形态相异的独特气质。

《教授的住宅》因其主人公是男性而经常受到女性读者的轻视，然而女作家塑造的男主人公形象和男作家作品中的男性形象相同，其实这也是这部作品的独特之处。小说对教授住宅的描写非常特别，一开篇就给读者留下了深刻的印象：俨然是一座经年失修的老房子，处处显示出不方便，但就是这样一座房子彼得教授为什么还恋恋不舍，最后一个人奄奄一息于孤独之中呢？而教授的妻子和儿女却在新家享受着生活的舒适。第一章，妻子丽兰已经按着自己的意愿安排好新家以后，希望得到丈夫的首肯，而教授却表现出一副漠然，一心想要回到老房子中去。随着阅读的深入，读者得知在这座旧宅中，教授连一间自己的房间都没有，他的书房同时也是家里女裁缝的裁剪室，他的著书立说似乎都在女裁缝的监视之下。教授的这种工作状况倒和伍尔人《一间自己的房间》中描述的女作家的境遇颇有几分相似。他声称在这栋房子里他完成了他的伟大著作，这里有他创作的灵感，然而这部作品却最终成了他的封山之作。他最终身陷于旧宅、沉溺于过去而无法自拔，不能与社会的发展同步，只能在怀旧中等待着自己的死期。从这个意义上来看，作者已经赋予教授的家以象征意义，老房子最终成了束缚教授进步的囚室。

相反，教授的妻子丽兰却把新家打理得井井有条。第二章一开篇，作者描述了星期六早上彼得在新家吃早饭的情景，随后，读者得知彼得对他的爱女所选择的丈夫并不满意，而妻子热情接待女婿更让他感到吃惊，妻子与孩子们之间融洽的气氛显得他如星外来客。通过这个细节的描述，妻子丽兰的中心地位得以确立，彼得教授不得不承认，妻子是支撑这个新家的核心。这也许和读者的期待视野有些距离：传统的家中，身为丈夫、父亲的男性才是真正的家长，他的意见无论对与错都是权威，而身为“家中天使”的女性是没有、也不能有思想的，更不可能处于支配地位了。从这个角度来看，新家在一定程度上成了女主人公的自由之地，虽然她还要照顾子女，但最起码她已有了一定的说话空间。

薇拉·凯瑟曾在一篇散文中写道，如果把房间内所有的家具都从窗子扔出去那该多好啊！连同家具扔出去的还有关于自身情感的无意义重复、所有令人厌烦的旧的生活方式，留下的是一间像希腊戏剧舞台一样清爽的房间……上演的无关痛痒的变革，但毕竟天使已经有了一双会飞的翅膀，可惜羽翼尚未丰满，距离最后展翅高飞还有一段距离，还需要后来的女性进一步努力对传统意识形态中家的意义进行解构。

4. 格拉斯佩尔——一位出色的女戏剧家

20 世纪美国女剧作家格拉斯佩尔在世时与尤金·奥尼尔（Eugene O'Neill，1888－1953）齐名，身后在美国文学评论界遭遇近 20 年沉寂。70 年代开始，她被“重新”挖掘，90 年代以后逐渐回温，并在我国外国文学研究界逐步引起重视，在美国戏剧史上占有重要的一席之地。她和丈夫乔治·库克是普罗文斯顿剧社的主要发起人和撰稿人。该剧团坚持上演艺术性较强的严肃戏剧，成为美国在 20 世纪前 10 年中期到 30 年代兴起的小剧场运动中的最重要的两个剧团之一。《鸡毛蒜皮》创作于 1916 年，是格拉斯佩尔的成名作，1917 年她将此剧改写成小说《审判同伴》，被选为当年最佳短篇。

《鸡毛蒜皮》取材于当时轰动一时的真实谋杀案。约翰·赖特在家中卧室离奇地被人勒死，对丈夫的死，赖特太太只是平静地说：“他是被套在脖子上的绳子勒死的。”于是她成为头号嫌疑犯被关押在镇上的看守所里。整幕剧在赖特家展开：为找线索和给赖特太太取衣物，警长彼得夫妇、邻居黑尔夫妇和律师亨德森一行五人赶到了赖特空荡荡的家中。男人们屋里屋外、楼上楼下四处搜寻，苦恼于凶手行凶的动机，而女性人物借助人们嗤之以鼻的“鸡毛蒜皮”：缝被子的针法、零乱的针脚、拉坏的鸟笼和针线篮里藏着金丝雀尸体的盒子，先行推导出了赖特太太杀夫的犯罪事实和真正动机，并销毁了关键物证，使女性同伴赖特太太免予法律的制裁。作者格拉斯佩尔巧妙地使用了方位副词的隐喻意义，赋予了人物的物理空间位置以社会性别内涵，女性受控的生存空间记载了男权中心意识形态，指出了男性对女性经济、文化和社会生活的全方位围困，而女性人物借助“鸡毛蒜皮”式的经验，成功地实现了对父权性别等级制的反挫和突围，为女性赢得了自由的生存空间。

从表面上看，约翰·赖特是这起谋杀案的受害者。然而，通过深入分析我们就会发现，明妮才是这个男性世界的受害者，是她那个时代两性冲突的牺牲品。嫁给约翰 20 年，美丽热情的明妮·福斯特变成了一个隐身人一般的明妮·赖特，她的全部情感已经被丈夫约翰一点一点地扼杀殆尽整整 20 年，她不仅在肉体上，而且在精神上被禁锢在约翰阴冷、毫无生气的房子里，没有孩子，没有访客，也没有朋友，有的只是无尽的孤独和寂寞。在毁灭明妮灵魂的同时，约翰也在不知不觉间将自己送上了一条不归路。

在家里，约翰是一个吝啬、自私、喜欢掌管一切的人，他把明妮看成是自己的私有财产，不肯给明妮钱去买体面的服装，使她没有办法参加村里教堂的唱诗班。而在那个年代，唱诗班和妇女联合会是家庭主妇们唯一能够发展彼此间友情、获得陪伴的地方，除此之外，约翰还拒绝在家里安装电话，因为他把电话视为一种对明妮控制权的威胁，他害怕明妮与外界接触，害怕与别人的接触会给明妮带来新的想法，会唤醒她沉睡的主体性意识。

在这里，我们可以感受到男性对于女性主体性意识苏醒的恐惧和害怕，因为这很有可能对他们的权威，乃至他们的自私心理构成威胁。所以，为了他们的权利，男人们决定牺牲女人们的精神生活，这就是为什么他们总是不遗余力地让女人们处于一种愚昧无知的状态，将她们孤立起来的原因。可事实上，这不过是他们的愚昧想法罢了。这种想法只会将妇女们逼入一个两难的境地，同时也将他们自身置于一种危险的境地，因为没有人能够永远地压迫和控制另一个人。一旦受压迫者觉醒了被迫做出还击的时候，她们的巨大力量是谁都不可以忽略的。可怜的约翰就是在这点犯下了一个致命的错误，为此他付出了自己的生命。

明妮最终发现约翰是自己不幸的源泉，他剥夺了她幸福生活的权利，毁掉了她全部的生活，所有的不幸最后都归结到了他的身上。此时她的主体性意识觉醒了，她意识到：妇女应该拥有和男性一样的平等权利，她们有权选择自己的生活方式。所以，她必须把自己从牢笼里解放出来。尽管约翰是这起谋杀事件的主要诱因，但是当时的社会现实也必须对这出悲剧承担责任。在社会面前，一个女人的力量是很渺小的，明妮没有别的选择，她是在这个社会的逼迫下杀害了自己的丈夫。

黑尔夫人和彼得夫人通过在厨房查看明妮的物品，对男人实施了复仇。这两个人物在戏剧开始的时候彼此并不熟识，但随着剧情的发展，一种对女性的忠诚感使她们结成了一个坚实的同盟，共同实现了对男性世界的复仇。当明妮活死人般的生活在她们面前展现的时候，她们禁不住开始重新审视自己的生活。似曾相识的经历、似曾相识的感受让她们突然意识到，她们不能再让男人们来决定明妮的生死了，女人们有权利选择自己的生活方式，主体意识在这一刻的苏醒促使她们对这个剥夺了她们权利的社会射出了复仇之箭，这一点在彼得夫人的身上体现得尤为明显。作为警长的妻子，一个嫁给了法律的女人，她深知隐瞒线索、包庇谋杀犯的严重性，然而，她义无反顾地选择了保护明妮。这一点说明主体性意识在其中起到了非常大的作用。

而这起谋杀案仅仅是一个导火索，它引发了她们复仇的火焰，她们的主体性意识在男人们嘲讽的言语、明妮灰色的生活以及对自己生活的回顾的共同作用下苏醒了。可以说，主体性意识的问题是贯穿女性主义文学作品的一条主线，在许多女性作家的作品中都有体现。

综观美国早期女作家的创作，从19世纪中叶至后半期，许多女作家由于生活范围的狭窄和自身女性经验的局限，仅将创作题材局限于她们最熟悉的小家庭。但是，就是在这个狭小的“家”里，诸多女性人物在扮演好为人女、为人妻和为人母的同时，独立、自强，挑起了生活的重担，她们是玛利亚和夏娃的结合体。而到了19世纪末和20世纪初，美国文坛出现了一些有超前意识的女权主义作家，她们塑造的女性形象已逐渐学会思考自己的命运，并试图掌控自己的命运。她们具有女性自我意识，想要做自己的主人。在认识到她们受到的男权压迫之后，她们开始觉醒并反抗命运。虽然她们的反抗还显得微弱无力，但总归开始了行动，这对于当时的女性来说无疑是一场巨变。

第三节　艾米丽·勃朗特的人性思考

自19世纪英国著名女作家艾米丽·勃朗特的《呼啸山庄》（The Wuthering Heights）问世以来，在欧美文学评论界引起了巨大反响，批评家竞先从不同角度对它进行阐释。单是对其主题的研究，众批评家各执一词，有人认为小说揭示了爱的主题，表现的是主人公凯瑟琳与希斯克利夫之间超凡脱俗的爱情；有人从人性的角度进行阐释，认为小说的下半部分通过希斯克利夫的行为揭示了复仇的主题；也有人认为小说的主题是罪与罚，书中许多主要角色都有罪，而且最终都受到了惩罚；还有人说小说表现的是狂热的感情与理智的爱情；等等。这些批评都从某一个侧面揭示了《呼啸山庄》的丰富内涵。笔者试图依据弗洛伊德的精神分析理论，以人性的一面——自私性——

为着眼点，对其主题重新进行阐释，以探悉作者对人性的思考，并期望引起人们对这一问题的深思及进一步探讨。

一、弗洛伊德的性恶论

在《呼啸山庄》中，艾米丽揭示出人类性格中阴暗的一面——自私性。正是由于男女主人公希斯克利夫和凯瑟琳各自的自私性格，才导致他们各自的命运悲剧，并引来了他人的悲惨生活。

在《文明与其不满》（Civilization and Its Discontents，1930）中，精神分析学家弗洛伊德强调人基本的追求欢乐原则（“欢乐”指性释放和好斗性的释放）与文明社会的存在有根本性冲突，他认为，人的内在脾性驱使人采取一些行动，以获取性满足或破坏的满足感。在追求这些目的时，人会利用、羞辱、折磨甚至杀害其他人。文明还未能成功地给人带来和平，因为按照人的最根本本性来讲，人是“野兽”，还未能自然地控制住在社会交往中产生作用的行为。弗洛伊德不相信人类的善良和发展，他认为人注定要受苦或毁灭，他对人类的前途持悲观态度，他说，“黑暗、冷酷和丑恶的力量决定着人的命运”。①

在他的精神分析学说中，弗洛伊德从无意识论和泛性论推导出性恶论，他提出，人类就其本性而言“也不比动物优越，在精神气质方面与动物同等，人人心里都有隐伏的恶性，人天生就是自私的，具有无限制的自我主义，经常具有明显的利己主义成分，对他人都怀有恶意和敌意”。对于人类本性中的自私性，笔者认为，有些人善于压抑，以至于表现得不明显；而有些人由于从小受环境的影响或教养不够等原因，表现出的自私性十分突出。如果自私性的表现只是为一些小事情也罢，一旦有些人在特定环境中受到一些特别的刺激而激起其自私性的话，他们也许会在这个成因的驱动下，干出一系列超乎寻常的恶事，给他人带来恶劣的后果。

---

① Robert D. Nye. Three Psychologies：Perspectives from Freud，Skinner，and Rogers（5th Edition）. New Paltz Brooks：Cole Publishing Company，1996，p. 11.

二、希斯克利夫的自私本性

可以说，希斯克利夫是小说中最为自私的一个人。他之所以采取了一系列复仇行为，皆因其记恨、自私的性格所致。他从山庄失踪三年，破坏了凯瑟琳的感情生活；他与伊莎贝拉结婚纯粹是为了报复，这毁了她的一生；他逼迫小凯西与小林顿结婚，间接导致小林顿的死亡……这些只是希斯克利夫自私的主要表现。希斯克利夫设法撕掉林顿他们虚伪的面纱，把他们的标准用到他们自己身上，以他们自己的把戏回击他们，他使用的打击恩肖家和林顿家的武器是他们自己使用过的金钱和设好的婚姻圈套。凯瑟琳想同时拥有希斯克利夫和埃德加，她的这种自私性格毁了他们三个人。如果没有希斯克利夫和凯瑟琳自私性格的驱使，他们俩的一切错误行为本都可以避免。因此，笔者认为，两人内心深处的自私性格是他们一切不良行为的源泉，艾米丽在描写两人火热的爱情和揭示人性的复杂的同时，也揭示出主人公的自私性格，即小说的主题。

希斯克利夫是个弃儿。他的这一卑微出身以及老恩肖去世后亨得利对他的残酷虐待对他扭曲性格的形成产生了很大影响，使他在成年之后因得不到凯瑟琳的爱，受自私本性的驱使做出了一系列害人又害己的事情。希斯克利夫一出生就被父母抛弃，成了孤儿。尽管老恩肖收养了他，并对他疼爱有加，但是他受到了亨得利的冷遇、排斥和仇视。老恩肖去世后，亨得利继承山庄当家，他的积怨恶性爆发，疯狂地虐待希斯克利夫。亨得利除了让他干繁重的庄稼活儿之外，还剥夺了他受教育的权利，抑制了他作为一个人的正常发展，从而也剥夺了他与凯瑟琳平等相处、相爱的权利。希斯克利夫不断遭受不公平待遇和欺压凌辱的生活经历使他养成了内向、倔犟、刚愎、记恨、自私的性格，这种做事只从自己的利益出发的狭隘、自私性格导致他在心上人去世后产生了刻骨铭心的仇恨，报复的循环由此开始。

对于希斯克利夫来说，只要能与凯瑟琳在一起，他便把亨得利的鞭打、又脏又累的农活、背诵《圣经》等痛苦全忘记了。但是，自从他与凯瑟琳夜闯画眉田庄惹祸以来，希斯克利夫被禁止与凯瑟琳说一句话。不仅如此，凯瑟琳从画眉田庄回来以后有了微妙变化，她不只是希望从外观上改变、抛弃自己以往粗野、彪悍的外表，她的思想也发生了质的转变。画眉田庄的华贵、舒适的生活诱惑着她，她开始看不起希斯克利夫的粗俗、贫穷、缺少文化。在她眼里，他言语粗鲁、不梳头、身上脏，而埃德加不但人长得漂亮，而且“他将要会很有钱，我会成为这一带最尊贵的女人，嫁给这样一个丈夫，我会感到得意的”。①不巧，这些话正好被希斯克利夫听去。这对于将凯瑟琳看作自己生命的希斯克利夫来说，无疑如五雷轰顶。想到自己的尴尬处境，他连夜愤然出走。

希斯克利夫当时出走的直接原因虽然是因凯瑟琳背叛了他的爱，对他犯下了不可宽恕的罪过，然而，这也与他的自私本性不无关系。毕竟凯瑟琳所讲述的全是事实，希斯克利夫与埃德加的差距确实巨大，凯瑟琳向往舒适、安逸的生活本也无可厚非。如果当时希斯克利夫听了凯瑟琳的那些话后，多为凯瑟琳考虑，少想自己的利益的话，他也不至于离开凯瑟琳三年之久，凯瑟琳也不至于受此刺激而大病一场，脾气更加暴躁。他的出走同时又促成了凯瑟琳与埃德加的婚姻。这彻底打乱了凯瑟琳的生活，因为她与埃德加的婚姻使她疏离了自己的本性，也出卖了自己的灵魂和本质。三年后，在希斯克利夫回来之后，凯瑟琳的内心再也难以平静下来。

弗洛伊德的精神分析学说认为，人除了有生的本能之外，还有死的本能(Death Instinct)，人对死有一种倾向——这是一种回归到无生命状态的倾向，它以心理的形式表现出来的话，就是向往死亡，它可以直接以自杀的形式表露出来。②此时的凯瑟琳就有一种死的本能，当她感到活着是一种心灵得不到满足和安抚的痛苦时，她向往死亡，渴望死去，以达到心灵的宁静。凯瑟琳处于心灵的极度痛苦之中，她不断地自虐，不久，终于实现了自己的愿望——以死求得灵魂的安宁。

如果说从希斯克利夫对凯瑟琳永恒、深沉的爱中可以看出他有人性的话，那么从他因没有得到凯瑟琳全部的爱就疯狂报复、仇恨其他人的行为中，可以得出结论：他已变成了一个恶魔，这在弗洛伊德的精神分析学说中可以找

---

① 艾米丽·勃朗特：《呼啸山庄》，方平译，上海：上海译文出版社，1988 年，97 页。

② Robert D. Nye. Three Psychologies: Perspectives from Freud, Skinner, and Rogers (5th Edition). New Paltz Brooks: Cole Publishing Company, 1996, p. 11.

到理论依据。弗洛伊德认为，如果社会（先是由父母代表，之后由一个人生活中其他有影响的人代表）把一些强制和限制性要求强加给人，并威胁夺走其所爱和所尊敬的人时，当人的这些要求得不到满足时，那么他极有可能会起来反抗，会产生去做一些社会认定是错误行为的欲望，这些欲望违背常理。因为它们与我们天生就有的基本本能相关，所以弗洛伊德认为，虽然这些愿望被压抑，却不会消失。它们仍存在着，如果受挫程度加深，它们会冲破防线而产生反社会行为。希斯克利夫因得不到凯瑟琳的爱而内心受挫至深，他的自私本性又引发他心生报复的邪念。他的这种由于凯瑟琳一人而生的仇恨他人的行为，不能不说是希斯克利夫狭隘、自私、记恨性格的充分展示。

希斯克利夫在埃德加的妹妹伊莎贝拉身上实施了他最阴险的报复计划。当他从凯瑟琳口中得知伊莎贝拉暗恋他时，一个阴险的计划在他头脑中诞生了，他要通过与伊莎贝拉的婚姻而占有画眉田庄的房产，他要虐待伊莎贝拉以增加他的情敌埃德加的精神痛苦。就这样，随着伊莎贝拉与希斯克利夫的出走，她的生活完全被希斯克利夫践踏、毁灭了，当伊莎贝拉与希斯克利夫回到呼啸山庄后，管家纳莉去看她时，她感叹道："环境把他们两个的地位改变过来了，他的外表会叫陌生人还道他是个道道地地的乡绅，而他那位妻子倒十足像个小邋遢女人！"①他残忍地折磨伊莎贝拉，以至于她无法忍受，离开了他。希斯克利夫满心只想到了自己所受到的伤害。为了使狭隘的自我心理实现平衡，他疯狂地把一己之恨宣泄到他人身上。深受其害的不仅有希斯克利夫情敌的妹妹伊莎贝拉，就连下一代人——亨得利的儿子哈里顿、凯瑟琳的女儿小凯茜和希斯克利夫自己的儿子小林顿都未幸免于难，成为希斯克利夫宣泄自私、仇恨心理的牺牲品。

十五年后，哈里顿、小凯茜和小林顿都长大成人，希斯克利夫又在第二代人身上发泄私恨，原因是凯瑟琳死后，他想通过自己的儿子重温过去的旧梦。按照他的报复计划，小林顿——他的儿子将会成为埃德加；而哈里顿——亨得利的儿子将会成为希斯克利夫；凯茜·林顿——凯瑟琳的女儿将成为新的凯瑟琳·恩肖。但是，希斯克利夫没有能够调解好过去与现在的生活。他报复林顿家和恩肖家使用的武器是他们自己曾使用过的武器——金钱

---

① 艾米丽·勃朗特：《呼啸山庄》，方平译，上海：上海译文出版社，1988 年，184 页。

和婚姻，但希斯克利夫采用他们的标准，这并不是因为他具有讽刺感或诗化般的公平感，只不过是因他并未洞察到其他什么手段，他的目标仍然是取得财富与财产——并伴随有他的敌人的堕落。

希斯克利夫想在下一代身上重现他这一代人的生活，使儿子与凯茜结婚，成为自己的翻版。小凯茜与纳莉在荒原上散步时，不小心撞见了希斯克利夫，于是希斯克利夫的邪恶内心马上又冒出了一个险恶的计划，他要让小凯茜与他的儿子结婚，这样，埃德加死后，小凯茜应该是田庄的继承人，实际上田庄的财产就归到他希斯克利夫名下了。

在这样阴险自私欲望的驱动下，希斯克利夫连哄带骗甚至以强迫绑架的手段逼迫小凯茜与他将死的儿子小林顿结了婚。他的阴谋得逞了，埃德加死去，小林顿也死去了，林顿家和恩肖家的财产全部归他占有了。希斯克利夫因生活中的不如意而引发、暴露其内心深处的自私性格，这种内在的自私个性引发了他的一系列罪恶行径，危害了周围的许多人，也殃及自己，使其最终落了个不食而亡的下场。

三、凯瑟琳的自私本性

小说中有明显自私性格的人不只是希斯克利夫，凯瑟琳的自私性格在小说中也有充分的体现。

凯瑟琳与希斯克利夫自幼相爱，他们一起游玩于石南丛生的荒野上，一起反抗亨得利，用凯瑟琳自己的话说，“我在这世上最大的苦恼，就是希斯克利夫的苦恼，他的每一个苦恼，从刚开头，我就觉察到，切身感受到了”。凯瑟琳非常自私势利，虽然那完全是以一种不自觉的方式表现出来的。当她宣称她与希斯克利夫的情感时，读者几乎相信了她：“如果所有的事物都消失了，而他存在着，我还能活下去；但是如果所有的事物都存在着，而他消失了的话，整个宇宙将变成一个巨大的陌生物。我生命中最大的思念就是他，即使其他一切都毁灭了，独有他留下来，我依然还是我。假使其他一切都留下来，独有他给毁灭了，那整个宇宙就变成了一个巨大的陌生人，我再不像是它的一部分了。”凯瑟琳内心十分清楚，她与希斯克利夫是不可分割的一个整体，而她对希斯克利夫的爱“好比是脚下的永恒的岩石，从那里流出很

少的看得见的快乐的泉源，可是却是必不可少”。①

然而，画眉田庄中温文尔雅、英俊潇洒的主人埃德加·林顿还是吸引住了凯瑟琳。她恐怕跟希斯克利夫做了夫妻会去讨饭。她幻想嫁给林顿以后，可以帮助希斯克利夫抬起头来。凯瑟琳以此为自己开脱，说她并不是只想到自己，但是她并未探究一下，希斯克利夫是否有可能与其他所有事物（包括埃德加）同时存在。虽然她的意图并不坏，但她忽视了其中的一位。在圣诞节晚会上，她与林顿兄妹在一起，有一会儿忘记了希斯克利夫。结婚后只要希斯克利夫离得远远的，不在眼前，凯瑟琳还可以快活地生活，但是一旦希斯克利夫回来，埃德加马上又在她眼前消失，她感到一旦她与希斯克利夫在一起，则“地球上的每个林顿会化作乌有”。她对眼前的埃德加视而不见。

可以说，是凯瑟琳否认或忽视了她自己的另一面。虽然她向往和谐的生活，但她再也没能使自己与希斯克利夫和埃德加协调好关系。她活着时深深扰乱了两个男人的生活，她死后仍给他们带来了深深的伤害。她与希斯克利夫在本质性情上相似，向往荒野无拘无束的生活；但她又摆脱不掉文明世界的诱惑，一心想过上富裕人家的人上人生活。这充分显示了凯瑟琳作为自私、势利小人的一面。她其实是在欺骗自己，是想同时占有两个人，既渴望埃德加的富裕生活，又需要希斯克利夫来安慰她的灵魂。她并不想在他们两人之间作出选择，这是一种极端自私的想法，不但她自己为此痛苦，也把希斯克利夫和埃德加带到了痛苦的深渊。因此，希斯克利夫出走后她选择了埃德加，她的灵魂再也未曾平静过。

随着希斯克利夫的再次出现和她内心矛盾的日益激化，最终她因承受不了巨大的精神压力而早亡。试想，如果凯瑟琳没有因其典型的自私性格而导致错误抉择，那这一切悲剧本都可以避免。

四、艾米丽的人性思考

从以上男女主人公内在自私性的隐含表现可以得出结论：自私性是艾米丽描述人物、展示一系列事件的隐形框架。《呼啸山庄》因描写希斯克利夫

① 艾米丽·勃朗特：《呼啸山庄》，方平译，上海：上海译文出版社，1988年，102页。

与凯瑟琳惊天动地、至深至纯而又奇异怪诞的爱情而让读者感动至深，它又因描写希斯克利夫令人不可思议的报复行径而遭许多评论家非议，同时它是以男女主人公内心深处的自私性为基础，而得以构筑一系列情节。

凯瑟琳自私的选择导致了希斯克利夫扭曲心灵的产生，而希斯克利夫更加自私的一系列报复行为导致了其他人的悲剧命运。艾米丽以此描述了这对主人公内心深处的自私性，展示出人性的弱点。《呼啸山庄》使人们能从两位主人公身上认识到自私的特性给人带来的巨大的危害，从而杜绝此类悲剧的再次发生。

第四节　伊迪丝·华顿及其女权主义倾向

伊迪丝·华顿是20世纪初第一位获得国际声誉的美国女作家，是当时美国文坛处于主导地位的女作家之一。作为为“女艺术家”的身份而奋斗的第一代美国女作家之一，她经历了名声的升降起伏。在她创作顶峰时的20世纪初期，华顿被誉为仅次于亨利·詹姆斯（Henry James，1843－1916）的美国最佳风俗与道德小说家。之后，华顿的文学地位却始终在低谷徘徊，基本上被看作是一个在思想倾向上隶属于老牌绅士阶层，在审美品位上则被认为是对亨利·詹姆斯亦步亦趋的女性翻版。因而，她被排挤出美国主流文坛达40年之久。

由于20世纪六七十年代的女性运动和女性主义批评的兴起，华顿才又引起了评论家的注意。人们发现，她在作品中表达了对女性命运的关怀和思考。然而，华顿仍然是一位引起颇多争议的作家。西方评论界大多只关注华顿的两部小说《欢乐之家》和《伊坦·弗洛美》（Ethan Frome），中国的外国评论界在伊迪丝·华顿研究方面有很多欠缺之处，在21世纪才开始关注她，很少有作者从女性主义文学批评的角度对她做各方面的综合分析，笔者主要借用此理论对华顿的作品进行文本细读。

女性主义文学理论是当今西方文学批评方法中最重要的方法之一。它是一个政治概念，其前提是性别差异。它研究的中心是两性间的不平等关系：

男性统治通过法律、教育等起支配作用，而女性是无身份的“他者”。被压抑的女性反叛的第一步往往是产生女性自我意识，否定男权社会中传统的女性观念，进而产生进一步的反抗行动，这些在华顿笔下的人物中都有体现。这个理论还强调女性经验在女性创作中的作用，认为女性文本是她们下意识的戏剧化的宣泄，华顿的经历充分证明了这一点。

华顿充满了各种社会思想的文本是宗教、道德和哲学的反映。她从小受到古典基督教传统的影响和英国女作家乔治·艾略特的影响，在创作中注重探讨宗教和道德主题，塑造的人物具有道德上的自由。由于在这方面的出色写作才能，她被称为道德小说家；受达尔文主义的影响，她注重探索人物的命运；华顿还部分地接受了自然主义思想，揭示出人物受时代、环境等束缚而不能左右自己的命运；她还表现了工业资本主义给现代人带来的信仰危机。华顿的这些思想在其多部小说的题目、主题和形式上都有所体现。

本书将从女性主义文学批评的角度对其创作做综合分析，剖析她所接受的理论思想，分析她被称颂为道德风俗小说家的根源，探讨她展现下层人生活风貌的小说，并对她的多部短篇小说进行解读。结合她与老纽约的渊源，着重探讨她以纽约为背景创作的小说《欢乐之家》和《纯真时代》。结合华顿生活的年代和身世，分析她在作品中所揭示的男权社会和女性被动的生活和她所探索的女性解放的心路历程。通过结合华顿本人的实际经历进行的文本解读，笔者将对其创作和文艺观作一综述性评论。

一、华顿的多重主题

1. 出色的道德风俗小说家

华顿生活的年代和身世决定了她独特的文学创作道路和思想。华顿出生于19世纪末纽约上流阶层的一个富贵家庭，在上层社会中的经历为她后来的创作提供了丰富的源泉。她熟悉美国上层社会，这使她成为出色的风俗小说家成为可能。

华顿与老纽约的渊源使她独具特色地创作出了一些以纽约为背景的作品，像《欢乐之家》、《纯真时代》、《国家风俗》（The Custom of the Country,

1913）等，从这些作品的细节描写中，读者可以洞悉当时纽约上层社会的风俗人情。她的小说大多描绘了她所熟知的纽约上流社会，反映了人物的个性与习俗的冲突。在多部作品中，她揭示出人物受社会习俗和道德准则的约束而放弃了个人追求并做出符合社会道德要求的选择。同时，她以十分娴熟的手法描绘了当时纽约上层社会生活中存在的各种风俗习惯，成为后人研究当时纽约上层人生活的最佳参考书之一。

在华顿的主要作品中，众多人物往往在心理上受社会道德准则和习俗的约束而在行动上做出与其内心相反的选择。他们冲破了道德困境，在道德上获得了新生。在《欢乐之家》中，女主角莉莉·巴特出身于纽约上流社会，从小对精神追求有较高的要求。她虽然处于上层社会的边缘，却洁身自好，拒绝与那些道貌岸然、不讲道德的名流同流合污。她有钱时曾慷慨资助穷人的慈善事业，拒绝做有钱男人特莱纳的情妇。为偿还欠他的钱，她宁愿忍受许多苦难。一接到姑妈遗产的支票，她立刻写了偿还特莱纳的清单，保住了自身的清白。尤其是她为了保全塞尔登的名誉而烧了伯莎的信。在与伯莎的冲突中，她因为保持道德的高尚而输掉了嫁给有钱人格雷斯的机会，输掉了继承姑妈大部分财产的权利，输掉了几乎所有的朋友，也输掉了生存的希望。在这样一个社会里，莉莉是唯一的淑女。

在《伊坦·弗洛美》中，主人公伊坦面对妻子和情人的两重爱情，处于两难境地。他毅然选择了与情人跳崖同生死。但是，令人可悲的是，他们两人并未如愿双双离世，而是双双残废。他的妻子也不再像从前那样对他们两人嫉妒有加，而选择了伺候他们两人的生活。在《纯真时代》里，男主人公阿切尔即使内心十分希望与情人艾伦出走，最终他仍未能摆脱那个社会圈的道德约束力，不得不服服帖帖地做模范丈夫和父亲，再也没有勇气与艾伦联系。即使在年老之时妻子因病离世之后，他到巴黎去，也只是让儿子去见艾伦，自己只是独自坐在门外，品味生活的酸甜苦辣。

华顿的小说之所以能够远远超越当时美国小说的水平，就是因为她坚持了詹姆斯的文学信念：艺术作品的道德意义，完全依赖于与创作艺术作品有关的生活感受的总和。

华顿除了擅长解决人物的道德困境以外，还是一位极佳的风俗小说家。所谓“风俗小说”，就是指那种如实反映特定的时代、特定的地点、特定的

社会阶层的社会风俗、习惯礼仪的小说。在她的纽约系列小说中，她非常擅长细节的描写，从小说中，读者对当时人们的生活可以有非常清晰的感官认识，她对人物的服饰、居住的房间、宴会互访等细节的描写使人可以清楚地了解当时纽约人的生活状况，以至于有人把她看作是她的书中人物生活方式的目击者，以她在《纯真时代》中描写的一段为例：

杰克逊小姐反驳说："在我年轻的时代，穿上最新的时装被认为是俗气；艾米西勒顿总是跟我说，按波士顿的规矩，是把巴黎的服装存放两年，巴克斯他彭尼洛老夫人凡事都做得漂漂亮亮，她过去常常有意念要买下十二套衣服：两套天鹅绒的、两套缎子的、两套绸的和其他六套毛葛和最纤细的开士米的，这些衣服都是按时新标准定制的，由于她在逝世之前病了两年，人们发现四十八套价格昂贵的衣服从来也没有从薄纸包里取出来过；而当姑娘们服丧期满后，她们就无须预先看好新式样，便可穿上一身第一流的时装去参加交响乐音乐会。"①

从中人们可以清晰地了解到19世纪70年代纽约上流社会的生活，知晓当时美国女性的衣着习俗。她们追随巴黎服装时尚，以欧洲的衣着式样为美。

由于她在揭示人物的道德选择和描写社会风俗细节方面的出色功底，读者可以从其作品洞悉20世纪初美国上层社会人们的道德价值观及其社会风俗礼节。华顿不愧为杰出的道德风俗小说家。

2. 下层人生活的展现

虽然华顿出身于纽约上层社会，以描写上层人的生活见长。然而，她在塑造下层人生活方面的能力也毫不逊色，她的《伊坦·弗洛美》和《邦德姐妹》（Banner Sisters）以自然主义手法细腻地描绘了下层人的心理和追求道德完美的生活。

《邦德姐妹》是华顿于1892年开始动笔的一部小说。事实上，华顿很早就开始从事文学写作。16岁时，她就有诗作发表，但由于身体不好、个人的婚姻问题以及其他的一些社会压力和外出旅行等，导致她在30岁以前没有发表许多作品。以前，人们认为，她是以描写纽约上层社会起家。其实，恰恰

① 伊迪丝·华顿：《纯真时代》，赵兴国、赵玲译，南京：译林出版社，1999年，101页。

相反，她最初讲述的都是有关城市贫困的故事。第一个短篇故事《曼斯特伊夫人所见》（Mrs. Manstey's View）讲述了一个贫困交加的老寡妇在自己公寓窗前所见。而《邦德姐妹》（Bunner Sisters）以一种悲凉又略带温情的写实主义笔调对这一主题进行了开拓。此后，在《伊坦·弗洛美》中贫困的乡村社会景象中，她一直沿用这样的笔调。

在《伊坦·弗洛美》中，华顿以新英格兰的寒苦山村为背景，描写了贫穷樵夫的纯真爱情。仅从这一点而言，在当时的文学作品中实属罕见。她把荒凉、萧瑟寒冬的雪景与人物的内心活动巧妙地交织在一起，互相映衬，写得十分成功。浓厚的新英格兰地方色彩构成了其乡土文学的特有价值。在主题的处理上，作品为避免陈陈相因的旧例，而采用了伊坦的悲剧命运作结尾。小说揭示了这种悲剧产生的原因：是主人公从纯洁的自我牺牲精神出发，自己亲手关上了通往幸福的大门，从而流露出一些非理性主义的色彩。但是，华顿没有把它处理为"问题小说"，而是把它书写成一曲感人的爱情悲剧。这也许是因为她关心的不是社会问题，而主要是人们心理方面的戏剧性变化。

最初，华顿用法语写就了这部小说，后来又由她自己用英语改写而成。据说，她之所以产生了以新英格兰农村为背景写小说的创作欲望，是由于她从1900年开始，在连续的十年里，每年夏天她都要到雷诺克斯的别墅度假。在去远处山野荒僻的农村散步的过程中，她有机会结识了许多当地居民。她曾说，在创作这部小说时，她曾学习过巴尔扎克的创作技巧，然而，令人感动的是，它在手法上更倾向于亨利·詹姆斯。

首先，华顿从第一人称的视角，叙述了叙述者"我"到新英格兰地区遇到主人公伊坦。这为人物提供了跨越20年的时间，对叙述框架和小说本身都是一种极巧妙的安排。从"我"对伊坦奇怪性情的描述，到从旁人讲述的有关他奇特经历的只言片语，继而小说以第三人称的手法，由"我"了解伊坦的故事，为读者揭开了伊坦的悲剧命运。华顿将第一视角转换为全知全能的视角，不但揭示了与小说主要部分相关的所有人物的心情、思想和事件，而且避免了一人讲述小说的简单化和单调性。

这部小说除了在叙述手法上有所创新外，在象征手法的运用上也别具一格。最重要的象征意象是小说以冬季为背景，它贯穿故事的主体部分。雪花、尖冰、寒风、寒夜等意象为小说的悲剧色彩起到了很好的预示作用、象征作

用，揭示了人物的压抑、痛楚的生活、心理和精神。伊坦与情人玛蒂的相会发生在冬夜，二人乘雪橇殉情也发生在冰雪寒天。而引起主要悲剧的汉娜与冬天联系得更加紧密，与病痛、死亡和坟墓、沉寂、独处联结在一起。这些都体现在她的性格和为人处世上，她是伊坦与玛蒂企图自杀的主要原因之一。性情与汉娜相反的玛蒂却与温暖的春天和热烈的夏季相连，伊坦自然被玛蒂热烈奔放的性情所吸引。其实，两人相互吸引之处在于他们对自然美的共同兴趣和欣赏。伊坦受过高等教育，由于贫困的家庭和有病的老母，不得不放弃学业回到家中。因为无法实现自己的抱负，他的生活与失望和无助相连，这些与暗淡的背景相衬，显得作品的悲剧意味更加浓厚。

《伊坦·弗洛美》无论从创作技巧、叙述视角、象征手法的运用还是内容上看，都是一部优秀之作。它代表了华顿创作鼎盛时期的艺术成就。它也证明，作为大家的华顿不但擅长描绘她所熟悉的纽约上层人物的生活，还擅长塑造形象生动的下层人物。

3. 鬼故事专家

华顿除了创作出优秀的长篇小说以外，还被尊称为“最出色的美国短篇小说家”。[①] 在其众多的短篇作品中，鬼故事无论从数量、主题和艺术成就上看，都占有特殊而重要的地位。

华顿在《鬼故事集》（Ghosts）的“前言”中引用了一个问题，说明她对鬼的看法：“你相信鬼吗？——不，我不相信有鬼，但我害怕鬼。”[②] 这个似是而非的说法说明，并不一定要相信有鬼才可以创作出鬼故事，好的鬼故事需要维持“戏剧性的叙述”以吸引读者的注意力，并“迫使”他们相信有鬼。她进一步阐述了创作好故事的两个条件：沉默和连续性。鬼真正需要的只是沉默和连续性，“如果一个鬼故事能使人脊背发冷，那就达到了效果，而且效果很好”。[③]华顿惯用象征性的背景——被圈住的形象——来衬托这一

---

① 潘建：“自然的世界，超自然的力量——论伊迪丝·华顿的鬼故事”，《国外文学》，2003 年第 4 期，94 页。

② Edith Wharton. Ghosts. D. Appleton – Century Company, Incorporated, 1937, p. iii.

③ Evelyn E. Fracasso. Edith Wharton's Prisoners of Consciousness. Westport: Greenwood Press, 1994, p. 100.

效果，如《夫人女佣的铃声》（The Lady's Maid's Bell）中被锁住的房间、《石榴种》（Pomegranate Seed）中日久失修的书房等，都具有明显的象征意义。华顿鬼故事的背景中还包括自然风景，如《夫人女佣的铃声》中的雪、《石榴种》中“春天寒冷的黄昏”等，都使读者脊背发凉。

在她的自传《回眸》（A Backward Glance，1934）中，华顿说：“28 岁之前，我都不敢在藏有鬼故事书的房间里睡觉，一想到这类书藏在楼下的书房里就害怕，于是经常把它们付之一炬。”[①] 女权主义理论家桑德拉·吉尔伯特在《无男人的国土》（No Man's Land）中说，华顿的鬼故事反映了她恐惧的两个原因：一是她女性愤怒和欲望的宣泄；二是压抑愤怒、扼杀欲望给女性带来的痛苦。[②]

对于华顿来说，鬼故事不仅能表达“不可言说话语”的力量，它们本身还能体现“被禁话语”的力量。鬼故事《柯尔夫》（Kerfol）的叙述者去拜访“波里特尼一所最罗曼蒂克的房子”，同时，对他来说，这也是世界上最孤独的地方。他碰到了一群怪异的狗。经了解，这群狗一年出现一次，是柯尔夫的鬼。他通过一起谋杀案的卷案记录看到了一个婚姻悲剧：柯尔夫和安结婚后，整日把她锁在家里，甚至连狗也被怀疑。他将狗一只只杀掉了。柯尔夫死时，他的身上到处都是抓痕。安被指控谋杀，但她坚持说凶手是那些死去的狗。很显然，这里狗充当了安不能言说而有强烈愿望想说的使者。华顿将“超人——鬼和非人——动物”融为一体，用意明显。她将无言语能力的动物与人们不可名状的恐惧感和渴望联系起来，借用“鬼”这一超自然的力量，言说了自然界中不可能说出的话。华顿以此揭露了这所房子里的奴役与反抗的秘密。

在生时无法表达自己的思想和意愿，就让她们死后达到目的，这也是华顿鬼故事中经常使用的手法，如《蛊惑》（Bewitched）中索尔死去的女友奥拉对已婚的他施加魔法，将他折磨得死去活来。《石榴种》中男主人公的第一个妻子从阴间写信给自己的丈夫，召他去相会，讨回他欠下的债。《夫人

① Barbara A. White. Edith Wharton: A Study of the Short Fiction. New York: Twayne Publishers, 1991.

② Sandra Mortola Gilbert, Susan Gubar. No Man's Land: The Place of the Woman Writer in the Twentieth Century, Volume 3: Letters from the Front. Yale University Press, 1996, p. 96.

女佣的铃声》中波林普顿夫人的女仆从坟墓中回来，保护女主人的利益免遭丈夫的侵犯。华顿以此彰显这样的观点：被男人控制和奴役的女性如果在生时不能，那么死后——在阴间仍能取得某种胜利，即使这种胜利是以一种神秘而又值得怀疑的方式取得的。华顿不仅要借超自然的力量说出不能言说者希望言语的心声，还要借此复仇，为现实世界中处于社会边缘的女人或女佣复仇，《玛丽·帕斯克小姐》（Miss Mary Pask）就是这样一个例子。

在鬼故事中，华顿不仅能够帮助弱势群体表达出"不能言说"的东西，还能够表述当时仍是禁忌的话题，如性、婚外恋、同性恋、乱伦等性主题。也许是由于她不美满的婚姻和曾有过的婚外恋的经历，华顿在作品中给这些话题以一定的关注。在《夫人女佣的铃声》中，因为主人波林普顿夫人与情人的关系被暴君般的丈夫发现，女仆从坟墓中回来，誓要保护女主人的婚外情。

华顿笔下的鬼与人的模样并无区别，她是在借助超自然的力量表达自然世界中不能表达的故事。有些评论家认为，华顿在鬼故事中"超自然"和"自然"之间的界限很小，她在表达恐怖情节方面稍"柔和"一些。华顿传记作家刘易斯（R. W. B. Lewis）说，她的鬼故事"使她成为相应较小的文学类型中最主要的作家"。①

二、华顿的女性关注

女性主义理论家伊莱恩·肖沃尔特指出女性经验在女作家创作中起到很大的作用，这在华顿的创作中得到了很好的体现。童年时代的华顿因压抑的家庭气氛度过了许多孤独的时光，这给她的心灵造成了极大的伤害。爱读书、爱思考的习惯使她意识到自己作为女人的"他者"地位，无爱的婚姻使她更加关注女性，开始思考女性问题。她在小说中揭示了女性自我意识和反抗的要求。

在《欢乐之家》、《纯真时代》和《国家风俗》中，华顿展现了19世纪

① R. W. B. Lewis. Edith Wharton: A Biography. New York: Fromm International Publishing Corporation, 1985, p. 107.

末20世纪初美国男权社会中女性受家庭、婚姻和经济压制的状况，其中一些女性开始觉醒，有女性自我意识的思索或反抗行为，这反映了华顿对女性问题的探索。华顿后来经历了婚外恋和离婚，对女性问题有了进一步的思索，因而在后期创作中，她笔下的一些女性人物在思想上或行为上都有许多进步，使她在文学创作上日趋完善。这些都反映了华顿对女性问题的思索和对男权体制的反抗。除此之外，华顿还在多部短篇小说中表现了当时女性的生活。

在19世纪后半期，华顿在典型的男权社会环境中度过了少女时代。当时男性处于支配地位，女性是“他者”。男性在公共场所起主导作用，而女性的活动范围仅限于家庭，男性按照自己的意志建构“女性特征”，制定一系列支配女性的社会“法则”。女性没有独立身份，没有机会发展自己的才能和潜力，在经济、婚姻和家庭中处于劣势，成为被男性压制的牺牲品。像同时代的其他大多数女性一样，华顿不可避免地按照那个时代为女性规定的“忠顺、贞洁”的模式生活。在很大程度上，是她受压抑的早期生活经历及其不美满的婚姻引起了她对女性命运的关注。

华顿出生于纽约一个富裕的上层贵族家庭，然而，她在精神上却受到压抑。从小她就意识到，自己与哥哥不同：哥哥到一流的学校去接受教育，而她只能在家里接受家庭教师教导社会礼仪方面的“知识”。像维多利亚时代的其他“好”女孩子一样，她被教诲要顺从、安静、温和，以保证对将来的丈夫“纯洁”。华顿曾以“可怕、孤独”的字眼总结她那段人生经历。[①]然而，在这种乏味、孤独的日子里，华顿也有自己的乐趣，这得益于她父亲的私人图书馆。在那里，她阅读了大量书籍，并尝试写作。由于母亲和哥哥阻挠，她只能偷偷地进行学习、写作。17岁时，她写了一本诗集，此后由于家庭阻挠不得不一度放弃写作。然而，华顿感到，写作能使她的想象力任意驰骋，写作便成为她释放被压抑情感的一种手段。

华顿的婚姻也并不美满。按照母亲的意愿，她在23岁时嫁给了大她13岁的泰德·华顿（Teddy Wharton）。二人在感情上、生活上和趣味上并不和谐，泰德从来不欣赏她从事写作，逐渐，她面临着需要承担社会责任的妻子

① Cynthia Griffin Wolff. A Feast of Words：The Triumph of Edith Wharton. New York：Oxford University Press，1977，p. 11.

的角色与她的写作欲望的冲突，她的精神几乎崩溃。在医生的建议下，华顿恢复了写作。从此，她在想象的世界中得到安慰和解脱，并逐渐恢复了健康。

华顿的感情挫折滋养了她的写作才能。评论家沃尔夫（Cynthia Griffin Wolff）认为，华顿早期对母亲的恐惧感导致她具有抑郁的性格和挫败感，这影响到她以后的婚姻和小说创作。后来，母亲的过世和不美满的婚姻促使她的写作技巧逐渐提高、成熟，“而且由于她的才能、热情和意志她才勇敢地面对生活，即使说她不是生活的主人，也堪称为生活的参与者”。[①] 华顿因为个人生活的压抑和挫折在写作中下意识地宣泄情感，并因亲身感受到女人的卑下地位开始关注女性问题。因此，她通过小说创作表达了她对女性命运的关怀和思考。

1. 男权社会的威力

《欢乐之家》是华顿的成名作，在 1905 年出版后的一两年里是美国的最畅销小说。《纯真时代》在 1920 年出版，在第二年获得普利策小说奖。华顿在两部小说中揭示了男权意识的强大威力和女性受压抑的生活，展示了她在不同时期对女性命运的思考，真实再现了世纪之交美国女性的痛苦。

两部作品都以 19 世纪中后期的上层老纽约为背景。当时，社会上有一种无形的习俗力量约束着人们的言行，这就是长久以来男人凭其在社会中的独特优势在所有地方建立起来的男权体制。在这种体制下，男权意识风行，任何人都得按照这种风俗行事，否则将会受到无情的惩罚。男人尚且如此，女性受到更加严厉的禁锢。通过两位男主人公——《欢乐之家》中的劳伦斯·塞尔登和《纯真时代》中的纽兰·阿切尔——的经历，华顿揭示出男权意识对人们行为的强大束缚力。

塞尔登和阿切尔都爱好艺术和书籍，对社会问题有一定独到的先进和自由思想。他们既是老纽约上层社会圈之外的观察者，又生活于其中，是它的参与者，与这个社会圈中的人士有着千丝万缕的联系。塞尔登具有一种超验主义思想，超凡脱俗于老纽约世俗的物欲追求之外，而阿切尔在女性问题上

① Cynthia Griffin Wolff. A Feast of Words：The Triumph of Edith Wharton. New York：Oxford University Press，1977，p. 406.

显示出一定的民主思想。然而，处于那样的社会中，两人又都接受了男权社会价值观，都有男性沙文主义思想，面对男权意识的强大威力，两人服服帖帖地顺应社会习俗而生活。

塞尔登接受了19世纪美国思想家爱默生的超验主义思想，形成了他称为“精神共和国”的自由思想。他认为，成功意味着一个人应当保持一种精神自由——远离金钱、贫穷、安逸和忧虑以及所有的物质欲望——这是使他远离世俗的老纽约的根源，他对物质的淡漠追求证实他是这种超验主义思想的最佳实践者。阿切尔有着模糊的女权主义思想，他认为男女应当平等。他个人的断言是：“女人应当是自由的——跟我们一样自由。”①他曾经为女主人公艾伦辩解，声称她有自主选择爱人的权利，而且他的妻子将与他地位平等。然而，就是这样两位看似思想先进、超凡脱俗的人却摆脱不了男权意识的局限，在一些事情上代表着男权社会的意识形态而行事。

塞尔登有着非常守旧的男性至上的观念。他认为女人和男人不应当平等。在小说开头，当女主人公莉莉·巴特拜访他时，两人之间进行了一次关于女性问题的交谈。他非常直接地问莉莉：“结婚不正是你的天职吗？你长大成人不就是要嫁人的吗？”② 他建议莉莉马上结婚。由此可见，塞尔登的思想和传统的男权观念很合拍，他认为女人长大就应当结婚，应当为男人而生活。他简直就是这种男权观念的代言人。而阿切尔虽然自以为早已脱离了传统的社会价值观，事实上，他的所作所为在本质上却体现了男权意识，其所谓的女权主义思想非常虚假。例如，他一贯为自己作为男人在母亲和妹妹面前的权威感到自豪，以塑造妻子梅的精神生活为乐，喜欢充当她的保护人和精神向导。当他的情人艾伦与其他男人交往时，他妒火中烧。可见阿切尔的思想与行动自相矛盾，他只是一位口头的女权主义者，在行为上是一位地地道道的男权意识维护者。

尤其是塞尔登和阿切尔都属于那种“害怕丑闻甚于疾病的”老纽约人。他们深知纽约社会舆论的“杀人不见血”的厉害，为了自己的利益，二人最终都放弃了对民主思想和自由的追求，加强了与其他男人共同遵守的男权社

---

① 伊迪丝·华顿：《纯真时代》，赵兴国、赵玲译，南京：译林出版社，1999年，29页。
② 伊迪丝·华顿：《欢乐之家》，赵兴国、刘景堪译，南京：译林出版社，1993年，9页。

会的原则。因此，当依靠丈夫的钱财以势欺人的邪恶女人伯莎·道塞特欲将莉莉赶出游艇时，即使决心做莉莉的情人的塞尔登气得“浑身热血沸腾”，也未敢公开维护莉莉的利益。因为他深知，在男权社会里，即使是男人也得遵守社会习俗，他若公开站在势单力薄的莉莉一边，则会冒犯有钱有势的伯莎，自己的名声也会受损，陷入非常被动的生活境地。男权社会约定俗成的道德行为规范导致塞尔登未敢违反社会行为常规，他为了成为那个社会中的一员而宁可遭受失去情人的损失！阿切尔认为自己的学识在社会中处于优势，其他男人处于劣势，但“他们［凑在一起］却代表着‘纽约’，而男性团结一致的惯例使他在称作道德的所有问题上都接受了他们的原则。他本能地感到，在这方面他若一个人标新立异，肯定会引起麻烦，而且也很不得体”。[①]舆论像一把无形的利剑，对人们有无形的压力，迫使人们在公众面前保持道德的高尚性。即使阿切尔有自由、开明的思想，也不自觉地受其束缚。正是因为这把“无形的利剑”，使有妇之夫的阿切尔只得自动放弃了与有夫之妇的艾伦的爱情，在以后的岁月里扮演“忠诚丈夫”的角色，而艾伦则被挤出了老纽约。在欢送艾伦的宴会上，“他觉得，所有那些——看似并无恶意的人，是一伙不声不响的阴谋分子，而他与坐在他右首的那位苍白的女子［艾伦］则是他们阴谋的主要目标。——他知道，借助于他尚不清楚的手段，他们终于想出了办法，把他和他的犯罪同伙拆开”。[②]在这些忠诚的男权意识卫道士的阻挠下，自视清高的阿切尔只好退缩，随波逐流，以牺牲爱情的代价换回循规蹈矩的安逸生活。

男人创造了这种以男性为中心的社会传统，就是具有开明和自由思想的男人，面对男权社会的强大压力也得屈服。如果他们胆敢越过雷池一步，也必定受罚，这也是塞尔登和阿切尔最终屈服于社会压力的根源。华顿通过他们的经历揭示出当时美国社会中的男权意识对男人的强大威慑力和束缚力。

2. 被动、处于劣势地位的女人

既然男人都被男权社会的思想意识所束缚，可以想象，女性的命运更糟

① 伊迪丝·华顿：《纯真时代》，赵兴国、赵玲译，南京：译林出版社，1999年，6页。
② 同①，218－219页。

糕。华顿在作品中尤其关注在男权意识强大的社会中女性人物的命运。她们处于被动的状态和劣势地位，受到婚姻和经济的束缚，在感情上和经济上完全依赖于男人。这与19世纪后半期女性所处的社会地位有关。

当时的女性地位低下，只能按照男权社会为她们规定的传统角色和行为准则生活。她们扮演着女儿、妻子和母亲的角色，必须虔诚、贞洁和顺从。她们没有自己独立的生活空间，也不可能有自我发展，更没有了自我追求，因而她们的才能也被早早埋没，失去了自我。这样，她们成年后唯一可行的出路就是嫁人。一旦结婚，她们可以依靠丈夫生活，并获得社会地位，但这只是一种依附于丈夫的附属地位。因而，男权社会中的女性总是被动、处于劣势的，无论她们结婚与否。

未婚女子得为自己将来为人妻的角色做准备。因为男人择偶的标准是女子是否漂亮，她需要穿戴得引人注目，以赢得男人的青睐，这样，在上层老纽约，漂亮成为未婚女子获得“美满”婚姻的砝码，装饰、打扮自己也就成为女子结婚的途径。莉莉就是这样一个典型的例子，她29岁未婚，从小又受到母亲的如此“教导”，她自然将所有注意力转移到自我装饰上，从而成为服装的奴隶，随后又成为男人的猎物。莉莉注重打扮自己，显示出她接受了自己作为性客体的命运。在小说末尾，当莉莉被挤出上层社交圈而无能力养活自己时，她才意识到女子作为装饰品的悲哀，认识到是这个社会将女子培养成了装饰品，破坏了女子的独立性和自我能力的发展，莉莉的思想觉醒是对这种男权意识的控诉。

其实，华顿笔下已婚女性的状况与未婚女子一样糟糕。她们一旦结婚，就失去了自己的名字。这也意味着，她们成为丈夫的附属品。当艾伦试图离婚时，在周围人眼里，包括她的亲属在内，都认为她破坏了社会风俗习惯，人们采取各种手段迫使她就范。虽然艾伦是一位有强烈反抗精神的女子，面对周围强大的压力，她左右不了自己的命运，最终只得放弃离婚的决定。当艾伦仍然试图与命运抗争，拒绝回到丈夫身边时，最疼爱她的奶奶名明戈特太太竟然以削减艾伦的生活费的方式要挟她放弃这个想法。华顿以此展示出那个时代已婚女子的境遇：妻子没有任何人身自由，也没有离开丈夫的权利，否则会被认为是大逆不道。

已婚女子的附属地位还表现在，她的地位随着丈夫升降，没有左右自己

命运的权利。如果丈夫荣耀了，她可以跟着享用他拥有的一切；一旦他衰败，她也会随之而衰。《纯真时代》中的博福特太太就遭受了这样的命运。婚前她除了有自己的美貌之外分文不名，但做了博福特太太之后，她成为老纽约最富有的女人，她出入社会交际场合时常常戴最名贵的首饰，住最豪华的别墅。即使博福特在外拈花惹草，她也熟视无睹。她因丈夫的财富而荣耀一时，然而，福祸相连，随着博福特在生意场上不轨行为的揭露，她也随之被逐出了纽约上层社会。

妻子作为丈夫的私有财产，其价值体现在展示丈夫的财富上，丈夫越富有、越有权威，他就越能行使主导权。妻子既然在经济和社会等方面依附丈夫，丈夫自然可以通过她来展示自己的权势，因而她的美貌和衣着都象征着他的财富。《欢乐之家》中，朱迪特·莱纳太太乐于充当展示丈夫财富的工具，她以常在家举办奢侈的舞会为荣。而艾伦的丈夫奥兰斯卡伯爵常在冬季送给妻子名贵的鲜花和昂贵的珍珠，以炫耀自己的财富。她们成为丈夫金钱的奴隶。

已婚女子不仅被当作展示丈夫财富的工具，还常成为爱情的奴隶。爱情有强大的激励人的力量，但是对于处于男权社会中的女性来说，爱情更多地激发她们的是牺牲自我，而不是保持自我。女性在爱情中获得的并不是真正意义上的自立，而是受感情奴役的妻子或情人。艾伦试图离婚，以对抗社会习俗。她顶住了周围众多人的反对，但作为阿切尔的爱情奴隶，由于听从了他的劝阻，她最终放弃了离婚的打算。她的抗争失败了。在她与阿切尔的谈话中显现出阿切尔对她的影响："让我放弃离婚的不正是你吗？——不正是因为你向我说明离婚多么自私、多么有害，为了维护婚姻的尊严……"①不仅如此，甚至当阿切尔结婚后她仍然忠实于对他的感情，她克制着内心的痛苦，避免与阿切尔接触。她始终被情感所困扰、主宰，这与英国诗人戈登·拜伦（G. Gordon Byron，1788－1824）的观念一致："男人的爱情是与男人的生命不同的东西；女人的爱情却是女人的整个生存。"尼采在《快乐的科学》中也表达了同样的想法："女人对爱情的理解是十分清楚的：这不仅是奉献，

① 伊迪丝·华顿：《欢乐之家》，赵兴国、刘景堪译，南京：译林出版社，1993年，112页。

而且是整个身心的奉献，毫无保留地、不顾一切地。”① 即使艾伦忍受着内心强烈的苦痛，她仍然心甘情愿地顺从于对阿切尔的情感，考虑更多的是阿切尔而非自己。她为了爱情情愿放弃自己的利益。即使艾伦是一位勇敢的新女性，无论她多么富有反抗精神，多么勇敢地面对社会习俗的强大压力，然而，面对爱情，她像小绵羊一样顺从、屈服了，她离婚的打算因为这一弱点而流产。因此，她的反抗是有限的，她是爱情的奴隶。

像艾伦一样，莉莉也是一位爱情的奴隶。由于其自身优柔寡断的弱点，尤其是因对塞尔登日渐产生的感情，她放弃了许多嫁给有钱男子的机会。艾伦和莉莉的可悲之处在于，她们的情人不像她们那样对感情专一，这是二人情场失意的根源。

其实，女性受婚姻和爱情束缚的主导因素是由于她们成年之后缺乏经济支撑，没有经济后盾，这导致她们失去了独立性。随着艾伦和莉莉日益恶化的经济状况，她们的生活也越来越被动。莉莉生活于老纽约上层社会的边缘，她不具备那个社交圈必不可少的物质基础，又因从小受母亲的影响养成了好吃懒做的习性，加之从未接受过良好的正式教育，在父母过世后，她靠姑母生活，而在成年之后，她又没有劳动能力养活自己。正是由于莉莉低下的经济地位，有钱有势的伯莎才嫁祸于莉莉，以转移公众对她与他人鬼混事实的注意力。这使得莉莉名声扫地。没有任何手段支撑自己，她逐渐被逐出了那个阶层。艾伦的经济境遇虽然不像莉莉那么糟糕，但是，她的状况反映了当时已婚女性的劣势经济地位。艾伦与奥兰斯卡伯爵根据法国的法律结婚，据这项法律规定，如果夫妻离婚，妻子将失去所有的财产。丈夫掌有经济大权，这样妻子婚后将成为丈夫的经济寄生虫。为了从婚姻中摆脱出来，艾伦只得在纽约的亲戚中寻求帮助，但是她的亲戚并不支持她离婚，反而利用经济手段迫使她回到丈夫身边。经济资助成为他们阻止艾伦离婚的手段。而艾伦也发现，没有亲戚的支持，她很难过上独立的生活。事实上，在小说末尾，当艾伦去欧洲独自生活时，仍旧是她的亲属为她提供经济帮助。虽然艾伦是一位有反抗精神、不合世俗的新女性，但她自始至终是一个经济寄生虫。

---

① Simone de Beauvoir. The Second Sex. Ed. and trans. H. M. Parshley. London: Jonathan Cape Ltd., 1972, p. 608.

通过这些女性的经历，华顿揭示出她们所受的婚姻、爱情和经济等束缚，这使她们不可避免地处于被动状态。她们的生活是20世纪初美国女性的缩影。

由于这个社会的一个道德双重标准，女性不仅处于被动状态，还处于一种劣势地位。这个“合法”标准是：一位男性的不轨行为可以被原谅，而一位女性一旦“堕落”，她将名声扫地。即使是无情的社会牺牲品，仍将不可避免地成为被议论的中心。如女权评论家伊莱恩·肖瓦尔特（Elaine Showalter）所观察的：女人往往被男人“议论”，没有为自己说话的权利。[①]在莉莉生活的年代，未婚女子的名声是最重要的，莉莉由于不拘小节而成为一些饶舌者谈论的中心，成为这个标准的牺牲品。首先，她为拜访塞尔登付出了代价，因为当时女子不能单独拜访一位单身汉。一次，在等火车的短暂时间里，她去塞尔登家里消磨时间，不想出门时被另一位男子罗斯代尔撞见，莉莉情急之下撒谎说是去裁缝店了，罗斯代尔就任意揣度说莉莉与某位男子有染。随后莉莉被其他男人议论，被看作是一位行为不检点的女人。这之后，另一位好占女人便宜的男人特莱纳任意欺辱莉莉说：“大白天你往男人家窜得倒挺快，我看你并不是那么注意影响的。”[②]这使莉莉差点儿晕过去：这就是男人对她的议论！男人以这种方式给她加上了坏名声，无情地伤害了她。不仅如此，这个道德和合法双重标准还鼓励男人对女人进行性剥削来规范婚姻制度。一个晚上，莉莉被特莱纳骗到家里，差一点儿被强奸。当她依靠自己的机智逃出特莱纳家时却被来找她的塞尔登撞见，塞尔登随之臆断莉莉与特莱纳有染，他弃莉莉而去。其实塞尔登是一位地地道道的伪君子，他与有夫之妇伯莎·道塞特多年关系暧昧，却从不为此感到内疚；相反，当他看到莉莉从特莱纳家出来时，就利用那个道德双重标准任意推测是莉莉行为不检点。男人非常严格地规定了有关贞洁的伦理标准，他们却诱惑女性破坏它，即使男人不遵守这个社会准则，也只被认为是个可以忍受的小小瑕疵，可以很容易地被社会原谅。自从这个事件发生之后，莉莉从未试图为自己辩解。

---

① Elaine Showalter. Sister's Choice: Tradition and Change in the American Women's Writing. New York: Cambridge University Press, 1991, p. 136.

② 伊迪丝·华顿：《欢乐之家》，赵兴国、刘景堪译，南京：译林出版社，1993年，47页。

她之所以这么被动地忍受屈辱，与当时社会中女子处于“被说”的地位相关。从某种意义上说，莉莉要找寻一位合适丈夫的行为是为自己找寻“说话”的权利，是想要在社会中找到一席之地。然而，她却因为自己的一些自由行为而遭受相反的命运：被男人说三道四，被他们“重新书写”自己的生活。即使莉莉很清白，由于这个双重标准，她的名声被毁。通过描述一位女子的“堕落”图画，华顿试图讥讽这个道德双重标准的虚伪性和不公正性。

莉莉与塞尔登相互喜欢，但是两人却遭遇不同的命运；艾伦与阿切尔的情况与他们相似，他们两人也遭受了不同的命运。男人与女人的鲜明对比实在是令人匪夷所思的荒唐事。因为男权社会的文明承认已婚男人的婚外情，而女人却被牢牢地禁锢在婚姻的范畴之内。艾伦因为与其他男人交往而名声不好，但是阿切尔却享有与两位女子同时交往的特权。婚前，他无视未婚妻梅·韦兰的感受，与艾伦交往甚密；婚后，他仍然肆无忌惮地与艾伦继续来往。他享有同时支配两位女子的自由，而艾伦和梅既是他的猎物，又是那个道德双重标准的牺牲品。

《纯真时代》中博福特太太也是这个双重标准的牺牲品。博福特凭借自己雄厚的金钱实力公开任意地追逐女人，而博福特太太“似乎一直对他私下的癖好视而不见”。①二人鲜明的对比证明，妻子受到丈夫的完全支配。作为处于劣势的被动、顺从的妻子，博福特太太已完全顺从地接受了这个双重标准。华顿对这些处于劣势地位的女性和处于优势地位的男子的描述显示出她对男权社会不公平的双重标准的不满。她以这种方式揭示出20世纪初美国女性的劣势社会地位。

3. 扭曲的女性

一些批评家认为，在两部小说里，华顿通过揭示女性之间缺乏团结的状况以展露社会的无情。如琼·里多弗所言，“女性之间充满了怨恨和报复”，珍尼·特麦考姆也认为，“伊迪丝·华顿小说的想象的世界……是由女人的

① 伊迪丝·华顿：《纯真时代》，赵兴国、赵玲译，南京：译林出版社，1999年，176页。

冷淡和无情支配的”。[①]笔者不敢苟同这种观点。事实上，华顿对女性的描述经常与男人相关，她最喜欢的叙述模式是两名女性被同一位男性吸引的三角关系，而这一模式的建构是现实生活的真实反映：缺乏经济支撑的女性受男性支配，女人为争得一席生存之地，只能相互竞争、倾轧，以赢得男人的青睐，并以此获得社会地位，是冷酷的社会现实和女子低下的社会地位导致女子因性别妒忌和对同性的恐惧而玷污了相互的友谊，成为对手。因而，华顿从未有意描述女性之间的矛盾，她是在以此揭露社会真实的一面。

生活于男权社会中，一些女人不可避免地受到男权意识的影响，她们接受了男性思维模式，按照社会强加给她们的角色生活。这些女人的心灵被禁锢了。伊丽莎白·阿蒙（Elizabeth Ammons）注意到：“男权体制就是要使女性之间为金钱和男人的青睐而相互竞争，她们被［男人］禁止争斗或冒犯男人，女性就互相争斗——盗取名声、机会和男性倾慕者——都是为了保持在由男人安排的社会中的地位和经济安全。女人之间相互无情地利用、剥削、欺骗对方，但是从本性上来说，她们感到并无必要去伤害对方。”[②] 一旦利益遭损，她们就转而对其他女性残酷，她们既是男权意识的受害者，又是维护者。

在《欢乐之家》中，有两位女子的心灵已被完全扭曲，一位是伯莎，另一位是朱迪。伯莎属于一类典型的伤害同类的残酷女人。在小说中，她是社会地位和经济状况最强大的女人。她借助于丈夫的钱财，为所欲为，对于任何威胁自己利益的人都会无情地予以报复、打击。莉莉曾被伯莎欺辱过好几次。一次，由于塞尔登与莉莉谈话时间长了，伯莎随之报复莉莉，告诉正在追求莉莉的格雷斯有关莉莉吸烟及赌博的习惯，以至于格雷斯放弃了对莉莉的追求。为了掩盖她与另一位年轻人的感情风波，伯莎先是利用莉莉吸引自己丈夫的注意力，之后又嫁祸于莉莉，将莉莉赶出游艇，使莉莉处于社交的窘境。具有讽刺意味的是，伯莎的威力来源于其丈夫的钱财。事实上，她所谓的“女性威力”并未赋予其真正的力量，没有丈夫的钱财，她将失去社会

---

① Susan Goodman. Edith Wharton's Women Friends & Rivals. Hanover：University Press of New England，1990，p. 48.

② 陈晓兰：《女性主义批评与文学诠释》，兰州：敦煌文艺出版社，1999 年，95 页。

地位，这是她为什么宁可保住自己无爱婚姻的缘由，她的强悍只不过是一种表面现象而已。也许伯莎与几位男人的丑闻属于一种反抗。法国心理学家阿尔弗雷泽·阿德勒（Alfred Adler，1870－1937）坚持认为，女人的不忠永远是［对婚姻或丈夫］报复的一种方式。她往往并不屈从于情人的诱惑，而是屈服于想公然反抗丈夫的欲望："他不是天下唯一的男人——别的男人也会发现我有吸引力，我不是他的奴隶……"[①]根据伯莎的情况，这个观点很有道理。伯莎的婚姻并不美满，她欺骗丈夫的思想源于她对丈夫的怨恨。当伯莎对婚姻不满时，她极度失望，于是在外找寻情人以求获得精神慰藉。她的本性和心灵被扭曲，以一种不合乎道德逻辑的方式报复丈夫。同时，她又是一位受害者，从未拥有过美满的婚姻。她无耻地玷污了婚姻的神圣。

不只是伯莎的心灵扭曲了，朱迪·特莱纳也是男权社会中婚姻的受害者。与伯莎不同的是，她没有用恶言公开欺辱他人，而是在感到自身利益受到威胁时使用看似礼貌的方式去伤害对手。受双重道德标准的影响，朱迪并不在乎丈夫在外拈花惹草，但她忍受不了丈夫塞给其他女人钱。当发现丈夫给予莉莉生意上的资助时，便在公共场所公开怠慢莉莉，以至于其他人也随之冷落莉莉，使其在一瞬间意识到，"如果说她［朱迪］对丈夫的感情并不关心，对她的腰包却显然十分戒备"。[②] 朱迪只关心她丈夫的钱，是金钱的奴隶，根本不关心婚姻的忠实性。可见朱迪婚姻观的错误程度有多深。

在《纯真时代》中，另外几位女性的心灵也被扭曲了。她们以一种扭曲的方式生活，包括梅·韦兰、明戈特太太、阿切尔的母亲阿切尔太太和她的女儿詹尼。

在墨守成规的老纽约人眼里，梅是一位"好女子"，她总是显得很天真、温顺的样子，如同公共雕像般的天使。但是，她的天真是虚假的、被扭曲的，她是社会环境下的产物。在整个小说中，她心甘情愿地保持着一种附属地位。作为一个没有个性的人，在父母家时，她被驯服得完全符合丈夫的要求。结婚前，她就受到阿切尔的支配，听从他有关订婚和结婚日期的安排。虽然经

① Simone de Beauvoir. The Second Sex. Ed. and trans. H. M. Parshley. London：Jonathan Cape Ltd.，1972，p. 523.

② 伊迪丝·华顿：《欢乐之家》，赵兴国、刘景堪译，南京：译林出版社，1993 年，234 页。

过阿切尔的努力，梅仍然按照她从那个文化传统遗传来的信念和习俗行事，以至于阿切尔认识到，想解放一位没有自我意识的妻子是毫无用途的。但是，她的被动性是扭曲的。结婚前，梅多次对于一些伤及其利益的事情采取一种逃避做法。具有敏感性的她洞察到阿切尔被艾伦吸引时，反而陪同父亲到外地去旅游以避开此事，并违心地给阿切尔写信说希望他“善待艾伦”。梅在以退为进，她用自己的温顺、微笑、小心和计谋作武器，去抵抗可能有的危险，这是阿切尔误认为她很天真的原因。即使阿切尔自认为他是家里的绝对权威，他仍被梅天真的外表迷惑。天真是一种极其强大的力量，扮演着“无可指责的贤妻良母”和社会稳定角色的梅将阿切尔紧紧拴到家里，她给艾伦发电报，宣布她与阿切尔的婚事，提前向艾伦宣布她怀孕的消息。她的所作所为终止了小说的两个情节，既阻止了阿切尔与艾伦的出走，也促使艾伦道德意识觉醒，放弃了出走。因此，梅的天真和被动只是表面行为，在她天真的外衣下隐藏着一颗复杂的心，她是由这个社会塑造而成的扭曲的产物。

受男权意识潜移默化的影响，一些女性非常顽固地维护男权。她们抑制了自己的自由思想、判断力和欲望，顺从男权价值观，随时准备毫不犹豫地牺牲自己的利益，以确保她们在社会上的地位，这样她们就成为男权意识的同谋。明戈特太太、阿切尔太太和詹妮就属于这类人。

明戈特太太是一个既复杂又矛盾的人。一方面，她在自己的私事上敢于直面强大的社会习俗，以挑战传统习俗的行为证明自己的勇气；另一方面，她在他人的事情上扮演着男权社会同谋的角色。明戈特太太是通过与富有的明戈特家族联姻才在社会上处于显赫地位的，一旦在纽约上层确立了自己的地位，她就做出了许多破坏社会原则的事情：将女儿远嫁欧洲，建造有异国情调、足以引起别人议论的房子，她的权势使周围的闲言碎语未蔓延开来。但是，她在艾伦的离婚案上却充当了男权意识的卫道士。她督促阿切尔劝阻艾伦离婚。事成之后，她祝贺阿切尔，并骂艾伦是“傻瓜”。随后又是她削减艾伦的生活补给，迫使艾伦回到丈夫身边。在她眼里，艾伦老老实实做伯爵夫人是情理之中的事情。明戈特太太是一位心灵扭曲的女性，她既有一些反抗思想，在本质上又是一位信守传统观念的人。

阿切尔太太和詹妮完全接受了社会传统观念，在许多事情上非常驯服地接受传统社会的落后思想。母女两人在言行和习惯上常常一致，她们都认为阿切尔在家里有权威地位，都接受不了艾伦的出格行为。就因为艾伦是阿切尔的妻子梅的表姐，二人便常在他耳边议论艾伦，对艾伦的行为说三道四。她们的这种做法显示出，她们已完全接受了男权意识，并倾向于用那个标准来衡量其他女性。她们是男权意识的忠实维护者。

这样一组心灵扭曲的女性扮演了男性支配者的角色，压制有反抗精神的女性。她们既受到男权意识的毒害，又是男权社会的受害者，结果她们既伤害了自己，又伤害了其他女性。

三、华顿的女权主义倾向

1. 华顿对女性问题的思索

在《欢乐之家》和《纯真时代》中，华顿揭示了男权社会的巨大威力、被动的女性、处于劣势的女性和心灵扭曲的女性。除此以外，她还展示了两位女主人公的女性自我意识和各种反抗行动。华顿对美国女性受男权社会束缚的社会状况的揭露反映了她对于女性问题的思索。

华顿对于女性问题的思索与她早期在家中所受的压抑、痛苦的婚姻、广泛的阅读及善于思索息息相关，于是，她将个人情感倾吐到写作中来，彰显了女性经验在写作中的作用。莉莉有关女性问题的思索显露出 19 世纪末 20 世纪初美国女性自我意识产生的萌芽，她的经历反映了华顿对女性问题的初步探索；艾伦多次公开的反叛行为显示出华顿在女性问题上的思想有进一步发展，两部小说代表了她的不同思考阶段。

莉莉和艾伦是两位反叛型女性，在思想和行为上都体现出一种女性自我意识。女性自我意识是女性觉醒的标志，表现为女性对自我价值的肯定，它从女性本体论出发认识女性，从观念和方法上否定了男性中心思想及男权社会对女性的界定，是向传统社会秩序的挑战。具有这种思想的女性开始探索自身的思想、情感、生活经历、处境、命运等。[①] 因此，它肯定女性的自我价值，使女性实现主体与客体的结合，在女性历史上是一种革命。

---

① 陈晓兰：《女性主义批评与文学诠释》，兰州：敦煌文艺出版社，1999 年，168 – 170 页。

莉莉的经历验证了法国女权主义者西蒙娜·德·波伏娃（Simone de Beauvoir）断言的“一个女人不是天生的，而是后天塑造的”的真实性。[①] 从小受老纽约上层社会风气及母亲和父亲的不同影响，莉莉成为一个追求物质生活和精神自由的矛盾个体，她进入社交圈十年后仍孑然一人时，开始思考女人的命运，意识到男女不平等，向往拥有一间自己的房子，认识到“做一个女人多么不幸”。[②] 她具有了女性自我意识，认识到了女人的劣势地位。在接受了塞尔登的民主思想后她渴望摆脱社会束缚，与污浊的社会风气背道而驰，因不背叛对真正爱情的追求而放弃了多次嫁人机会，未公开曾深深伤害过她的伯莎写给塞尔登的情书，无声谴责了伯莎之流败坏的道德行为，她由于这种“不合世俗”的处世方式被逐出了社交圈。莉莉失去了生活的勇气，选择了自杀。她走出了那个堕落的、无道德感和责任感的有钱人的“欢乐之家”，以抗争不公平的命运，控诉那个父权社会对女性的歧视和压制。莉莉开始思索女性问题，意识到性别差异和女性的“他者”地位，通过隐晦的反抗，她保持了行为的纯洁性和高尚性，以死为代价，控诉社会对女性的不公。

艾伦在行动上比莉莉进步了许多。华顿并未在艾伦的心理活动上过多着墨，而是通过描述艾伦多次公开反叛社会习俗的行动向读者揭示：艾伦是一位有决然反抗精神的新女性。

当艾伦第一次出现在老纽约时，她的新潮服装样式令思想开放的阿切尔也感到她“不顾品位和情趣”。[③]他未能体味到的是，艾伦是在以奇装异服抗争当时女性的身体和精神为不自然、不实用、狭窄的服装所禁锢，使她们处于一种狭小的生活空间和无助的生活状态，成为男性视觉观赏的客体。奇装异服成为艾伦反抗世俗的手段。当时的社会要求女性言语优雅，避讳粗俗话语，她却与社会风俗背道而驰，公开评判一位公爵是她见过的“最蠢的男人”、范·德卢顿家的住宅“阴森”等。[④] 艾伦并未像周围的人那样对权贵趋炎附势，她敢于公开自己的独立思想。她以若无其事的讽刺性话语揭掉了那

---

① Simone de Beauvoir. The Second Sex. Ed. and trans. H. M. Parshley. London: Jonathan Cape Ltd., 1972, p. 309.

② 伊迪丝·华顿：《欢乐之家》，赵兴国、刘景堪译，南京：译林出版社，1993年，79页。

③ 伊迪丝·华顿：《纯真时代》，赵兴国、赵玲译，南京：译林出版社，1999年，10页。

④ 同③，48页。

些权贵的虚假面具，她的反叛性格一览无余。

艾伦有大无畏勇气的行为之一是她离婚的决心。她向对婚姻不忠却地位显赫的丈夫提出离婚时，即使有纽约法律的许可，人们仍然难以理解、接受她的这种行为。不幸的是，她的抗争最终失败了，但是，她的行动足以表明其抗争权贵、向世俗挑战的勇气和决心。之后，她仍然直面强大的阻力，拒绝回到丈夫身边。艾伦在追求自由、反抗社会习俗的同时，从未忘记过保持道德的正义性。即使她爱恋阿切尔，在得知梅怀孕后，她在经历了激烈的道德与情感的冲突之后，做出了一个重要决定：自我放逐，远走巴黎！这是她一生中最坚决的反叛：她花费了许多时光来追寻爱情，然而，由于她的道德感、正义感以及她的情人的怯懦，导致她的反抗无果而终。在获得真正爱情和保持自我的两难抉择中，她犹豫过、哭泣过，但是，她保持理性，最终选择了后者。虽然她失去了宝贵的爱情，但是她却获得了宝贵的精神自由和独立，保持了自我。她是一位纯洁的反抗天使！

从莉莉的家境、追求装饰的特点和艾伦的婚外恋、离婚的愿望及其自我放逐，可以洞悉华顿的类似经历。事实上，华顿将自身的女性经验融入到创作中，体现了一些女权主义评论家强调的女作家的情感和经验在创作中的作用。肖沃尔特相信，女作家在创作中记录了她们的情感经历。吉尔伯特和格巴也认为，女作家比男作家更倾向于描绘个人的经历，文本是她们下意识的艺术倾泻，[①]究其原因，是因为在男人控制的语言体系中，女性处于空白的边缘，她们没有表达自己思想和情感的机会，于是下意识地在写作中表达被压抑的情感，希望以此获得发言权，拥有一片展示自我和实现自我价值的空间。因而，是女性独特的情感滋养了女性文学。沃尔夫认为，“对于华顿来说，一件事情非常清楚：她的上层艺术源于自己深层的经验。[②]事实上，华顿早期的经历和她创作这两部小说期间所发生的婚外恋和离婚事件影响到了她的创作，并对她在女性问题上的思想发展和进步产生了举足轻重的影响。

华顿在少女时代遭受的精神压抑和束缚以及她日后的不幸婚姻激发了她

---

① 康正果：《女权主义与文学》，北京：中国社会科学出版社，1994 年，13 页。

② Cynthia Griffin Wolff. A Feast of Words：The Triumph of Edith Wharton. New York：Oxford University Press，1977，p. 9.

对女性问题的思索，莉莉与早期的华顿有许多相似之处，如华顿评论家R. W. B. 路易斯的观点："毫无疑问，莉莉的形象混合有伊迪丝·华顿的一些特点，她令人喜爱，高傲、敏感、爱激怒人，而且有许多次，莉莉对自己生长环境的思索、她母亲的冷漠，甚至她毫无个性的家庭环境，都反映了她的作者具有的同样状况。华顿通过莉莉传达了她的自我与美国社会格格不入并且被严重误解的思想。"①华顿将早期的家庭背景和生活融入到莉莉的形象中，传达了与这个物欲横流的庸俗老纽约不和谐的音符。莉莉的女性思索和隐晦的反抗行为说明，华顿在1905年时开始探索女性问题，那时华顿意识到了男女不平等的社会地位以及女性被要求做什么的状况，但是她并不清楚应该怎么办，这表明她在这个问题上的困惑，对女性出路没有清晰的思路。因而，在《欢乐之家》中，她采用隐晦的手段，抗议社会强加在女性身上的不公平对待。这是华顿探索女性问题的初级阶段。

在1907～1908年，华顿经历了一次婚外恋。她的情人莫顿·富勒顿是一位驻欧记者，在文艺圈有一些朋友。1907年，当著名作家亨利·詹姆斯（Henry James，1843－1916）将富勒顿介绍给华顿时，她正准备从婚姻中脱身，此时她对情感体验的需求超过了她对通奸行为和离婚行为的反感，而富勒顿刚从一次婚姻中解脱出来后，又陷入了因与表妹订婚而引起的丑闻中。为了摆脱丑闻的困扰，他与移居巴黎的华顿很快由朋友关系发展为情人关系。此时华顿正进入创作的鼎盛时期，这个事件给她的生活和小说创作带来了重大影响。她的《分离的生活》，即《爱情日记》（Love Diary），以一种反省的方式详尽记录了这一段她自认为足以改变她一生的经历，展现了她真实的情感，探讨了她的自我、爱情、友谊和失落的情感，将"女性"和"作家"的角色描述为相互促进而非矛盾的关系。她久被压抑的情感复苏了，她写道："你（指富勒顿）将我从长期无生气的生活中唤醒，将我从久已默许的无聊习俗束缚中解脱出来——将我沉睡的另一面唤醒。"② 华顿以此向社会传统宣战，公开追求自由、独立和幸福。她认为，这段经历对她来说"是一份极佳

① R. W. B. Lewis. Edith Wharton：A Biography. New York：Fromm International Publishing Corporation，1985，p. 155.

② Kenneth M. Price & Phyllis McBride. "The Life Apart"：Text and Contexts of Edith Wharton's Love Diary. American Literature，66（1994），pp. 663－688.

的礼物，一次美好的人生体验”。[①] 在与富勒顿交往的日子里，她扮演了三个角色：奴隶（自我作践的女人，对于任何爱情施舍感激涕零）、帮手（专业上给予富勒顿忠告的伙伴）和艺术女王（将这次经历的局限性转化为无价的人生体验）。[②]

在经历了 1907～1908 年的感情风波之后，华顿对女性问题进行了进一步的思索。1909 年，在给朋友萨拉·诺顿的信中，她呼吁所有的年轻女性，尤其是那些自我牺牲的女性，应当拥有独立的个人生活。[③]她希望处于被动的生活状态的女性有独立的生活。这种观点比她出版《欢乐之家》时有了进一步的发展。

1903 年的离婚事件也对华顿的文学创作产生了直接影响。她的婚姻从一开始就不美满，经过痛苦的自我反省之后，她以离婚的方式结束了维系 28 年之久的婚姻。[④] 她的传记作家记载到，因担心社会习俗会认为丈夫泰德是她轻佻怪念头的受害者，华顿为自己将来的传记作家准备了一捆信件和医生的报告书，详细记录了泰德不稳定的精神状况。这些材料为她的离婚行为作辩护，反击了那些像《纯真时代》中思想僵化的女族长之流的观点：“当这类事情发生时，毫无疑问，这个男人有点傻，而那个女人肯定做了见不得人的事。”[⑤] 由此可见，当时华顿是顶着多大的社会压力，以大无畏的、勇敢的离婚为手段，展现了她藐视风行的男尊女卑社会道德习俗的勇气。

经历了婚外恋和离婚事件之后，华顿不仅实际生活能力增强了，文学事业也蒸蒸日上，在小说创作中更多地着墨于情感在人们生活中所起的作用。1920 年，在《纯真时代》中，她又一次将个人生活融入到创作中来。艾伦的经历与华顿极其相似，两人的婚姻都不圆满；在忍受够了乏味的婚姻生活之

---

① Kenneth M. Price & Phyllis McBride. “The Life Apart”: Text and Contexts of Edith Wharton's Love Diary. American Literature, 1994, pp. 663－688.

② Debra Ann MacComb. New Wives for Old: Divorce and the Leisure－Class Marriage Market in Edith Wharton's The Custom of the Country. American Literature, 1996, pp. 765－797.

③ R. W. B. Lewis. Edith Wharton: A Biography. New York: Fromm International Publishing Corporation, 1985, p. 238.

④ 同③，p. 318。

⑤ Debra Ann MacComb. New Wives for Old: Divorce and the Leisure－Class Marriage Market in Edith Wharton's The Custom of the Country. American Literature , 1996, p. 765.

后，两个人都变得“不合时宜”。她们还都经历过婚外恋和离婚，都爱好艺术，最终都移居巴黎，甚至两人在巴黎的居住地也非常接近。华顿通过小说将其个人生活展现出来。因而，笔者认为，《纯真时代》有自传的痕迹，这与阿尔弗雷德·卡仁（Alfred Kazin）的观点一致：“对于华顿来说，她作为小说家的事业是许多个人生活失调的产物，小说成为她自我表达的一种方式。”① 通过对艾伦这样处于社会边缘地位的女性形象的塑造，华顿批判了19世纪末老纽约风行的男权社会制度对女性的压制和束缚。艾伦是华顿的所有小说中最有进步性的女性形象，她逃离腐朽的社会、追求情感自由的行动中包含有一种精神胜利。华顿在与令人窒息的纽约价值观的斗争中取得了成功，并在欧洲建立了自己的文学事业。艾伦的精神胜利与华顿的成功行为并驾齐驱。

在《欢乐之家》和《纯真时代》中，华顿塑造了莉莉和艾伦这样两位处于不同反抗阶段的女性形象，融入了她对女性问题的关怀。她们的不同形象反映了华顿思索这个问题的初级阶段和高级阶段，记录了她的心路历程。艾伦在许多方面比莉莉有进步，她已经跨越了单纯的思考女性问题的阶段，采取了许多公开的反抗行动。她敢于做想要做的事情，保持了自己的个性，是一位真正勇敢的新女性。华顿与艾伦之间的许多相似点表明，艾伦是华顿真实的艺术体现，反映了华顿在女性问题上的进步。莉莉和艾伦既未回归到以前的生活，也未走向堕落。莉莉的自杀和艾伦的出走行为都帮助她们获得了精神自由，即使她们的出路并非最佳选择。这是华顿取得的另一个进步。

华顿将自己独特的经历融入到创作中，塑造了两位处于不同反抗阶段的女性人物。不仅如此，华顿还在两部作品中揭示了男权意识的强大威力、女性的被动生活、劣势地位，塑造了一些心灵扭曲的女性形象。这些都足以显示出华顿在女性问题上的思想发展和巨大进步。

2. 华顿在女性问题上的局限性

虽然华顿在《欢乐之家》和《纯真时代》中展示了19世纪与20世纪之

① R. W. B. Lewis. Edith Wharton：A Biography. New York：Fromm International Publishing Corporation，1985，p. 135.

交美国女性的被动生活，在女性问题上有进步，但是，她未能触及女性的经济和政治出路，未揭示出女性问题的本质，即女性实现解放的有效途径。具体说来，华顿在创作女性人物的形象、追求、经济状况、出路和反抗行为等方面有一定的局限性。

在华顿的笔下，几乎所有的女性人物都很漂亮，是男人观赏的客体。这显示出男作家的传统创作思想对华顿的影响。一些女性虽然思想觉醒了，其生活仍然围绕着家庭和婚姻。莉莉的生活目标是找丈夫，艾伦希望以离婚获得自由，但却跳入了婚外恋这样一个陷阱。根据波伏娃的观点，如果女性经济不独立的话，她们将永远处于依附的地位，其祸根在于她无事可做，所以才通过爱情徒劳地追求真实存在。①女性人物的经济依附性是其未能得到解放的最终根源，即使华顿后来依靠写作赢得了经济独立性，但是莉莉和艾伦的经济寄生虫形象削弱了她们的反抗行为，这说明华顿仍然受到她出身的局限。然而，她确实考虑过女性经济独立的问题，《欢乐之家》中的格蒂和内蒂都是经济独立的女性，内蒂是最后一个见到莉莉活着时的人，而格蒂是第一个发现她死去的人。这些细节暗示着经济独立对女性的意义。但是华顿在这方面创作的局限在于她将格蒂和内蒂塑造成长相平平的女性，而且她们相信女性美貌的力量。这暗含了华顿在女性问题上的矛盾观念以及她接受的传统男权社会对女性姣好容貌的期望，即丑陋的女性只能依靠自己的双手才能获得生存能力。

莉莉和艾伦的经济依赖性导致两个人的反抗有限。虽然莉莉并非一位传统女性，有追求自由的决心，然而，她仅仅是一位刚刚具有朦胧觉醒意识的新女性，绝非一位彻底的新女性，她没有勇气为自己的理想和幸福而斗争。当她失去了生活的信念时，她选择了死亡。像她这样依靠别人来生活的女性很难有光明的出路。艾伦的反抗比莉莉决然，她以行动证明了自己是勇敢的新女性，但是她的出路也不甚理想。她出走后的生活仍然充满着失去恋人的孤独和痛苦。

因此，华顿并未给读者提供解决女性问题的最佳方案。女性怎样才能获

---

① Simone de Beauvoir. The Second Sex. Ed. and trans. H. M. Parshley. London：Jonathan Cape Ltd.，1972，p. 771.

得解放？波伏娃的观点集中在解构女性“他者”地位和创造两性平等上，[①]遗憾的是华顿没有赋予莉莉和艾伦任何经济独立性，她们从未得到过真正意义上的解放。华顿未能找到女性解放的有效手段，反映出她对女性解放事业缺乏信心。由于她在女性问题上的局限性，华顿只是具有强烈的女权主义倾向，她不是一位全然的女权主义作家。

华顿的多部作品揭示了她被称为出色的道德风俗小说家的缘由。她描写下层人生活和超自然的鬼故事的作品独树一帜，显示出她作为大家的风采。由于其独特的经历，她关注女性，在几部重要作品中真实再现了 19 世纪与 20 世纪之交美国女性的生活。

当今，在西方评论界，评论家已经认识到华顿作品的重要性。他们普遍认为，华顿堪称 20 世纪初杰出的女作家。刘易斯在谈到华顿的文学成就和贡献时说：“在小说和诗歌方面，她同时代的美国人根本无法望其项背。她的作品使我们对美国社会的某一段历史有了更多的了解。在当代历史和社会条件下，它们将是对女性经验的证明，同时还是对欧美 20 世纪初存在的陷阱、背叛和排斥女性的证明……如果她是个男人的话，她在今天的声望可能会更高些。”[②]吉尔伯特和格巴也称，无论从理论上还是从实践上看，华顿都不是一位女权主义作家，可是，她的主要著作也许比这个世纪中任何一位小说家所创作的女性气质都更值得用女权主义理论进行分析。[③]从这些评论可以看出，学者们已逐渐认识到了华顿在美国文坛的重要性，并给予她基本公正的评价。这也是华顿在经历了几十年的名声沉寂之后值得告慰的事情吧！

---

① Simone de Beauvoir. The Second Sex. Ed. and trans. H. M. Parshley. London: Jonathan Cape Ltd., 1972, p. 641.

② R. W. B. Lewis. Edith Wharton: A Biography. New York: Fromm International Publishing Corporation, 1985, p. xii.

③ Sandra M. Gilbert & Susan Gubar. The Madwoman in the Attic: The Woman Writer and the Nineteenth – Century Literary Imagination. Yale University Press, 1984, p. 8.

第五节　达芙妮·杜穆里埃的家庭哥特现实主义

达芙妮·杜穆里埃是英国20世纪前期的著名女作家。她的创作时间持续了很长时间，从1931年到1989年，在近60年的写作生涯中，共创作有25部长篇小说和几部短篇小说集。杜穆里埃的创作风格迥异，包括家庭传奇、传记、女性浪漫小说、哥特式小说、现实主义小说等。代表作《蝴蝶梦》（又译《吕蓓卡》，Rebecca）在我国引起了很大反响，由小说改编的电影也闻名遐迩。然而，由于她的作品畅销世界，她被称为通俗小说家，而被排除在严肃作家之列。评论界主要关注她的哥特式风格的长篇小说，从女作家身份焦虑的角度评论她的代表性作品，认为她是女性哥特式小说的代表，表达了女性的不满、抗议、想象和恐惧感，①而对她的短篇小说关注很少。

杜穆里埃的“康沃尔小说”大多情节曲折，人物刻画细腻生动，在渲染神秘气氛的同时，夹杂有宿命论色彩的感伤主义说教。英国企鹅出版公司1970年出版的中篇小说集《蓝色镜片》（The Blue Lenses and Other Stories, 1970）中的《不在犯罪现场》（The Alibi）就表现出典型的带有康沃尔郡色彩的哥特式特点。有评论家认为，任何艺术家的作品都体现了三种历史的结合：个人的生活、他所生活的社会的文化生活和他所选择的艺术传统。②但是，杜穆里埃的作品几乎没有自传色彩。

由于深受荣格思想的影响，她的小说旨在进行有关家庭生活和分裂身份的心理研究，探讨现代人内心的焦虑感。由于对勃朗特姐妹的写作风格极感兴趣，为了探讨涉及转换身份特征的焦虑感，她在写作中使用恐怖、怪异的哥特式手法，以产生震撼人心的艺术效果，这也是她的作品广受欢迎的原因

---

① Avil Horner. Daphne du Maurier: Writing, Identity and the Gothic Imagination. London: Macmillan Press Ltd, 1998, p. 1.

② Margaret Anne Doody. Frances Burney: The Life in the Works. New Brunswick. New Jersey: Rutgers University Press, 1988, p. 9.

之一。《不在犯罪现场》就具有这些特点，它以哥特式手法反映了英国现代社会中人们内心的焦虑感。它的独特之处在于：它以英国现代城市为故事背景，勾勒出一幅现代社会中的人因为精神压力巨大而人格发生分裂的图画。这部小说表明，杜穆里埃还是一位揭示现实主义主题的优秀作家。

一、浓重的现实主义色彩

杜穆里埃不仅以擅长使用哥特式艺术手法著称，还关注现代社会中人的生存焦虑。她对现代人的人文关怀的思想长期受到评论界忽视。在《不在犯罪现场》中，她恰当地使用哥特式传统艺术手法，将笔触深入到人物的内心，以烘托这一现实主义主题。

小说的人物有限，只有芬顿、妻子埃德娜、出租给他房子的考夫曼太太及其儿子和一位警官。生活于中产阶层的芬顿深感循规蹈矩生活的束缚，精神几乎崩溃，想要搞些破坏甚至杀人来发泄备受压抑的内心。一个周日，他走到下层人聚居的博尔廷街一栋别墅门口时，偶遇考夫曼太太及其儿子托尼，他以租房子画画为借口，打算杀死他们。这以后芬顿的生活发生了变化，他每天下午固定到那里作画，开始了冒险经历。为了维持表面的生活平静，他对妻子埃德娜和同事撒谎掩盖此事。在这里画画，有考夫曼太太的精心服侍，他感受到了做男人的尊严，逐渐放弃了杀死他们母子的念头。然而，有一天当他说起要去苏格兰度假两三周时，考夫曼太太痛不欲生。第二天，他发现她没有像往常一样帮他收拾画室，而是一副病态。他对她有些不满，但还是在走之前帮她将一包垃圾扔掉，之后他回了家，准备参加晚宴。这时，一位警察进来审问他扔了什么，他撒了谎。然而，警察说他扔的是一个早产新生婴儿的尸体。芬顿被请到所里去做案情陈述，他只好将租房画画的事说出来。为证明自己的清白，他提出到博尔廷街去一下，以便考夫曼太太能够说明一切。他们去了那里，却发现她和托尼已经死了。他希望画能证明自己无辜，但是没有人信任他。埃德娜宣称，他一生从来没有画过画，画只是他不在犯罪现场的证据，他来这个女人房里是为了鬼混。芬顿绝望地喊道：是他把他们全杀了，到苏格兰后，他还准备杀老婆。

小说到这里戛然而止，至于芬顿的最终结局，小说未做明确交代，但不难推断，芬顿大概只能进牢房。这个短篇的情节看似简单，时间只有半年。然而，通过细腻地刻画男女主人公形象，杜穆里埃揭示出现代英国社会中产阶级因为精神受压抑而产生焦虑感，导致人格发生分裂，同时，小说反映了下层阶级女性因生活贫困和精神孤独而绝望的悲惨生活。小说通过男女主人公的悲剧命运展示了一系列人生悲剧，具有浓厚的现实主义色彩。

二、悲剧人生

芬顿的悲剧最初由他的生活方式引起。作为英国社会中产阶级的一员，他日复一日地过着程式化生活，感觉生活像囚笼。办公室的工作乏味无聊，上班对于他而言毫无乐趣，他没有工作的动力。在家里，面对拥有家庭权威的妻子，芬顿毫无做丈夫的尊严，埃德娜使他难以忍受，在他眼里，她爱争吵，固执己见；爱唠叨，让他恼火；而他的岳父生前也总对他挑刺儿找茬儿。他下班回家后不得不受埃德娜的操纵，与朋友轮流坐庄聚会。作为典型的英国绅士，他又极其爱面子，中产阶级的自尊心使他不屑与妻子发生争执，去争在家庭中的支配权。深受一成不变的生活模式束缚，他长期精神压抑，人格发生了分裂，内心产生一种破坏欲，想要杀人。

第一眼看到考夫曼太太及其儿子，他马上想到的是掐死他们。然而，在租到她的房子后，他的内心逐渐发生了变化。考夫曼太太像她养的小猫似的，给他沏茶和洗画笔，非常温良恭俭。她所做的一切，以前从来没有人给他做过。他最初以托尼为模特作画，后来以考夫曼太太为模特，她和儿子满足了芬顿作为男人渴望具有的权威感，还成为他的艺术作品。逐渐地他恢复了作为男人的自信，甚至开始了自画像的创作。他变得雄心勃勃，希望能真正完成一些好作品，让人不再认为他只是个业余爱好者。

为了让这一切保持平衡，他使尽解数尽量将生活安排得无纰漏。为了保持做丈夫的自尊，他对考夫曼太太编造了家里有一个“老母亲”而不得不按时回家的谎言，对埃德娜胡编了一个紧急生意的谎言，以便保证每天能够去画画获得心理满足。虽然他勉强完成了办公室的日常工作，但是拿定主意要在秋季期间终止这无聊的合伙生意。生活的这些改变使他的内心世界发生了巨大变化，他第一次感到心情舒畅。

所发生的这一切变化在他的现实生活中极其难得，使他忆起了年轻时的抱负，狭小的地下室成为他的心理安慰，使他恢复了正常的人性。他给考夫曼太太谈起要举办一个画展，他甚至幻想和一贯无视他男性权威的妻子观看自己的画展，幻想妻子开始对他有了敬意，认识到他的重要性，那时他将多么春风得意！然而，就在他日益恢复自信心、获得男子汉的自尊时，由于他要度假离开三周，使考夫曼太太精神崩溃，导致他的生活逆转，发生了帮她扔垃圾而惹祸上身的悲剧。芬顿的辩解无论在警察还是妻子面前毫无效果，他的画也根本不能成为证明考夫曼太太母子死时他不在现场的证据。虽然他从内心同情他们母子，而且由于她对他的谦恭，在一定程度上医治了他扭曲的人格，但是他仍然被其他人认为是凶手。最终他绝望了，只能自语地承认自己是凶手。芬顿的经历揭示出现代英国社会中产阶级的精神生活危机及其心理脆弱的一面。

对于芬顿的悲剧，除了他没有采取积极的生活态度解决问题之外，他的妻子埃德娜也负有一定责任。如果他们的家庭模式维持传统的丈夫支配妻子的模式的话，也许这一切悲剧不会发生。如果她对芬顿不那么冷酷，多关心他内心的话，芬顿不会发生人格分裂，也就不会想要杀人，以至于后来租那么破旧的地下室作画，发生了本不该发生的“误会”。也许杜穆里埃具有传统的男性支配女性的观念，想要表达这样的观点：在家里，丈夫应当具有男人的权威，妻子应当处于受支配地位，这样夫妻才能和睦，一个家庭才能和谐。然而，芬顿夫妇的状况正好相反。

小说中另一位重要人物是考夫曼太太，她的命运反映了下层阶级女性无助的贫困生活与精神的孤独导致的悲剧。她一出场就给人留下了悲剧人物形象：面色苍白，满脸茫然而忧郁，眼睛呆滞，毫无表情，生活于贫穷和孤独之中。当得知芬顿要租房时，她欣喜异常，一扫往日的忧郁。在根本不了解对方的情况下，她给他谈起自己的生活状况：丈夫出走，没有朋友，异常孤独，只有儿子做伴。因为芬顿给她房租，又听她诉苦，她宁可陪他上床睡觉。当这一要求被拒绝后，她尽全力帮他打扫画室、沏茶。给他帮忙收拾画室成为她的精神寄托，她的生活因此而变得充实。所以，当芬顿提到要离开三周而且秋天后要搬走时，她的心理大厦倾倒了，早产了一个婴儿。虽然小说没有交代她死前一天的经历，但是可以推断出，她是自己打开煤气毒死自己和儿子的。

杜穆里埃塑造的考夫曼太太是一个典型的完全受男权社会传统世俗观念支配的传统英国女性形象，她对男性顺从、依赖，丈夫的离去使她不但失去了经济来源，还失去了精神支撑。从她经常将眼睛发呆的3岁的托尼捆绑在刮泥机上不能动的情景就可以断定，她没有尽到母亲的责任，没有给予儿子一丝母爱，使托尼像木偶一般没有幼儿应有的活泼生气。她与儿子的死亡不仅是由于物质生活的贫困，还由于她精神的脆弱。她既没有独立的生活能力，也没有一丝抗争意识，她心甘情愿地接受命运的一切安排，生活实在无所依靠时干脆和儿子一死了之。对于这一选择，既是她懦弱的表现，也是对摧残、压制女性的男权社会的控诉。

三、身份的焦虑

这部小说反映了杜穆里埃作为家庭哥特式作家创作后期的一个特点：通过男性视角探讨人的身份问题。小说以芬顿的意识为视角，把眼光转向他的内心世界，着力刻画这一人物在特定环境下的种种主观感受，让读者调动自己的经验去体味，他的心理状态既得到了淋漓尽致的体现，又获得了现实依托，实现了杜穆里埃的“心灵”与“现实”，即主观与客观的统一。小说以芬顿的“意识中心”为叙述者，写他的所思所为，侧重于展示其心理感受，使读者清晰地洞察到了他的内心。

如果一种身份受到威胁的恐惧感占据了人物心理，就会导致他的内心出现身份危机，产生双重人格。杜穆里埃曾经写道：“我们都是双面人，每一个人都有他的阴暗面，问题是哪一面占上风?”（Forster，1993：18）小说自始至终凸显了芬顿的身份焦虑感。在家和单位里，压抑无聊的生活状况无法激起他对生活的热情，尤其在妻子面前，他无法树立起做丈夫的威望，这导致他出现了人格分裂。他人格的一面是在家和在单位自卑的自我——现实的自我；另一面是在作画时和在那座公寓重新获得满足感的自我——想象的自我。最初，现实的自我占上风，使他自卑、焦虑，阴暗扭曲的心理压倒了他的正常心理，使他产生了强烈的杀人冲动，希望以此发泄内心受压抑的焦虑感。然而，在租房作画之后，他从绘画和考夫曼太太及其儿子那里获得一种

心理满足，想象的自我占了上风，他的人格中正常的一面逐渐战胜了阴暗面，他逐渐放弃了杀人的念头，此时的他似乎恢复了正常心理。

然而，小说的结尾却出现逆转，既出人意料，又充满讽刺：六个月的绘画经历即特殊的“心理治疗”使芬顿基本恢复了正常人格。然而，在强大的法律威力面前，无人相信他讲的事实真相，他被逼无奈，只好气急败坏地承认自己是凶手，此时，他的人格又一次发生了分裂，而这一次，大概他难有机会再恢复正常了。这不仅是芬顿个人的悲剧，还包含了杜穆里埃对英国现代社会司法界的讽刺。芬顿和考夫曼太太没有采取积极的手段反抗命运，最终都被动地认命了。通过他们的悲剧命运，杜穆里埃揭示出现代社会中人们无法逃脱命运捉弄的宿命论观点。生活于现代社会的人，无论贵贱，都需要一定的精神支撑，否则他将失去活下去的勇气。

四、“康沃尔情结”与哥特式手法

所有哥特式小说的特点是恐惧，气氛往往阴郁紧张，充满了疯狂、暴行和仇杀。它以独特的神秘恐怖和浪漫风行一时，对19世纪至20世纪许多作家的创作产生了巨大的影响。现代哥特式小说不再像19世纪文学作品那样把恐怖的描写停留在感觉刺激的层面，而是把笔锋探向恐怖的源头——心灵。在这些作品中可能没有美女、没有恶棍、没有古堡，但这些东西存留于人们的心底，充满了焦虑和恐惧。这些作品向读者解释：认识恐惧的制造者，恐惧之源自人的内心。在《不在犯罪现场》中，杜穆里埃恰当地使用哥特式传统艺术手法，将笔触深入到人物的内心，探讨了现代社会中人物的身份焦虑，以烘托这一现实主义主题。她的“康沃尔情结”是她使用哥特式艺术手法的源泉。

杜穆里埃的家乡是英国西南部大西洋南岸的康沃尔郡（Cornwall），那里的海和树林显得宁静、偏僻、神秘但迷人，有关康沃尔的古老鬼怪传说使她深感神秘、诡异，她一生极其热爱那片土地和她那里的房子。几十年来，她在那里的生活极有规律：“那里有我渴望的自由：自由写作、散步，独自爬山乘船。”她的很多作品都以康沃尔郡的社会习俗和风土人情为主题或背景，这为她赢得了“康沃尔小说家”的美称，以康沃尔为背景的作品使她享誉世界，许多小说有一种地方感，“杜穆里埃国”（du Maurier Country）成为她浪漫的想象之都，她所描绘的那里的优美风光吸引了无数读者，使之成为一个梦幻般的世界。

在《不在犯罪现场》中，杜穆里埃通过使用哥特传统，更加深刻地探讨了人身份的焦虑。小说通篇充满诡异、晦暗的色调，天气、建筑物、家用物品皆显得萧瑟、恐怖，描写人甚至动物的景象也一派凄凉。

小说开头，芬顿散步时，天空中云层低垂，天色昏暗，风吹得埃德娜瑟瑟发抖，他以此为借口将她撵回了家。走在博尔廷街区，一幢幢别墅的外观显得贫穷衰败，8 号的大门更是破败不堪，落地窗的窗帘长而难看。厨房、小厨间和餐具间肮脏不堪，脏兮兮的储藏架的奶油色漆皮悬吊着，破旧的油地毡已经碎裂，一台收音机也是坏的，地上随便丢弃着报纸杂志、毛线活儿和破玩具。推开他想租的奇怪的“L 形”房间，有一股潮湿且带有煤气泄漏的气味，墙黑乎乎，天花板低矮。就是在这样荒凉的环境中，托尼被捆绑在刮泥机上，一只黑猫正舔舐着它的一只受伤的爪子；映入他眼帘的考夫曼太太面色苍白，眼睛毫无表情。在看到这些荒凉萧索景象的同时，在与她谈论租房的过程中，芬顿的头脑中一直盘旋的想法是杀死他们母子。由于芬顿作画有利于恢复他作为男人的自信，所以有关他画画的几个月的基调不甚晦暗。然而，在他即将离开那里度假前，自然景象又一次令他沮丧：“天空阴沉沉的，河堤街尘雾满天，灰蒙沉闷。河对岸百特斯花园广场里的树木呈现出一派委靡不振、树叶凋落和夏天即将结束的景象。太萧索了，太枯萎了。”

杜穆里埃以景物描写烘托出人的内心感受，同时预示了即将发生的悲剧的到来。就是在这样的景象中，他替考夫曼太太扔“垃圾”，结果引来了牢狱之祸。小说的景物和环境描写与人物的命运紧密相连，相得益彰，行文流畅、和谐，取得了令人叹为观止的效果。而她转向哥特式写作的原因在于她的出身。父亲只有三个女儿，希望有一个儿子继承家庭的艺术传统。杜穆里埃在家排行老二，这使她从小就有身份焦虑感，希望自己是男性。她与父亲亲近，而与母亲疏远。她成年后遵循她那个阶层对女性的传统标准生活，“二战”时她一人带三个孩子在康沃尔生活，在她平静生活、写作的表面下掩藏着她复杂的个性。虽然她作为母亲、妻子和作家过着快乐的传统生活，然而她却有作为女作家的身份焦虑，即“分裂的主体”。在给朋友的信里，

她使用荣格的双重性术语称自己的自我未被体现出来，认为自己写作的人格面具源自自己被压抑的男性的一面。这样，杜穆里埃认为自己的写作身份是男性，因此在她多部小说的第一人称叙述者中，大部分都是男性叙述者，这可以解释为是源于她的“他者”身份焦虑，这也是导致她转向哥特式写作的原因。

使用哥特式手法进行浪漫主义风格创作的作家很多，但是使用哥特式手法进行现实主义主题创作的作家并不多，杜穆里埃在《不在犯罪现场》中将哥特式手法与现实主义主题结合在一起，反映了现代英国人的精神焦虑。她的作品证明，哥特式写作能够反映个人的和广泛的文化价值观和焦虑感。

第二章　英国当代女性文学

英国当代文学始于20世纪50年代，而英国的女性主义文学是其中一支不可忽视的中坚力量，是英国文学的重要组成部分。为了追求实际生活中和政治生活中同样的男女平等，当代英国女性文学坚持用严肃的态度来关注现实、关注社会，以责任感体察人生。同时，受到传统文化、宗教和社会发展历史等因素的影响，女性作家的创作视野更加开阔，题材更加丰富，出现了多种多样的小说样式，不断丰富着英国当代女性文学的创作范围，也适应了不同读者的需求，获得了女性文学的长足发展。戏剧家卡丽儿·丘吉尔、用爱尔兰语进行创作的诗人奴拉·尼·古诺、小说家玛格丽特·德拉布尔和多丽丝·莱辛将笔触伸向社会，自觉承担起知识分子的社会责任，保持着关怀社会的人文主义立场；而女性所特有的生命意识与人生经验，又加深了她们对精神空间的探求意识。

第一节　卡丽儿·丘吉尔的女性关怀

卡丽儿·丘吉尔是从20世纪60年代西方第二次女性运动中崛起的最成功、最著名的英国社会主义和女权主义剧作家，也是第一位其本人的剧本在伦敦一流的皇家剧院演出的女戏剧家。① 迄今为止，她的作品在全世界上映，从英国、美国直到朝鲜和日本，作品常被选入当代戏剧文集，被列为学生的

① Elaine Aston & Janelle Reinelt. The Cambridge Companion to Modern British Women Playwrights. Cambridge Unit Press, 2000.

必读书目。从成名至今，她一直驰骋文坛，写有30多部脍炙人口的优秀作品，包括广播剧本、电视剧本和舞台剧。她先后获得过多项戏剧奖，其中三度获得奥比戏剧奖（Obie Award for Playwriting）和布莱克本奖（Susan Smith Blackburn Prize），两度获得最佳喜剧晚会标准奖（Evening Standard Award for Best Comedy），一次获得奥利维亚最佳戏剧奖（Lawrence Olivier Award for Best Play），在英国文学界乃至全世界被誉为当代主要剧作家之一。①

作为英国最主要的后现代女剧作家，丘吉尔致力于进行戏剧创新，探讨一些涉及日常生活，像暴力、政治和性压迫的问题。30多年来，丘吉尔将社会义务与戏剧实验结合起来，许多作品的主题常常表达难以实现自己愿望的社会下层人士的欲望，尤其是受压迫女性的欲望。她的剧作没有中心人物，原因在于她关注的中心是群体而非个体的命运。她曾说："许多年来我在想到自己是一位女人之前只想到自己是一位作家，但是最近（1977年），我发现我会首先想到自己是一位女权主义作家。因为我发现，当我闯荡世界、遇到一些涉及女性的情况时，我强烈地意识到自己是站在女权主义者的立场上，那不可避免地导致了我的创作倾向。"②她是否站在女权主义者的立场进行创作可以从其代表性剧作《优秀女子们》中窥见一斑。

在丘吉尔诸多优秀剧作中，《优秀女子们》（Top Girls，1982）因关注女性和别具一格的后现代主义写作风格备受人们关注。1982年，它在伦敦一流的皇家宫廷剧院（The Royal Court Theatre）的初次公映标志着丘吉尔成为崛起的新一代剧作家的代表，众多评论家和观众称赞其为"迄今出自一位女戏剧家之手的最佳英国剧作"。③这出剧成为经典女性戏剧的一部分，仍在世界范围内上演。

虽然它是在20多年前写就的，主题却是永恒的。它以一位20世纪80年代的英国职业女性玛琳的生活为关注点，涉及当今商业社会中职业女性面临

---

① "英国当代作家艺术评议"，2006年4月5日．http：//www. contemporarywriters. com/authors/p = auth259.

② Ann McFerran. The Theatre 's (Somewhat) Angry Young Women. Time Out, 28 Oct. – 3 Nov. 1977, p. 13.

③ "当代英语戏剧"，2006年4月6日．http：//fb14. uni – mainz. de/projects/cde/bibl/churchil. htm.

的挑战，采用多重角度探讨了在一个由男人支配的世界里女人在经济、社会和职业上成功的本质和意义。在剧中，丘吉尔通过人物塑造提出了许多很尖锐的问题，包括：女性的成功意味着什么？女性在事业上的进步是好事还是坏事？如果女人不得不放弃或者重新定义她们本身的基本价值的话，应该怎样评价她们的最终价值呢？这些问题不只限于女性，男人也会对之进行思索，是《优秀女子们》最为关注的问题，它向主流社会和文化传统的性别角色、女性地位、资本主义、阶级和家庭提出了挑战。丘吉尔通过剧作发出的疑问反映了她的女性主义和社会主义观点，它深化了性别角色的传统观点，性政治的主题在作品中显现出来。

丘吉尔不仅探讨了玛琳为自己的事业成功付出的代价，还采用了高超的后现代写作技巧，包括非线性的结构、重叠的语言、象征等，这在本剧第一幕第一场尤其明显。它打破了传统的事件发生的先后顺序，使用非传统的人物塑造方式，这对观众将本剧的表面看来不相干的因素联系起来的能力提出了较高的要求。笔者试图结合丘吉尔的个人经历，通过分析《优秀女子们》的人物塑造、写作风格和主题，探讨她在女性问题上的思索。

一、丘吉尔的女性关注

丘吉尔对女性关注的动因与其经历紧密相关。从许多方面来讲，丘吉尔属于正统的英国中产阶层成员，父亲是一位政治漫画家，母亲是一位模特，“二战”时他们迁居加拿大，她的少女时代大部分是在蒙特利尔度过的。之后，丘吉尔回到英国接受大学教育，在牛津大学的玛格利特女子学院获得英国文学学位。早在牛津大学时，她就开始进行戏剧创作，由学生们演出。1961 年大学毕业后，丘吉尔与律师大卫·哈特结婚后到了伦敦。在养育三个儿子的同时，她还做着当作家的梦。她早期的创作几乎全是短小的广播剧，这是由于三个孩子的拖累，导致她不可能有充裕的时间写长剧。她持有与弗吉尼亚·伍尔夫相同的观点：“一个女人如果想要写作，就得有钱，还得有自己的房子。”①同伍尔夫一样，丘吉尔认为，她作为作家的生活与做女人的

① 伍尔夫（Virginia Woolf，1882－1941）。

生活不可分离："促使我谈论政治的因素是我对自己的生活方式不满——做一位律师的妻子，得和小孩子们待在家里。"她逐渐认识到："女性在家务上的真正解放在于，必须教育男人与女人分担抚养孩子的义务。"她的丈夫确实有6个月暂时中止工作，帮助她照顾家庭，使她有更多的时间进行写作。[①]

从自身经历的对事业的追求与家庭之间的矛盾，丘吉尔体会到了做女人难的滋味，她开始关注女性的生活状况。第一部剧《所有者》(Owners，1972）展现了她的社会主义观，批判资产阶级肆意侵略别国的观念。《反对性别与暴力》（Objections to Sex and Violence，1975）虽然不很成功，却将女权主义主题引入了作品中。她早期的作品简洁，不受舞台和场景的局限，时常进行时空跳跃。在70、80年代，随着孩子们逐渐长大，丘吉尔有越来越多的时间从事创作，她写了许多舞台剧，如《九霄云外》（Cloud Nine）、《优秀女子们》和《满口鸟》（A Mouthful of Birds），展现了她的现实主义主题和后现代写作风格。到90年代，她的剧作跨越了单纯的台词和声音的戏剧要素的界限，越来越强调空间和动作的作用，更多地将文本、舞蹈和音乐融合在一起。丘吉尔雄心勃勃的作品有关性别角色和女性的地位、资本主义、阶级和家庭，向有支配力的社会和文化传统挑战。她在对比性的时间范围内自由移动，转换事件的编年顺序，掺进历史和文学旁注，使用非传统的人物塑造方式。她相信观众会将一个剧中明显不相关的因素串联在一起并找到联系点。

《优秀女子们》包含有许多有关现代女性的社会观察，主要是通过人物塑造实现的。许多历史上的和现代的女性人物显得事业有成，这是因为丘吉尔受当时英国社会形势的影响。在英国20世纪80年代初，"铁娘子"撒切尔夫人当上英国首相不久，国内的女性主义思潮和现代商业女性的成功成为一场翻天覆地的大众运动，出现了许多事业有成的女性，许多家庭女性也受影响而在工作和孩子之间做出抉择，一时间，许多人认为女性得到了解放。然而，在《优秀女子们》中，丘吉尔以其深入的思索对当时所谓的"女性解放"提出了自己的疑问。表面上看，剧中的宴会好像是在庆祝玛琳的成功，为她新近被提升为"优秀女子"职业介绍所的董事庆贺，但这场宴会也定义

① Roger Cornish & Violet Ketels, "Introduction to Top Girls", Landmarks of Modern British Drama: The Plays of the Seventies. London: Methuen, 1986.

了本剧的主题和戏剧张力，提出了女性在历史上的地位、成功对于女性意味着什么和她们解放的出路问题。因而，它既是一出女权主义剧作，也是一幕社会主义剧作。

二、历史上的女性

在剧作里，丘吉尔描写了一个女性的世界，创造了一个情感空间。本剧所有的演员都是女性。男性虽然出现在故事中，却不在舞台上显现，他们占据着情感空间，却不拥有物质空间。丘吉尔故意将男性排斥于舞台之外，为女性之间的互相交流提供了自由的空间，以突出女人们单独在一起时使用语言、沉默和潜在思想的方式。丘吉尔这样做的目的是希望这些女性人物能够共享其他人的经历，否则她们不可能认识到女人们作为一个整体所遭受的共同苦难。

丘吉尔从历史的角度展现了不同类型的女性的命运。在第一幕第一场，现代女子玛琳新近晋升为“优秀女子”职业介绍所董事。她邀请了五位女子相聚在一家饭店共同庆祝这一盛事，她们取材于历史、传说、艺术和文学中，来自不同的历史时期，有不同的文化背景。六人相互讲述各自的生活历程，以全部酩酊大醉而告终。本剧的其余部分以现代社会为背景，通过展示一些现代女性——尤其是玛琳的生活，集中探讨女性在社会中的身份及出路问题。

玛琳的这五位客人跨越文化、时代和政治空间，从她们的谈话中可以窥视到她们在追求人生时所做出的抉择、做出的牺牲、经历的欢乐。她们每个人都为在男权社会里获得一席之地而放弃了做母亲、妻子或情人的角色。这些女性人物有些在历史上真有其人，有些是丘吉尔借鉴的其他作品中的人物，她们分别是：出自英国诗人杰弗里·乔叟（Geoffrey Chaucer，1343－1400）的《坎特伯雷故事集》（The Canterbury Tales）中具有“女性美德”的一位侯爵夫人克丽赛达；13 世纪生活于日本的高级妓女尼娇，她后来成为佛教徒并赤脚走遍日本；19 世纪生活于英国爱丁堡后来到世界各地旅行的伊莎贝拉；在 854～856 年间女扮男装做过罗马教皇的琼（Pope Jone）；15 世纪比利时画家布鲁格尔的作品“无趣的格莱特”（Dulle Griet）中的人物格莱特，她身穿围裙，头戴钢盔，带领一群女性冲出地狱与魔鬼作战。

在宴会上，这五位女子通过交谈，将各自的人生经历一一呈现在观众面前。表面看来，这些生活于不同时代、来自各国的女子互不相干。其实不然，她们的故事紧密相关，其各异的经历表明，历史上，女性在与男人交往中，在确认自己的性别身份上，遭受到共同的苦难经历。这五位女子的生活很有代表性，可以说，她们代表了历史上与其有相似生活经历的某一类女子的命运。

克丽赛达是历史上对丈夫惟命是从、服服帖帖的温顺妻子的典型。在完全受男权势力控制、支配的社会中，她是丈夫的私有财产，没有一丝自主权。在不知情的情况下，她被侯爵娶走，还得答应两个条件："心甘情愿地按他的意愿办事，即使对她造成痛苦、对他发出的任何命令指示，她都不得抱怨或皱眉。"在以后的岁月里，她完全按照丈夫的意志行事，其根源在于，她认为，妻子理所当然地应当事事听从丈夫的安排。丈夫为考验她的忠诚，要把她6周大的女儿从她身边带走，尽管她心如刀绞，仍毫无怨言地回答道："我的孩子和我本人都是属于你的——你爱把我们如何处置就如何处置吧。"①最后一次吻别孩子之后，她一如既往地欢快、谦逊、忙碌着，仿佛什么事情也没有发生过一样。四年后，当丈夫又一次以同样的方式把她的儿子抱走时，克丽赛达同样表现出极大的忍耐力，仍对丈夫死心塌地、忠贞不渝。当侯爵为最后一次考验她，假装将她休回家要另娶新人时，她仍然以极大的忍让之心，忍辱负重地回到了父亲家里。一段时间后，克丽赛达又被侯爵招进宫，为他的婚礼帮忙。她忍受着内心极大的痛苦回来了，并把一切安排得十分妥当。在婚礼上，侯爵才告诉她真相，她的儿女安然无恙，他所做的一切只是证明她有"女性的美德"，他恢复了她在宫中原有的地位。

这里丘吉尔在借用《圣经》中耶和华与亚伯拉罕的故事，来隐喻侯爵与克丽赛达的关系。在《创世记》里，耶和华为了验证亚伯拉罕是否对他忠心，命亚伯拉罕将儿子以撒献为燔祭。亚伯拉罕带着以撒到了指示的地方，当他拿出刀子要杀以撒时，耶和华拦住了他，对他说："我现在知道你是敬

① Joseph E. Grennen. Geoffrey Chaucer's Canterbury Tales. Trans. Li Jinda. Beijing: Foreign Languages Teaching and Research Coporation, 1997, p. 206.

畏神的了，因为你没有将你的儿子留下不给我。”①

侯爵之所以像对待动物一样对待克丽赛达，其实就是将自己摆到了耶和华的地位，将克丽赛达当作亚伯拉罕一样摆布。他为了满足自己无足轻重的心愿，任意置克丽赛达的个人利益和感受于不顾，随意摆布、支配她，根本未将她当作平等的人看待。而克丽赛达的行为真可谓堪与亚伯拉罕相媲美，她所具有的“美德”使她从未意识到，自己应当有自主权，而不能只充当丈夫的附属物。她从未意识到自己是和丈夫一样平等的人！丈夫像对待动物般对待她时，她却百般忍耐，毫无平等和自我可言。也因之侯爵才会再三地提出无理的要求，而这些要求是建立在她百般的痛苦之上。克丽赛达完全是封建婚姻体制下可悲的牺牲品，她是中世纪因受男权意识的影响而甘心被丈夫支配的大批愚昧的已婚女子的代表，是玛琳的客人中最顺从而又从未觉醒的一位可悲可叹的女性。

与克丽赛达相比，贵妇尼娇虽然也受男权意识左右，但是她敢于做一些自己想做的事情，敢于以反抗行为表达自己的不满，她的生活并没有完全受别人的支配。生活于13世纪的日本，作为皇帝的小妾，她的经历代表了封建社会中作为皇族权贵玩物的东方女性的悲苦命运。尼娇从小听从父亲的教诲，相信女人生来是为男人服务的。14岁做了皇帝的小妾后，她却落了个独守空房的命运。她整日穿戴薄纱，忙于打扮，甘作男人观赏的客体，生活的目标就是能够成为皇帝最宠爱的女人。她的生活观会使人联想到历史上中国皇帝的众多独守空房、终其一生的后宫嫔妃的悲苦命运。尼娇将生活希望全寄托在皇帝身上，当得不到皇帝的恩宠时，她以不忠为武器报复皇帝的忽视，公然与一位僧人相爱。但皇帝对她早已视为敝屣，反而在一个夜晚将她送给另一个男人，可见皇帝只不过将她当作一个招之即来、挥之即去的玩物而已。失去了皇帝恩宠的尼娇感到一切皆空，她看不到生活的希望，生不如死。皇帝死时，她甚至没有权利穿孝衣，不能进宫送葬，对皇帝死心塌地的她便偷偷躲在棺材后，光脚跟着送葬的队伍，到那儿后却只看到了一缕青烟。

尼娇的悲苦命运不止如此，她还是男人生育的工具：她为皇帝生下的婴孩不幸夭折；她为一位爱她四年的僧人生的女儿被人带走；她的第三个孩子

① Holy Bible. Nanjing：National Tspm & CCC，2000，p. 30.

出生后，她再未见过面；她的第四个孩子出生前，她的情人已死。尼娇以这种随意、放荡的生活方式反抗社会习俗，控诉男权社会对女性的压制。生活没有依靠，她万念俱灰，进庙宇做了尼姑。当在庙里仍旧找不到精神归宿时，她决定解放自己，赤脚游览日本诸岛，欣赏自然风光，寻求精神自由。尼娇一生备受歧视，这不仅在于她是个女人，还因为她是个没有正式身份的小妾，是东方国家中备受人们唾弃的诸多妓女之一。许多像尼娇这样的妓女可能一时享受荣华富贵，但当她们对于男人没有利用价值后，就被无情抛弃。在任何人的眼里，她们都是下等贱民，没有人格可言。①

尼娇敢于以出格的行动反抗男人的压制，比克丽赛达进步了许多。而伊莎贝拉虽然与她们一样饱受男权思想的禁锢，但是她受过一定的教育，有一定的知识文化，在思想上比尼娇觉醒得多。她前半生受男权思想的影响，按照父亲的意志行事，做一些洗衣、做饭之类的琐事，但是她学过音乐、拉丁语和诗歌，勇于追求智力和精神自由，这使她一度拒绝结婚。伊莎贝拉 40 岁时全身伤痛，整日的体力劳作使她备感精神压抑，一度想要自杀。她生活没有依靠，感情生活历经坎坷：她的第一个情人自杀而死，嫁的一位医生也因病而亡，这导致她终生没有情感归宿。一系列的生活挫折导致她毅然向命运抗争，在后半生按照自己的意志生活。到世界各地旅游使伊莎贝拉感受到生活的美好和精神的愉悦。她没有孩子，喜爱马，每次旅行回到英格兰家中后，都去做一些公益的事情：护理病人，到青年女子基督教会作讲座，告诉人们在东方国家见到的女婴被卖掉换口粮的事情。70 岁时，她到了非洲的摩洛哥，是当时唯一见过摩洛哥皇帝的欧洲女性。她精神矍铄，充满活力。伊莎贝拉的经历代表了 19 世纪部分受过一定教育、有自己独立思想但同时又受社会习俗传统影响的西方女性，她们因读书而思想觉醒，有了自己的精神追求，不愿再按照传统的方式生活，但是，处于强大的男权社会环境中，她们又无力挣脱其束缚，内心更加痛苦，只能进行有限的反抗，按照自己的意愿做一些力所能及的事情。

在 9 世纪做过罗马教皇的琼与前几位女性有所不同，她并非像她们一样

---

① Simone de Beauvoir. The Second Sex. Ed. and trans. H. M. Parshley. London: Jonathan Cape Ltd., 1972, p. 629.

始终处于社会的边缘，而是曾涉足男人控制的公共事务，与男人平分秋色，也享受到了拥有支配权的痛快与愉悦。琼从小女扮男装，到学校里同男子一样接受教育，从未接受过男权社会灌输给女子的男尊女卑的思想意识。她的经历反映了历史上女性长久以来被男权文明排斥于教育领域之外的史实。她追求真理，醉心于读书，成绩斐然，被选为罗马教皇，这有力驳斥了女性在智力上劣于男性的传统观念，证明了这样的事实：在同等教育条件下，女子的智商并不低下，她们若有机会展露才华，可以与男人一样有成就，甚至比男人更优秀。然而，当琼感受到了爱情的欢愉之后，因为不懂得生育知识，她竟然在众目睽睽之下将孩子生到了正在举行盛大宗教活动的大街上。她因为暴露了女性身份，立即和孩子一道被人们当作异端乱石投死。她的可悲命运显示了男性支配一切的社会状况：女人没有权利在公共场所掌管权力，否则迟早会被驱逐出去。不仅如此，琼的经历还显示了男权社会的道德双重标准的强大威力：在男女交往的过程中，男人的不轨行为可以被原谅，而女性一旦“堕落”，必将遭受严厉的惩罚。[①] 丘吉尔以此表达了对男权社会中男女不平等的受教育权的不满，并谴责那个社会有失公允的道德双重标准。

克丽赛达、尼娇、伊莎贝拉和琼可悲的命运令人同情，而画家布鲁格尔作品中的人物格莱特比她们大胆了许多。虽然她也曾扮演过传统女性的角色，做过家庭主妇，但是，她最终冲破了男权传统的藩篱，成为反抗男权压制的女勇士。在画中，格莱特勇敢地头戴钢盔，带领一群女性冲出了男性控制的地狱，与压制她们的魔鬼般的男性作战。无论结果如何，她的行为毕竟为其他女性指明了一条光明的出路。在六人的宴会上，她不时为其他女性的悲惨命运深感气愤，显示出无畏、反叛的性格。丘吉尔借鉴这样一个画中人参与这个代表各类女性的集会，表明了她对女性解放道路的困惑：她一方面暗示女性得到解放需要采取强硬手段，同时又显露出对这条出路的前景不太乐观的态度。它如同画中的人物一样朦胧、不明朗，令人怀疑。

在本剧第一幕第一场，丘吉尔通过描述几位代表性女子的命运，展现了历史上形形色色的女性在男权社会备受压制的附属地位。她们代表了历史长

---

① “英国当代作家艺术评议”，2006 年 4 月 5 日 . http：//www. contemporarywriters. com/authors/p = auth259.

河中的众多处于劣势的女性，大部分人因无力挣脱社会的束缚而甘受凌辱，但也有部分勇敢的女性采取了有限的反抗手段。这一幕反映出丘吉尔对于历史上女性生存状况的关注，可以说是她对于历史上各类女性同样悲苦命运的一个展示。

三、现代社会中的女性

在这些女子酩酊大醉以后，剧本的其余部分定位于现实，观众跟随玛琳经历了她在20世纪80年代在英国生活工作的场景。

玛琳在宴会的第二天（即星期一早上）走进了办公室，与同事们闲聊，会见求职者，并应付她的外甥女安姬的不速来访。丘吉尔的观点表现得十分明朗：当玛琳面对她的姐姐、外甥女、同事和自己的抉择时，就这位现代女性的女性观念及其现代生活方式而言，都与生活于历史不同时代的女客相差无几。从表面看来，好像这个宴会在庆祝女人们的成就，其实，通过展现在激烈的社会环境中取得成功的女主人公玛琳，本剧还在探讨：女人事业成功的意义到底是什么？

在这个庆祝宴会上，只有玛琳一人是现代女性，在宴会上她只是一位听众，不断为其他女性的悲苦命运发出愤慨的叹息，她并未讲述自己的经历。从第一幕第二场开始，丘吉尔将镜头从历史上的女性转向了现代女性，展现了现代生活中不同女性的各种命运，主要围绕玛琳担任董事的职业介绍所里发生的故事展开。

霍华德太太、乔易丝和詹尼属于那类仍然受传统观念的束缚而任劳任怨、贤良、顺从的女性典范，不过，她们受传统观念束缚的程度有所不同。霍华德太太是最为被动、顺从的一位，她的生活仍然以丈夫为中心。当霍华德因未被提升为职业介绍所董事而发病住院时，她便不顾尊严，哀求玛琳将职位让给霍华德。遭到拒绝后，她气急败坏地咒骂玛琳不正常。她的观念是，应该由男人领导女人。与霍华德太太有着类似思想的乔易丝是玛琳的姐姐，她为了家庭成员，宁可牺牲自己的利益。当玛琳未婚生下女儿安姬时，已婚的乔易丝替玛琳收养了安姬。乔易丝的生活负担十分繁重，她独自赡养年迈的父母，因养育安姬过分劳累，导致自己的孩子流产。丈夫出走之后，她以做

清洁工为生，经济状况虽不好，却从未接受过玛琳的经济资助。这16年来，玛琳只来看望过安姬两次。安姬并不知情，不知道乔易丝是在代替玛琳行使母亲的职责。她性情古怪，反而恼恨乔易丝，出走伦敦，去找寻生母玛琳。乔易丝为家人遭受了许多苦难，付出了许多，却从未期望得到回报，只是抱怨玛琳为父母、安姬付出的太少。

霍华德太太和乔易丝虽然生活于现代社会中，却仍旧沿袭男权意识的女性观念生活，从未摆脱家庭的束缚，不但自己遭受身心痛苦，也得不到别人的尊重和应有的回报。乔易丝比霍华德太太的思想提高了一步，她毕竟意识到了身为女人的可悲景况，思想上有所觉醒，而霍华德太太则自始至终未意识到自己的附属地位，从未认识到自己也是独立于丈夫之外的个体。

相对而言，詹尼比霍华德太太和乔易丝又前进了一大步。她走出了家庭，走向社会去求职。然而，她接受的是秘书和助手之类的工作，而且求职的目的是能够与男友一起在伦敦工作，以多攒些钱结婚。她的经历反映出当代社会相当一部分现代女性的思想。她们的基本生活状态已与从前大相径庭，有些人走向社会自食其力，享有社会发展给女性带来的机遇。同时，詹尼的经历又反映了长期以来传统社会对女性所从事工作的消极、歧视态度：女子只能干一些低工资、低职位、智力水平要求偏下、无长远发展、处于次要部门的职业，像秘书、打字员、护士、职员、幼教之类的工作，这种思想影响了她们，抑制了她们的潜能和工作热情，导致她们对自己的工作能力和才能没有信心，对事业没有更高的追求，因而往往在事业上没有进一步的长远发展。詹尼就是这群女性中的一员，她工作的目的仍旧是为了结婚并回归家庭。她仍然属于传统女性，从未意识到自己的社会价值，从未认识到自己应该和男人一样工作、生活。

在玛琳的职业介绍所里，可以看到一些有魄力的女性已从家庭解放出来。她们将事业当作她们生活中的重要组成部分，但是，从她们的经历中可以窥见当今女性在工作中遭受排挤的社会状况。来求职的路易丝之所以辞去原先的工作，是因为她想变换一下生活方式：46岁的她独身，在原先的单位工作时工资并不低，与同事的关系也挺和谐。27岁时，她创建了一个业务部，一直担任中层管理工作，勤勤恳恳地为单位干了21年，业绩很好。但是，她培训的年轻人一个个升迁，却无人注意到她的存在，人人认为她干的工作无可挑剔是理所应当的事情。此时，她希望以辞职的方式显现她在单位的功劳和业绩，使同事认识到她的重要性和贡献，并能为她的离去感到伤心。所里的女职员温也遭受了与路易丝类似的经历。她的工作干得非常出色，却仍然得不到提升，前途无望。霍华德太太找玛琳替丈夫“算账”的场景同样反映了在男权意识主导的社会中女性在工作中受排挤的状况。玛琳被提升为职业介绍所的董事的事情令霍华德感到十分震惊，他因自尊心受到了沉重打击而一病不起，他无法忍受被一个女人领导！

因此，在当今社会，许多有才华、对事业有追求的女性即使工作干得比男性好，也得不到赏识和提升。长期以来，社会观念普遍认为，女性只能被领导而不能成为领导。她们的经历显示出一部分事业型女性面临的窘境：她们放弃家庭，将事业当作生命的全部，但是在男人控制一切的社会环境中，她们并不得志，在事业上得不到与男子同等的地位和待遇。她们的才华被埋没，工作热情被浇灭。可见在女权运动已开展了几十年的今天，男权意识的威力和影响仍旧非常强大，女性仍未得到与男性平等的权利。

玛琳得到提升是丘吉尔塑造的一个现代女性事业成功的理想例子。丘吉尔以此向具有传统男权意识的用人观念发起挑战，显示出她蔑视世俗、树立成功女性形象的决心和勇气。然而，玛琳的形象也反映了丘吉尔对于女性事业成功后存在的问题的思考和困惑。玛琳看似事业有成，但是她付出了很大代价。从乔易丝、安姬与她的谈话中可以看出，玛琳的个人生活有很多遗憾之处：她从未结婚，没有自己的家庭，她从未赡养过老父老母，从未抚养过女儿安姬，也从未帮姐姐乔易丝度日，极少探望女儿，以至于安姬在 16 岁时还在猜测她是否是自己的生母。当安姬独自来找她时，她一心只想着工作上的事情，对安姬十分冷淡，还催问她何时离开。她从未想到过自己对女儿还负有责任和义务，她是在牺牲家人利益的基础上获得事业成功的。丘吉尔通过玛琳的个人经历提出了她对女权主义运动的疑惑：女性若想事业成功，就必须抛弃家庭吗？如果将女性的事业与家庭割裂开来的话，事业将对像霍华德太太之流的传统女性毫无吸引力，因为她们不愿意像玛琳一样为了事业而抛弃家庭。因此，玛琳的形象不利于其他女性普遍接受女权主义思想。

另外，玛琳只顾追求个人的成功，从未想到过帮助其他女性获得公正、平等的地位，她和两位下属温和奈尔给女求职者提供的只是一些低微的、不重要的、报酬低、无前途的工作，从未重视其他弱势女性在社会中的实际出路。一方面她们对自己遭受男权社会的不公正待遇深感气愤、不满；另一方面她们却又像男人一样对女性的求职愿望十分苛刻，压抑、剥削女性中的弱者。这种做法不会给女性解放运动带来任何帮助或者正面影响。像玛琳她们那样成功之后便压制其他女性的做法也意味着女性运动毫无意义，这反映了丘吉尔对于女性运动的自我批评态度。

那么，玛琳的这种行为又会给年青一代的女性带来什么影响呢？她的女儿安姬的状况不容乐观。安姬从小不愿接受教育，与周围的生活环境极不和谐：她折磨同伴珂蒂；想杀死母亲；擅自离家去找玛琳，又想依靠玛琳；对自己的前途毫无打算。剧本末尾玛琳与安姬之间的对话具有一定的象征意义：安姬从睡梦中醒来，告诉玛琳梦境“可怕”。其实她是感到未来无望，前景可怕：她若像玛琳那样对事业有雄心的话，将不得不放弃将来可能拥有的家庭；若像养母乔易丝那样的话，将永远被禁锢在家庭之中。安姬实在难以看到光明的前景，她的经历反映了当今英国社会部分少女对未来感到渺茫的心理。

不仅是安姬，索娜的经历也同样反映了丘吉尔对年青一代女性生活前景的悲观态度。21 岁的索娜在求职时谎称已 29 岁，她编纂的辉煌工作经历被职员奈尔识破。可以说是严酷的社会状况逼迫她做出了这样的事情。年轻的女性必须得经历怀孕和哺育孩子的过程，她们在求职中也会因此更容易受到社会的歧视，更难找到合适的工作。因此，女权主义运动一方面提倡女性应当自立；另一方面它未能帮女性解决实际生活中的难题，使得部分女性只能采取某些不光彩的手段，以达到工作的目的。这反映了女权主义运动迄今尚未解决的问题和负面影响，同时也反映出丘吉尔对女性前景的怀疑态度。

四、历史与现代的融合

为揭示女性主题的复杂性，也为了全面反映历史和现代女性的生活，丘吉尔在创作《优秀女子们》时采用了后现代主义写作技巧，融直接性和复杂性为一体，使本剧新颖、独特，使观众在感情上和心理上对它难以割舍。具体来说，它在非线性结构、情节的建构、时间和空间的安排、人物间的对话体例上打破了传统戏剧的特点，别具一格，具有后现代主义作品的诸多特点。这种独具匠心的技巧安排更加衬托出丘吉尔对于女性问题的关怀和思考。

像许多同时代的剧作家一样，丘吉尔受德国剧作家布莱希特（Bertolt Brecht，1898－1956）的史诗戏剧模式的影响，避开令人紧张、引起悬念的情节，用插话式的方式建构情节。她的剧作倾向于由许多相互不一定紧密相关的场景松散地构建到一起，组成一个大致的画面，使观众“眼睛盯着过程，而非结局”。①这样本剧情节的逻辑性、连贯性和封闭性被打破，被一种充满错位式的开放体情节结构取而代之。她把过去、现在融合为一体，将现实时间和历史时间随意颠倒、置换，将现实空间不断的分割切断，打破了传统的时间概念。另外，她将现实和回忆交织为一团，构成了一些与传统剧完全迥异、表面上杂乱无章的场面，这样才出现了第一幕第一场中来自不同历史时期世界几大洲的几位女性相聚在宴会的场景，才有了第一、第二幕不同的场次在饭店、职业介绍所、乔易丝家的后院、职业介绍所和乔易丝家的厨房之间的转换。两幕本质上并不连贯的情节平行展开，使超越时空界限的六位女子的聚餐会与发生在工作场地和家里的平常世界形成了鲜明的对比，而且不同场次发生在星期日夜里、星期一上午、星期日下午、星期一上午和一年前的星期日晚上，时间顺序重叠交错，但又有一定规律，形成了一个时间圈。

在丘吉尔的精心安排下，《优秀女子们》不仅是一座空间迷宫，也成为一座时间迷宫，结构错综复杂、扑朔迷离而又独具匠心。这种独特的创作手法使得曾经“辉煌”一时的历史女性和现代商业社会成功女性同时出现在剧中成为可能，她们的相见使她们得以了解到相互的苦难经历，了解到在不同历史时期生活于世界各地的女性各异却又相似的卑下生活。这种结构安排衬托出丘吉尔对于女性问题的观点：现代女性与历史上的女性有同样低下的社会地位。

各种流派的女性主义评论家都声称丘吉尔为女性主义代表性作家，而她的语言显示出一种亲和力，这就是后现代主义的女性主义。她的戏剧性结构和以演员为中心的语言符合法国女权主义理论家西苏、依莱格瑞和克里斯蒂

---

① Pas Morris. Literature and Feminism. Oxford：Blackwell，1993，p. 31.

娜的愿望。在剧中，丘吉尔不但在情节安排上别具一格，还热衷于探索新颖的语言艺术，通过各种中断策略实现了“陌生化”手法，进行语言游戏和实验，这一点在那些女性为玛琳举行的宴会上和最后一场的年代转换上非常明显。这种重叠的对话形式打破了男权中心的模式，显示出她的自然主义意图。

剧中人物间的对话打破了传统模式，大致说来有以下几种创新模式：第一，在一人结束讲话之前，另一人已经开始讲话，这时被打断的话用斜杠表示出来，例如，在第一幕第一场，当伊莎贝拉的话“这是日本的皇帝吗？我曾见过摩洛哥国王”刚说了一半时，尼娇已接上“事实上他是以前的皇帝”；第二，另一人开始讲一个新话题了，这个人还在继续说着老话题；第三，一个话题被两个话题打断后，仍有人继续原先的话题，这时原先继续的话题用星号表示。人物打断对话互相交谈并非因女人们没有学会充分的群居经验，而是因为她们被封闭于不同的话语中，她们所受的压迫源于各自的经济体系，她们是资本主义体制下受压迫的女性。

丘吉尔的语言打破了传统的男性线性戏剧结构，这种语言游戏表现了女性人物的内心隐秘世界，解构了传统叙述方式，使本剧更加别具一格。同时，这种手法还反映出这样一种情况：这些女性在压抑了多年、第一次拥有了说话权之后，一个个是多么急切地想要将内心深处的苦水倒给同伴聆听，这从另一个侧面揭示出女性在历史上从未拥有话语权的被动境地。丘吉尔以此充满激情地向阶级、性和性别压迫挑战，她发展了一种戏剧语言，强调女性主义理论和性政治。她的独特语言既向传统的戏剧理论发起了挑战，又表明了自己支持女性问题的立场。

在《优秀女子们》的创作上，丘吉尔采用后现代主义手法，对艺术形式进行改革，给剧本增添了许多色彩，使人在领略女性变幻莫测的生活和命运的同时，欣赏了后现代艺术的魅力。通过展现不同时期六位优秀女性的各种曲折经历，本剧反映了世界各地女性的整个屈辱史。从历史长河中女性遭受的苦难、压抑、牺牲和矛盾，读者可以窥见传统男权观念的强大威力和对女性的束缚力。

在现代社会中，仍有一些女性受传统观念的束缚，未走出家庭，按传统的模式生活。即使部分女子已摆脱了落后观念的束缚自食其力，工作出色，但由于社会的世俗力量，她们受到排挤，不能完全发挥才干。一些与男人同

样成功的女性则以抛弃家庭为代价，她们的个性也演变得同男人相差无几。丘吉尔以此揭露男权社会对女性的压抑及女人的劣等地位，显示出对女性问题的关注和对女性的关怀。

本剧以历史虚构开头，以少女安姬做的有关未来的噩梦结尾，在她的两个梦之间夹杂有丘吉尔对现代事业成功女性玛琳的女性主义评论。玛琳接受了有限的变革，使自己的成功成为可能。但可悲的是，她并未意识到，甚至在她自己的家中也继续存在着全球范围的性别压迫，她们处于孤立无援的处境，生活得并不顺心。应当注意的是，有过者并非她个人，而是男权社会及其落后的价值观逼迫她做出了那些选择。

丘吉尔通过玛琳的经历回答了她提出的问题：女人如果为了事业成功而放弃她作为女人本该拥有的家庭，并不见得是一件好事。只要社会上男女不平等，只要有众多的安姬存在，人们就不应当为玛琳们自豪，某一位女性的成就就毫无意义。丘吉尔还进一步探讨了下一次女权主义浪潮的发展：它不应只关注个体女性对于自主权的斗争，还有必要进行激进的社会改革。安姬的梦不仅提醒我们历史上女性所遭受的重压，还表明这一状况：一个人解决了问题对于整个女性解放运动毫无用途，重要的是所有的女性都获得真正平等的权利。

通过以上分析可以得出结论：《优秀女子们》是一出女权主义和社会主义剧作，它提出了关于阶级关系和女性在家里和工作单位的双重角色的问题，它对女性运动进行了自我批判：有些现代女性获得了成功，但是，如果女权主义意味着成功女性踩在男人或者其他女人头上和失去家庭的话，那它就失去了意义。获得与男子平等的社会权力是丘吉尔笔下的女性梦寐以求的愿望，获得解放是她们为之奋斗的理想。然而，她们在向男权社会挑战、走出家庭、参与社会的同时，付出了昂贵的代价，遭遇了不幸和悲哀。虽然在精神上做到了自尊、自信、自强和自立，但她们并未能获得真正的解放。在她们身上反映出了70年代末80年代初女性主义的主导思想，这也是丘吉尔创作本剧的主旨所在。

丘吉尔承认，她有时很为一些评论者对其作品的批评所烦扰：“我被指责太乐观或太悲观，或哲理性太强、政治性不够，但我想做的是将女权主义看作实用的对象，来改写过去和现在的历史。我其实还想做更多的事情，那

就是女权主义运动能为女性带来实质性的利益。”① 丘吉尔的剧作使读者面对人类本性、西方价值观、社会组织或历史进步的真相不会释怀，这些问题使读者不得不面对女人的真实存在，再次进行认真思考。

第二节　爱尔兰语诗人奴拉·尼·古诺的爱尔兰语创作魅力

许多文学评论家认为，奴拉·尼·古诺是英国20世纪用爱尔兰语（也称盖尔语〈Gaelic〉）②进行创作的最出色、最重要的诗人。她会讲六种不同的语言，在爱尔兰和美国曾赢得了多项声望很高的文学大奖。其中包括在爱尔兰获得的艺术委员会奖金（1979，1981）；爱尔兰美国基金会奥少尔尼斯奖（1988）。她用爱尔兰语写的四部诗集全部获得肖恩·欧·赖尔登奖（Sean O'Riordain Award），并于1991年获得美国—爱尔兰基金文学奖。2001年5月，尼·古诺被命名为爱尔兰诗歌教授（Ireland Professor of Poetry），她是迄今荣获此项殊荣的第二位诗人。这是由北爱尔兰艺术委员会和几所大学建立的诗歌奖，旨在奖励全世界有影响的爱尔兰诗人。尼·古诺还是波士顿大学爱尔兰研究彭斯奖的得主，由此可见她在诗歌方面的高深造诣和卓越成就。作为用爱尔兰语进行创作的成绩最卓著的诗人，尼·古诺的作品在欧洲和美国已由一些爱尔兰负有盛名的诗人翻译成英语，其中有1995年诺贝尔文学奖

---

① Helen Keyssar. The Dramas of Caryl Churchill：The Politics of Possibility. Massachusetts Review，Spring 1983.

② 爱尔兰语是自公元430年始在西欧就有的一种最古老的语言之一，到1750年之前主要是用来口头吟唱诗歌的。20世纪30年代至50年代其语法和拼写都采用现代形式。60年代以后，现代城市生活的压力使诗人们摒弃形式和内容的限制而更易被理解。现代爱尔兰诗人生活在英语占主导地位的文化氛围之中，一些诗人用双语创作——诗歌是爱尔兰语文化的中坚力量，虽然这些诗人在本民族文化氛围内得到了认可，但爱尔兰语仍因读者群太小而影响不大，最近许多诗人将他们的作品翻译成英语，以获得外界认可，尼·古诺便是其中之一。也有将爱尔兰语作品翻译成其他语言的。如它在前几个世纪的状况一样，爱尔兰语诗歌仍将是爱尔兰文化的一个主要部分，它的兴旺仍将使爱尔兰的英语语言文化绚丽多彩。（“Chun an teacs seo a leamh as Gaeilge，bril anseo.” Poetry in Irish. Ed. Grtagoir o Duill. Spring 2001. http：//www. poetryireland. ie/irishpoetry/peotryi – nirish. html.）

得主西默斯·希尼、保罗·马尔登、德瑞克·马洪和迈克尔·朗利。除了英语之外，她的作品还被翻译成许多其他语言。

尼·古诺的著作颇丰，创作领域涉及诗歌、儿童剧本、电影剧本和散文，诗集有《诗选 1985》（Selected Poems/Rogha Danta，英文版，1985；双语版，即爱尔兰语和英语，1986）；《诗选 1988》（Selected Poems，1988，双语版，迈克尔·哈特耐特译）；《法老的女儿》（Pharaoh's Daughter，1990）；《俄国羔羊斗篷》（The Astrakhan Cloak，1992，双语版）；《在欧洲中心：为波斯尼亚所作诗集》（In the Heart of Europe：Poems for Bosnia，1998，爱尔兰语版）；《水马》（The Water Horse，2000，双语版）。儿童剧有《吉米》（Jimin，1985）等。她还编辑有《跳出阴影：当代爱尔兰诗人诗选》（Jumping off Shadows：Selected Contemporary Irish Poets，1995）和《爱尔兰作品田野之日文集》（The Field Day Anthology of Irish Writing）当代诗歌第四卷。尼·古诺的好几部作品还入选爱尔兰诗歌选集，包括有觉醒林出版社（Wake Forest Press）出版的文集《觉醒林爱尔兰妇女诗歌文集，1967－2000》（The Wake Forest Book of Irish Women's Poetry，1967－2000）、《当代爱尔兰诗歌》（Contemporary Irish Poetry，1988）、《持久的拥抱：爱尔兰爱情诗》（The Long Embrace：Irish Love Poetry，1987）和《企鹅当代爱尔兰诗歌文集》（The Penguin Book of Contemporary Irish Poetry，1991）。尼·古诺还在《纽约时代书评》、《爱尔兰诗歌评论》等多种杂志上发表了多篇散文，是费尔得雷爱尔兰作品选集的当代诗歌编辑。尼·古诺现与丈夫和四个孩子居住在都柏林，定期在爱尔兰电台和电视台朗诵她的诗歌。她的诗作赢得了评论界广泛好评，被认为是 90 年代以来爱尔兰诗歌最重要的成就之一。

在创作中，尼·古诺独辟蹊径，娴熟地将爱尔兰的古老形式、神话、方言和传统与现代的社会意识、个人风格、商品文化和深层心理融合到了一起。在相当保守的爱尔兰语诗歌世界，她被认为是一位革新者，因为她不仅将新观念带入到几乎灭绝的语言中来，而且善于将当今母题编入传统主题中，以现代角色将神话和传统主题结合起来。尼·古诺还讨论一些有争议性的话题，如性、民族主义、性别和信仰。《俄国羔羊斗篷》出版于 1992 年，它的主题和结构表现了人的一种全面的神秘感、奇妙感和失落感，主题是超自然的世界和文明世界的分裂，说明这个世界上有一些力量在人们的感知和理解之外。①

尼·古诺的诗歌常常与历史相关。她发现，书写从5世纪到中世纪有关爱尔兰语的内容很有裨益。在将她的作品与爱尔兰的过去相联系时，她使爱尔兰文化的各个方面都生动、鲜活了。如尼·古诺所写的，用爱尔兰语写作的中心本质是那种“他者”社会与这个世界的互相贯通感。尼·古诺强调口头传统的重要性，这与男性语言观念相悖。尼·古诺用爱尔兰语进行的诗歌创作推进了爱尔兰文化和爱尔兰语的发展。尼·古诺还是唯一一位带有女权主义色彩的爱尔兰语诗人。当谈到她的诗歌的主题时，她个人倾向于避免使用“女权主义”这个词，取而代之用“女性体验”。尼·古诺在一些诗中表达了女人起来反抗男人压制的女权意识，在有些诗里独辟蹊径，在赞扬男人阳刚之美的同时，将男人置于被观察的客体地位，这打破了男性至上的诗歌写作模式，显示出她的独特创作视角。

一、尼·古诺与爱尔兰语复兴

尼·古诺对爱尔兰语的最突出贡献在于她使用爱尔兰语进行诗歌创作，使其得到复兴。尼·古诺出生于英格兰西北部的兰开夏，最初她用英语进行创作。在早期创作中，尼·古诺本人对于用爱尔兰语创作存有疑虑。在她的《为什么我用爱尔兰语创作》一文中，尼·古诺曾写道：“当我最初写作时，我并未意识到可能用爱尔兰语创作，用爱尔兰语写诗在理智上并不可靠，因而我为鲍伯·肯尼迪和马丁·路德·金的逝世作的挽歌全是用英语写的。”……初中有一次写诗时，她突然将创作的语言由英语改为爱尔兰语，②理由是：“用英语写爱尔兰诗歌好像是一件非常蠢的事情，所以我在写一首

---

① Jeffrey S. Davis. The Astrakhan Cloak by Nuala Nf Dhomhnaill, 11 November 1999. http://www.msu.edu/davisjef/papers/cloak.htm.

② Nuala Ni Dhomnaill. Why I Choose to Write in Irish, The Corpse That Sits up and Talks back. The New York Times Book Review, 8 January 1995.

诗当中改了语言，用爱尔兰语写完了同一首诗。"[①] 尼·古诺的这首诗获得《爱尔兰时代》的奖励。对于这次成就，她说："十六岁时我已作出了选择，事情就是这样。现在仍然是如此，我没有别的选择。""当我回到爱尔兰，我感到自己好像属于那里，那儿的乡村令我陶醉，就好像我幼时读过的童话里的所有景色一般。"[②] 她曾在《纽约时报》上发表文章说："我选择了我的语言，或者更确切地说，也许在某一方面更深层上说，是语言选择了我。"[③]

尼·古诺用爱尔兰语进行写作的一个原因是检验一下那些有爱尔兰血统的人的反应。她写道 ："当我的英文译本的诗歌将他们带回到爱尔兰原创作品中去，然后他们能重新捡起属于他们的久已遗失的语言线索时，我尤其喜爱爱尔兰语。"[④] 她渴望通过将她家乡的人置于语言传统中，使爱尔兰文化保持活力。尼·古诺熟谙爱尔兰文化，所有的诗篇均用爱尔兰语写成。她相信爱尔兰语是一种有巨大弹性和感情敏感性的语言，有迅速而又欢闹的逗弄，许多学者评论说，这种粗糙的农民语言好像常常能迸发出诗篇来。

爱尔兰研究协会主席詹姆斯·莫菲（James Murphy）曾说："她不想用英语进行创造性的思考。"尼·古诺认为，用英语进行创作会分散她的思想，影响创作。对于许多评论家认为她应该用英语写诗的看法，尼·古诺在她的"语言的问题"（The Language Issue）一诗中作了回答。

The Language Issue

I place my hope on the water
in this little boat
of the language the way of body might put
an infant

---

① Jeannette E. Riley. Expressions of a Truth：（Re）writing the Irish Poem in Eavan Poland's Early Poetry，Stark Campus：Kent State University 2001. http ：//www. people. Virginia. edu/dpm5h/riley. html.

② Nuala Ni Dhomhnaill. Pharaoh's Daughter. Trans. Seamus Heaney，et al.. Oldcastle：Gallery Press，1990.

③ Nuala Ni Dhomhnaill. The Language Issue – Ceist na Teangan. http：//www. irishpage. com/poems/pharoah. html.

④ Nuala Ni Dhomhnaill. Rogha Danta. Trans. Michael Hartnett. Dublin：New Island Books，1988.

In a basket of intertwined
iris leaves
its underside proofed
with bitumen and pitch

Then set the whole thing down amidst
the sedge
and bulrushes by the edge
of a river

Only to have it borne hither and thither,
not knowing where it might end up;
in the lap , perhaps
of some Pharaoh's daughter

*Translated by Paul Muldoon*①

语言的问题

将希望寄托于东流
于这叶语言之舟
正如将一婴孩
安顿在

蝴蝶花叶编织的
篮中
那篮底涂着

① Nuala Ni Dhomhnaill. Pharoh's Daughter. Trans. Seamus Heaney, etc.. Oldcastle: Gallery Press, 1990.

防水的沥青

让它和那婴孩
漂浮在河畔的
芦苇
和灯芯草中

就这样随波漂流
未知何处停休
也许，就在
某位法老女儿的膝头

（姜士昌译）

诗中，尼·古诺引用《圣经》中摩西出世的故事来表达她对爱尔兰语未来前途的希望。据《旧约·出埃及记》记载，当以色列人在埃及增多时，埃及的新法老对此感到恐慌，他下令把所有新生的以色列男婴投入尼罗河中。摩西出生后，他母亲将他藏了三个多月后再也藏不住时，她就编了一个蒲苇篮子，涂上石漆和沥青，然后将摩西放入篮中，把篮子投入尼罗河岸的芦苇中。法老的女儿到河边来，正巧看到了摩西，她将摩西救起，摩西就成为她的儿子。诗中尼·古诺表达了希望爱尔兰语也能有摩西那种幸运命运的愿望：让爱尔兰语也能像摩西那样被放入篮中，去碰碰自己的运气，经过它脆弱而又危险的旅程后，她希望某个像法老女儿一样有力的人能挽救爱尔兰语，使它发扬光大。同时她希望能有越来越多的人讲爱尔兰语，爱尔兰人也能更现代一些，有更多的人能喜欢她的诗。

在“爱尔兰语言”（The Irish Language）一诗中，尼·古诺以第一人称拟人化的手法讲述了爱尔兰语以前的兴旺、被外来语压制、被人民丢弃、当今的衰败，并号召爱尔兰人多讲它。

The Irish Language

I am Irish
I am your language
I am your culture
the poets used me
the nobles used me
the people used me
and the children used me
proud they were
and I flourished

But the stranger came
he suppressed me
something worse than that was
my own people rejected me
now I am weak
now I am feeble
but still I am with you
and I will be forever
raise up my head
put joy in my heart
speak me
oh speak me!①

爱尔兰语言

我是爱尔兰语

---

① The Language Issue – Ceist na Teangan. http://www.irishpage.com/poems/pharoah.htm.

我是你们的语言
我是你们的文化
诗人们曾使用我
贵族们曾使用我
普通人曾使用我
甚至孩子们也用过我
他们曾以我为豪
于是我兴盛了

但是陌生人来了
他压制我
更糟糕的是
我自己的人民遗弃了我
现在我衰败了
现在我很衰弱
但是我将仍然与你在一起
而且我将永远与你在一起
扬起我的头
将快乐融入我的心中
请讲我吧
请讲我！①

历史上，爱尔兰语是如此的兴旺、辉煌，各阶层的人，包括诗人、贵族、百姓和孩子，都使用它。但随着外来语（指英语）的入侵，爱尔兰语受到了压制，连爱尔兰人自己也丢弃了它，如今它已衰败、无力。但是它坚信，它将与爱尔兰人同在，而且它将永存。它号召爱尔兰人能够多讲爱尔兰语，以使它发扬光大，重新昌盛，恢复以往的英姿。这两首诗隐含了尼·古诺对自己母语的担忧和希冀，表现了她对自己民族的关爱，希望自己的民族语能够

① 此诗为本书作者翻译。以下未注明译者的诗作均如此。

重整旗鼓、重新辉煌。她坚持用爱尔兰语写诗足以证明对自己民族语言的肯定，尼·古诺以这种方式进行创作推进了爱尔兰文化和爱尔兰语的发展。

二、尼·古诺的女权思想

尼·古诺的独特贡献不只是用爱尔兰的民族语言进行诗歌创作。当其他的爱尔兰诗人忙于创作宗教诗篇时，她用现实主义手法描述现代社会中敏感的现实问题。爱尔兰的诗歌传统从本质上说是男性至上的，以男权为中心的。尼·古诺大胆创新，突破了传统的男性诗歌话语，解构了女性的“爱尔兰母亲”形象，“超越了自白主义的疆界，拓展了一个广泛又具有挑战性的心理领域”。她将女性诗人的地位定为处于“创作文本的女性诗人”、“由一个男人描写的文本中的女性人物”与“由一个男人描写的文本中的作为一名诗人的女人”之间。

尼·古诺意识到传统妇女在家庭中的边缘地位，关注的一个焦点是爱尔兰女性亟待提高的地位和状况。爱尔兰作为一个宗教国家，天主教的盛行使爱尔兰人的思想既传统又保守，认为妇女应当待在家里，服务于家庭。爱尔兰的大部分男人常常酗酒，很粗鲁地对待女人，因而爱尔兰妇女普遍社会地位低下，处于被动服从的地位，没有自我和自由可言。尼·古诺正是在这样的社会氛围中长大的。在她接受了高等教育、到国外旅行以后，产生了女权意识，她在许多诗里表达了一种强烈反对男人强权的女权思想。

在“爱尔兰大男人”（“Masculus Giganticus Hibemicus”）一诗中，尼·古诺无情地揭露并讽刺了爱尔兰男人的大男子主义行为。

Masculus Giganticus Hibemicus

Country lout , knife thrower (dagger – wielder)
whether in jeans or a devil at noon
all dolled up in your pinstriped suit
you're always after the one thing

Dangerous relic from the Iron Age
you sit in pubs and devise
the treacherous plan
that does not recoil on you—
a vengeful incursion to female land

Because you will not dare to halt the growth
of the dark - red damask rose in your mother's heart
you will have to turn the garden
to a trampled mess
pounded and ruined by your two broad hooves

And you're frisky, prancing antlered—
your bread is baked
You'd live off the furze
or the heather that grows
on a young girl's sunny slopes

爱尔兰大男人

乡野村夫，舞刀弄棒之流，
无论扮作牛仔还是午间的魔头
身着细条纹的装束
都在把同一事物追求

你们聚在小酒馆里密议
如何不遭报应的计谋——
这是铁器时代的危险遗物
是对女性领域的复仇

因为你们难以阻止
你们母亲心中深红玫瑰的生长，
只能用那双宽大的铁蹄
将那花园践踏得不像个样儿

你们得意地欢呼雀跃——
女人已烤好了面包
你们要靠荆豆供养
或者食用那石楠花
它就生长在少女耕耘的
向阳的山坡之上

（姜士昌译）

在尼·古诺的眼里，无论他们如何伪装，只不过是像商人一样出卖灵魂。他们聚集在一起密谋如何奴役、欺辱女人，死抱着让女人为男人服务的观念不放，这种观念从古代的铁器时代一直延续至今。对此女人们常常无力反抗——这是他们对女性进行的疯狂报复，因为爱尔兰男人从他们母亲那里得到了无尽的宠爱，自然他们对母亲十分依从，即使与母亲意见不一也不敢起来反抗，于是他们将愤怒转嫁到其他女人身上，像动物践踏花园般欺辱女人。随后他们会聚到一起欢庆自己的胜利——因为女人服从于他们，受到了他们的奴役。尼·古诺揭露了这样一个爱尔兰男人控制压迫女人的世界，她的愤怒通过许多生动的讽刺意象流露出来，像“乡野村夫”（Country Lout）、“舞刀弄棒者”（Knife Thrower）、“细条纹装束”（Pinstriped Suit，是爱尔兰商人常穿的衣服，人们通常认为商人在出售商品时也出卖了他们的灵魂）等。尼·古诺控诉男人们对女人自私、无情的压制和侮辱，他们靠女人供养，却像对待奴隶一样对待女人，她揭露、鞭笞了这样一个以男性意识为中心的社会。

在“姐妹们，我们遭到了诅咒”（We are Damned，My Sisters）中，尼·古诺展现了自己对男人压迫女人行为的愤怒和反抗，着重描述了女人在追求自由时遭受男人辱骂和压迫的状况，以及女人将与之抗衡到底的决心。

We are Damned, My Sisters

We are damned, my sisters
we who swam at night
on beaches, with the stars
laughing with us
phosphoresence about us
we shrieking with delight
with the coldness of the tide
without shifts or dresses
as innocent as infants
we are damned, my sisters

We are damned, my sisters
we who accepted the priests'challenge
our kindred's challenge: who ate from destiny's dish
who have knowledge of good and evil
who are no longer concerned
we spent nights in Eden's fields
eating apples, gooseberries; roses
behind our ears, singing songs
around the gipsy bon – fires
drinking and romping with sailors and robbers
and so we are damned, my sisters

We didn't darn stockings
we didn't comb or tease
we knew nothing of handmaidens
except the one in high Heaven

we preferred to be shoeless by the tide
dancing singly on the wet sand
the piper's tune coming to us
on the kind spring wind, than to be
indoors making strong tea for the men —
and so we are damned, my sisters

Our eyes will go to the worms
our lips to the clawed crabs
and our livers will be given
as food to the parish dogs
the hair will be torn from our heads
the flesh flayed from our bones
they'll find apple seeds and gooseberry skin
in the remains of our vomit
when we are damned, my sisters

姐妹们，我们遭到了诅咒

姐妹们，我们遭到了诅咒
我们在夜晚的海滩游弋
繁星满天，磷火明灭于四周
和着海潮丝丝的凉意
我们全身裸露
像稚童一般无邪
我们欢闹不休
于是我的姐妹们
我们遭到了诅咒

我们遭到了诅咒，我的姐妹们

我们接受了牧师的挑战
也接受了亲朋的刁难
我们忍受着命运带来的疾苦
我们已能把好坏分辨
我们不在乎任何羁绊
我们沉湎于伊甸园
我们分享着苹果和鹅莓
芬芳的玫瑰舞动在耳畔
吉卜赛篝火旁我们歌唱
豪饮、嬉戏，与那水手和强盗为伴
于是我们遭到了诅咒，我的姐妹们

我们不再编织筒袜
我们不再梳理长发
我们不认识什么女仆
除了天国里的圣母玛利亚
我们宁愿在潮水边光着脚丫
在和煦的春风中
聆听着悠悠传来的笛声
在湿漉漉的沙滩上翩翩起舞
也不愿困守在家
为男人沏上一杯浓茶—
于是，我的姐妹们，我们遭诅咒了

我们的眼睛要被虫蛀
我们的嘴角将爬上螃蟹
我们的肝脏将成为
教区里群狗的食物
有人拔掉我们的头发
有人将来剔我们的骨

当我们遭诅咒时，我的姐妹们
他们会发现
在我们呕出的污物中
尚有那鹅莓皮与苹果核儿

（姜士昌译）

在诗里，尼·古诺重复了五次题目，以突出男人们压制女人自由的严重状况。她指出，当女人们自娱自乐、游弋于海滩，像稚童们一样欢闹不休时，她们抛却了诸多束缚女人的传统观念，充分享受到了自由的欢畅。但正是由于女人享受到了自由而遭到了男人和宗教的诅咒和压迫。然而女人即使被辱骂也毫不畏惧，因为她们早已忍受了诸多来自宗教和家庭的疾苦和压力，因为夏娃自从吃了伊甸园禁果以后，早已能分辨好坏。这样，女人不再在乎束缚女人的任何传统观念，她们沉湎于伊甸园中，分享着胜利的果实，她们决心摆脱掉枷锁。女人们继续做一些有违习俗观念的事情，她们在爱好自由的吉普赛人的篝火旁唱歌、豪饮、嬉戏，与受人唾弃的水手和强盗为伴。她们拒绝待在家里做传统认为她们应当做的事情：她们不再去做家务，她们不再为了男人而梳洗打扮，也许只有圣母玛利亚是天国里唯一的女奴。

尼·古诺感叹道：女人宁可玩耍、跳舞而不愿固守在家、伺候男人，她们更愿意享受美好的生活，为自己而不是为男人而活着——结果女人们又遭到了辱骂。尼·古诺写到，女人的这些追求自由的行为自然会引起男人的无情压制，甚至当她们死去的时候，惩罚会紧追她们不放——她们的眼睛被虫蛀，她们的嘴角爬上了螃蟹，她们的肝脏将成为群狗的食物，她们的头发将被拔掉，她们的骨头将有人剐——但她们毫不畏惧，她们会以自己的方式来反抗。尼·古诺就像是一位勇往直前的女战士，她为妇女代言，宣告了她们希望从男人的压制下解放出来的愿望和对自由的向往。她认为，即使女人不合习俗的行为会引起男人和宗教的压迫和制约，她们仍将无所畏惧，勇往直前地追求自由。

在“姐妹们，我们遭到了诅咒”中，尼·古诺号召女人与男人和上帝的压制进行抗争。在“梅芙开口了”（Medb Speaks）一诗中，尼·古诺表达了女人与男人作斗争的坚定决心。

Medb Speaks

War I declare from now
on all the men of Ireland
on all the corner-boys
lying curled in children's cradles
their willies worthless
wanting no woman
all macho boasting
last night they bedded
a Grecian princess—
a terrible war I will declare.

Merciless war I declare —
endless , without quarter
on the twenty-pint heroes
who sit on seats beside me
who nicely up my skirts put hands
no apology or reason
just looking for a chance
to dominate my limbs
a merciless war I will declare !

I will make incursions
through the fertile land of Ireland
my battalions all in arms
my amazons beside me
(not just to steal a bull
not over beasts this battle—
but for an honor – price

a thousand times more precious—
my dignity）
I will make fierce incursions①

梅芙开口了

从现在起我要宣战
向所有爱尔兰男人和
撇进角落的男孩宣战
他们蜷曲在婴儿的摇篮
那么地疲软
不敢再把女人沾染
却还要大肆地吹嘘
昨晚曾与一希腊公主共眠——
我为此严正宣战。

我要发动一场无情的战争——
永无休止，决不宽容
我向他们开战
那些二十品脱酒量的英雄
他们挤在我身边
令人作呕地扯我的裙衫
毫无理由，也不道歉
只想瞅准机会
妄图把我的肉体霸占——
我要毫不留情地宣战！

我将发动进攻

① Nuala Ni Dhomhnaill. Rogha Danta. Trans. Michael Hartnett. Dublin：New Island Books，1988.

把爱尔兰的沃土踏遍
我的部队已全副武装
我的女勇士们
将随我冲锋两旁
（这次战斗
决不只是偷鸡摸狗——
而是为了千倍珍贵的——
我们的荣誉和尊严）
我将进行猛烈的反击

（姜士昌译）

尼·古诺在题目中用“Medb”一词来代指所有的女人，以此显示女人的无比力量。“Medb”来源于爱尔兰语的名字“Meabh”，在爱尔兰传说中是一位皇后的名字。她是一名非常能干、强壮的战士，能办成她想做的任何事情，曾杀死爱尔兰英雄库苦兰（Cuchulainn）。尼·古诺用“Medb”的第一人称叙述手法来替所有的妇女代言，显示出女人无比强大的力量。她将爱尔兰男人塑造成蜷曲在摇篮里的婴儿形象，以讽喻他们的无能。他们那么的疲软，不敢再把女人沾染，只会在夜晚聚在一起大量地酗酒，吹嘘他们占有女人的本事。对于男人这种任意诋毁女人的作为，梅芙向爱尔兰男人宣战。对于男人们的无耻行径，梅芙将发动进攻，决心把爱尔兰的所有领土踏遍，其他的女勇士们也将随之冲锋向前。这次战斗是为了女人的荣誉而战，为了女人的尊严而战。诗中描述梅芙下决心向男人们进行猛烈的攻击，为了女人的荣誉和尊严而战，起来保护自己，保持自己做人的尊严。

三、尼·古诺的独特视角和矛盾之处

作为一名有女权意识的诗人，尼·古诺塑造了一类败坏透顶的男人形象，揭露这些男人的邪恶观念和行为，宣告了她与压迫女人的男人作斗争的决心。她希望女性能获得自由，保持真正的自我，她也希望女性能赢得荣誉和尊严，能与男性一样享受平等地位。尼·古诺的女权思想不仅表现在她要与男人抗争的思想中，而且还在于以女性独特的视角、身份和位置去观察、评判男性，这与读者通常读的男性诗人赞美女性的诗歌大相径庭。作为一名观察者，尼·古诺把男性置于被观察的客体地位，男性的健美被展示在读者面前。她甚至违背传统，大胆着墨于描写男性性方面的独特魅力。

在“裸体”（Nude）和“看一位男子”（Looking at a Man）这两首诗里，她表露出喜欢欣赏男人脱去衣服的裸体形象的趣味。

Nude

The long and short
of it is I'd far rather see you nude—
your silk shirt
and natty

Tie, the brolly under your oxter
in case of a rainy day
the three - piece seersucker
suit that's so incredibly trendy

Your snazzy loafers
and, la - di - da
a pair of gloves
made from the skin of a doe

Then, to top it all, a crombie hat
set at a rak -
ish angle—none of these add
up to more than the icing on the cake

For, unbeknownst to the rest
of the world, behind the outward
show lies a body unsurpassed
for beauty, without so much as a wart

Or blemish, but the brill—
iant slink of a wild animal, a dream—
cat, say, on the prowl
leaving murder and mayhem

In its wake. Your broad, sinewy
shoulders and your flank
smooth as the snow
on a snow－bank

Your back , your slender waist
and, of course
the root that is the very seat
of pleasure, the pleasure —source

Your skin so dark, my beloved
and soft
as silk with a hint of velvet
in its weft

Smelling as it does of meadowsweet
or "watermead"
that has the power or so it's said
to drive men and women mad
for that reason alone, if for no other

when you come with me to the dance tonight
(though, as you know , I'd much prefer
To see you nude)

It would probably be best
for you to pull on your pants and vest
rather than send
half the women of Ireland totally round the bend

*Translated by Paul Muldoon*①

裸体

无论你着长袖或短衫
我更爱将你的裸体瞧看——
你的丝质的衬衣
齐整的领带，
和腋下防雨的伞
极时髦的三点式薄织
套装

上等的平底便鞋
和
用鹿皮精制的
一双手套

头戴一顶小帽
饰以精巧的小角——

① Nuala Ni Dhomhnaill. Rogha Danta. Trans. Michael Hartnett. Dublin：New Island Books，1988.

所有这些
不过是虚有其表

因为，芸芸众生并不知晓，
在其外表之后
遮有一个无与伦比的
健美的躯干，毫无玷污或瑕疵

只有如野兽般敏捷的身影，一个梦想——
可以说，像猫，在徘徊
只留下谋杀和重伤

在清醒中。你的宽阔、强健
臂膀和肋腹
像雪岸的润雪般润滑

你的脊背，你的细腰
当然，还有
欢乐的中心，快乐之源的
根

我的所爱，你的肌肤如此黝黑
柔软
像掺有天鹅绒的细丝
置于纱上

闻起来像牧场
或“蜂蜜酒”般甜美
它如此有威力，或许可说，使男女们发狂
如果别无原因

你我今夜一起去跳舞之时
（虽然，如你所知，我宁可
观看你的裸体）

也许最好
你穿上裤头和背心
免得让
爱尔兰半数的妇女发狂

Looking at a Man

Looking at a man
Take them off
One by one
Trousers and worn
Grey singlet
Put your glasses
On the shelf
Alongside comb
And handkerchief

And walk across the floor
On my right hand
To the foot of the bed
Until I can run
My eyes all down
The dark valleys of your skin
Let them stroke
The wonderful bones

And don't be impatient
With me tonight
Do not prompt me , "how will we do it ?"
Relax , understand
How I can hardly, faced
With the naked evidence
Satisfy my eyes
Or close them , even to touch

Man, so long
In your limbs
So broad – shouldered
Fine – waisted
Fair , masculine
From hair to toenails
And your sex
Perfect in its place
You are the one they should praise
In public places
The one should be handed
Trophies and cheques.
You are the model
For the artist's hand
Standing before me
In your skin and a wristwatch.

*Translated by Eilean Ni Chuilleanain*①

① Nuala Ni Dhomhnaill. Rogha Danta. Trans. Michael Hartnett. Dublin: New Island Books, 1988.

看一位男子

看一位男子
一件一件地
脱掉它们
裤和灰旧背心
把你的眼镜置于架上
与梳子
和手帕并放

走过房间
挽着我的右手
到床角
直到我
用双眼扫过
你黝黑的脊背
让它们爱抚
这健美的脊骨

今夜对我
不要失去耐心
不要提示我，“我们将怎样行事？”
放松一下吧，请理解
面对你的裸体
我几乎不能满足双眼
或闭上它们，甚至想去触摸
的事实

男人，你的躯体，如此修长
臂膀，如此宽阔

腰部，如此完美
毫无瑕疵，充满阳刚
发丝到脚趾
还有生殖器
完美恰好
你就是他们应当赞美的那一位
在公共场所
应当被赠予
奖品和支票
你就是出自艺术家之手的
模型
以光光的肌肤配块表
立于我眼前

通过赞美男人的臂膀、四肢、腰板、头发、脚趾、腹肌、后背、皮肤等，尼·古诺展示了男性躯体的独特魅力，显示了她对丈夫的无限爱慕和崇拜。她对男性的健美如此折服，这对于一位爱尔兰女诗人来说，需要极大的胆量和勇气。因为爱尔兰人一向保守，人们几乎不敢公开提到性的问题，但是尼·古诺却违反常规，在诗中直接描写性，赞赏它的美。客观上她以这种方式改变了男女在社会上的角色，男人成为被观察的客体，而女人成为主观的观察者，这样男人便处于被动地位，他们只能由他们的“另类”来评判了。除此之外，尼·古诺在许多诗中以女性第一人称的手法进行讲述，这样她将女性置于主动地位，显示了女性的主观性，摆脱了传统的被动地位和角色。

尼·古诺并不是一位完全的女权主义者，在“上帝的天使”（The Angel of the God）一诗中，她对丈夫的无限爱慕和崇拜的倾向更加外化、明显，宗教气氛更浓厚。

The Angel of the God

You are my

Angel of the lord
tall, slim
and above all
masculine…

be it done unto me
according to thy word
obedient, quiet
threshed like corn…

and I know
in time to come
when the doctors inform me
than I am dying
of terminal cancer

and I haven't the courage
to end it all
nobly
I'll come to see you
In Istanbul…

I will direct your hand in the plunging of the knife
between my two top ribs
like this…

and I'm certain
you will perform the act
correctly
and never

fail me[①]

上帝的天使

你是我的
上帝的天使
伟岸，颀长
并且充满着阳刚……

让命运之舟再驶来吧
奉您圣谕
我驯服、安静地
如玉米脱粒……

我怎会不晓
与其让医生告知我死亡之期
怎如我患绝症死亡

我没有勇气
去了断一切
高贵地
我将去会你
在伊斯坦布尔……

我将引导你的双手
将刀插入
我的两根肋骨
就像这样……

---

① Nuala Ni Dhomhnaill. Rogha Danta. Trans. Michael Hartnett. Dublin：New Island Books，1988.

而且我确信
你来操作这一动作
必将准确无误

尼·古诺将丈夫比作上帝的天使：他是如此的“高大、颀长，充满阳刚之气”。如果将来患有绝症，有什么不测，而她又没有勇气去了断，她将听从上帝的旨意而“顺从、安静”，即按人们对妇女的传统观念行事，如果死亡降临而她又没有勇气结束自己的生命的话，她将宁愿到丈夫的故乡伊斯坦布尔去寻求他的帮助。对于尼·古诺来说，幸福的死是由她丈夫将刀插入她的两肋间，她几乎可以肯定丈夫不会使她失望。这里尼·古诺将自己比作夏娃而将她丈夫比作亚当，既然上帝用亚当的一根肋骨造出了夏娃，那么她——夏娃——情愿让她的丈夫（她生命的塑造者）——亚当——用刀插入她的两肋而拿去她的生命。既然她的丈夫塑造了她的生命，那么她的死亡也应该由他来操纵，她希望，她的丈夫——上帝的天使，现在是她的天使，可以将她从疼痛中解救出来，在她丈夫怀里死去是她最大的快乐和荣幸。

在诗中，尼·古诺一方面表达了她对上帝的宗教信仰，另一方面她将自己置于一种被动、顺从、屈服的地位。她表达了自己对丈夫的忠诚，但同时她也失去了独立、真正的自我，此时的她已变成了一位甘于受男性奴役、支配的被动女性。这充分显示出了尼·古诺对男性问题的矛盾思想。

四、尼·古诺爱尔兰语创作的贡献

作为一名著名的爱尔兰语诗人，奴拉·尼·古诺的贡献是多方面的。当许多其他的爱尔兰诗人恐怕名声不振，争相用英语写作时，她却坚持用爱尔兰语进行创作，她希望以此使外界更多地了解她的母语和民族文化，使爱尔兰语能发扬光大；她描写爱尔兰男人对女人的压迫，呼吁女人们起来为反抗男人的奴役而斗争；在写作视角上，她将男性置于被观察的客体地位，并以女性第一人称的手法进行创作，充分显示了女性的自主性，表现了女性意识。从以上分析中可以看出，尼·古诺在创作语言、创作内容和创作视角上均有所突破。她的创作新颖别致，主要以人们日常生活中常用的口语为主，使用一些常见的事物作比喻，使她的诗歌通俗易懂，朗朗上口。这些都显示出尼·古诺创作的独特魅力以及她对爱尔兰语的突出贡献。

第三节　玛格丽特·德拉布尔的历史书写

玛格丽特·德拉布尔是当代英国文坛久负盛名的小说家，以关注英国当代社会的现实问题著称，自20世纪60年代以来备受评论界青睐。[①]她的许多作品主要关注知识女性对女性理想身份的探索，备受国内外学者关注，近年来国内学者多从女性主义的视角分析她20世纪90年代之前的作品。德拉布尔于2004年出版的第十六部力作《红王妃》（The Red Princess，2004）在创作内涵和创作技巧上比以前有了很大提高。她打破时空界限，使辞世两个世纪的鬼魂红王妃与其现代替身芭布斯·霍利威尔掌握话语权，进行过去与现

---

① 迄今为止，国外有十多部德拉布尔研究专著出版；论及德拉布尔作品的博士论文有24篇。这些研究以女性主义视角居多，探讨她小说中的母性、母女关系、女性在生活中的困境。评论者将德拉布尔20世纪80年代之前的女性人物分为三类：年轻女性、独立女性和无助的女性（Sadler 8），认为“她们的生活中心是以怀孕、生育和母爱为标志的母性（Myer 14），”处于“既想要成熟又希望保持童年的童真”的状态（Rose 8），德拉布尔的成就在于塑造了寻找身份的女性形象（Singh 220）。此外，有评论者分析德拉布尔创作中所受弗洛伊德心理分析和存在主义（宿命论和意志）理论的影响（Bokat），关注人物的道德升华和后现代元小说实验性写作技巧（Richer）。参见 Lynn Veach Sadler. Margaret Drabble（Boston：Twayne Publishers，1986）; Valerie Grosvenor Myer. Margaret Drabble：Puritanism and Permissiveness（London：Vision Press，1974）; Ellen Cronan Rose. The Novels of Margaret Drabble：Equivocal Figures（London：Macmillan，1980）; Alka Singh. Margaret Drabble's Novels：The Narrative of Identity（Delhi，India：Rajkumar for Academic Excellence，2007）; Nicole Suzanne Bokat. The Novels of Margaret Drabble：This Freudian Family Nexus（New York：Peter Lang，1998）; French Richer. "Continuation and Innovation in the Comtemporary British Novel：The Reflextive Ficiton of Drabble，Murdoch，John Fowles，" diss.，Purdue University，1985. 我国的德拉布尔研究始于20世纪80年代末，2006年以来有了长足发展。评论者通过文本细读探讨德拉布尔小说的道德追寻主题（孙燕萍）、意象（程倩）、“自我指涉”现象（戴琳）等。参见孙燕萍：《在象牙门与兽角门的交叉路口追寻道德要义——评德拉布尔的〈象牙门〉》（《外国文学研究》2010年第4期）；程倩：《困境·梦想·救赎——德拉布尔小说中的自然、神话和宗教意象解读》（《当代外国文学》2010年第4期）；戴琳：《解读玛格丽特·德拉布尔早期小说创作中的“自我指涉”现象》（《当代外国文学》2006年第1期）。

在的对话，采用后现代主义创作技巧，揭示了跨文化的共同的人性问题。

《红王妃》别具一格，以当代英国社会和古代朝鲜为背景，围绕18世纪朝鲜红王妃的坎坷经历和英国现代知识女性芭布斯·霍利威尔的生活展开。在第一部分，德拉布尔以红王妃的第一人称视角展现了她在王宫的人生沉浮，突出了她的丈夫思悼（即王储李暄）在公公英祖（即朝鲜李氏王朝第21代国王）的无情压制下被残害致死的惨剧，再现了虽然贵为王室成员实则备受压制的边缘人物被掩埋话语权及其低下的生存状况。第二部分聚焦于芭布斯。与红王妃一样，芭布斯也经历了丧子之痛和丈夫发疯的打击，但是芭布斯的个性得到极大张扬。她不但远赴首尔参加国际学术会议，还与荷兰学者占·范乔斯特产生了一段婚外情。小说以芭布斯与占的妻子维维卡共同收养了中国孤女陈建依结束。

自《红王妃》出版之后，国内外评论者对之给予关注，从多重视角进行了多元化解读。有学者从叙事学角度进行研读：诺拉·福斯特·斯托夫提出，德拉布尔将小说分为“古代”、“现代”、“后现代”三部分，采用了后现代元小说创作技巧；[①]印度学者奥卡·辛辜从叙事的角度对作品进行了简略分析，[②]认为小说的两个部分是平行关系；在国内尚未有对作品的相关评论。程倩指出，小说以一位亡灵叙述者的身份展开回顾性叙事，“打破了叙事主体的时空局限，进行了超越时代、地域和文化的历史对话和精神交流。”[③]埃尔弗丽达·阿贝研究了小说中的象征，发现红色是贯穿小说的一个线索，它象征了几个世纪以来女性的空虚、脆弱和坚强。[④]还有学者探讨了小说的女性主义主题及人物形象，肯定德拉布尔的女性主义思想。[⑤]以上评论多注重解析小说的艺术手法及女性主义主题。

笔者认为，德拉布尔的《红王妃》取材于朝鲜历史故事，关注当代社

---

① Nora FosterStovel. Margaret Drabble: The Red Queen. International Fiction Review (Jan. 2007), p. 191.

② Alka Singh. Margaret Dribble's Novels: The Narrative of Identity. Delhi, India: Academic Excellence, 2007, p. 187.

③ 程倩：“历史还魂，时代回眸”，《外国文学》，2010年第6期，54－62页。

④ Elfrieda Abbe. The Margaret Drabble Way. The Writer 1 (Jan. 2006): 20.

⑤ 刘阳：“生命交织，命运轮回——玛格丽特·德拉布尔《红王妃》女性形象解读”，《内蒙古农业大学学报》，2008年第6期，396－398页。

会，采取了新历史主义创作策略，本书拟从新历史主义的视角阐释作品蕴涵的深刻内涵，探究德拉布尔对历史的质疑、重新阐释以及她如何实现了今天与历史的对话。

一、对历史的质疑

德拉布尔在《红王妃》的序言里写道，这部小说受18世纪朝鲜献敬王后洪玉英（Hyegyong Hong）撰写的《玉英王妃回忆录》（以下简称为《回忆录》）一书的启发创作而成。她“大量借用《回忆录》中的材料”，但是很多地方“是对历史的演绎，而不是照搬史实。”①这意味着，她虽然参考了历史人物洪玉英的《回忆录》，但是她主要经过艺术加工创作出这部小说，它与史实有一定出入。德拉布尔如此独具匠心，是否要重新审视朝鲜历史？

据朝鲜史书记载，英祖李昑是一位很有作为的明君，他采取一系列改革政策，促进了朝鲜经济、文化和军事的发展。英祖曾经削减兵役税等税收，整顿国家财政制度，推广用朝鲜文字印刷的重要书籍，在汉城和其他城市广建道路和桥梁，并修筑了平壤城，在司法上废除了压膝、黥刺等肉刑。他坚持儒教治国，发扬开明君王的人道主义统治，以俭朴、公正著称。②这些史实证明，英祖政绩卓著，为促进朝鲜的发展做出了一定贡献。法国人类主义学家克洛德·列维－斯特劳斯认为，历史有其目的性，是为某个特定的社会集团或社会公众而写。不仅如此，历史表述的这一目的和倾向体现在历史学家为了整理手中材料而使用的语言中。③ 朝鲜史书有关英祖明君形象的记载体现了他的观点，显示出朝鲜历史学家为主流话语进行言说并颂扬统治阶层的倾向。然而，英祖其人是否真如史书所载呢？

在《回忆录》中，《红王妃》中的英祖形象与历史主流话语中的英祖形象大相径庭：他是一位全能的国王，但是他又是“一位非常讨厌的公公”，

---

① 玛格丽特·德拉布尔：《红王妃》，杨荣鑫译，昆明：云南教育出版社，2007年。

② 轩辕居士：《朝鲜王朝历代国王考证》，2008年 < http：//www. 1history. cn/ archiver/ tid－162511. html >。

③ 转引自海登·怀特：“历史主义、历史与修辞想象”，见张京媛：《新历史主义与文学批评》，北京：北京大学出版社，1993年，180－200页。

是“精神紧张、暴怒、身体虚弱还患有精神衰弱”的人。①德拉布尔在《红王妃》中发挥文学的能动作用，在《回忆录》的基础上对英祖的正面形象予以质疑。她对于《回忆录》的接受反映了美国新历史主义批评家海登·怀特的观点：历史话语本身实际上是事实与意义的结合体。这两者的结合使话语获得了意义的特殊结构层，使我们能将这一话语看作某一类而非其他历史意识的产物……话语的潜在意义层与描述事件时所使用的语言有着密切关联。这一语言的运用充当了一种“代码”，它要求读者采取某种态度来看待在话语的明显层面上显示出的事实以及对事实的阐释。②德拉布尔通过红王妃之口披露了英祖不为人知的另一面：他是一位凶神恶煞般的父亲，正是他一手操纵了历史上有名的“壬午事件”，以思悼犯下了乱杀宫女、结交僧尼、私自出游等罪名为由，将他封入米柜达八天之久，直至将他折磨致死。红王妃话语中的英祖是一个逼疯并杀害儿子的恶魔。她深感失去丈夫的痛楚，字里行间流露出对英祖的怨恨。这表明德拉布尔对历史话语采取了一种理性的接受态度。

德拉布尔通过红王妃之口向主流权力话语挑战，质疑史书对英祖的颂扬：“我们的史书标榜他是个伟大的君王，但这并不能掩盖他的另一面：喜怒无常、报复心极强、对儿子毫无父爱。”③这番话表现出红王妃对正史的不屑以及她对英祖权威的公开挑衅。她替思悼辩解，谴责社会过分看重子孙应服从父辈的倾向，有力谴责英祖对思悼的无情无义。德拉布尔借红王妃之口质问极权在握的英祖“到底是个恶棍，是个受害者还是一位英雄？”红王妃隐晦表达了她对英祖的消极评价：“我反复思索仍然不得其解，而史论又总是遮遮掩掩甚至常带有偏见，要据之做出定论也难。一句话，盖棺未必论定。”④这是红王妃对英祖的权威和历史主流权力话语的挑战宣言，充分反映了新历史主义观：文学具有能动的社会功能。它能够参与主导意识形态的确立或改

① 李良玉：“玛格丽特·德拉布尔访谈录”，《当代外国文学》，2009年第3期，153－163页。

② 转引自海登·怀特：“历史主义、历史与修辞想象”，见张京媛：《新历史主义与文学批评》，北京：北京大学出版社，1993年，180－200页。

③ 玛格丽特·德拉布尔：《红王妃》，杨荣鑫译，昆明：云南教育出版社，2007年，41页。

④ 同③，5页。

变，挑战主流意识形态的权力话语，使处于边缘地位的人发出声音。[①]红王妃对历史进行反思、质疑，欲展示正史未曾揭露的英祖恶魔“真面目”及其“真实”历史，使处于边缘地位的红王妃发出了自己的声音。

红王妃是历史上处于边缘地位的“无言”群体的代表。她虽然贵为王妃，却始终受他人支配，在封建行为规范的约束下生活。她在世时长期受到压制，从未拥有话语权。史书将红王妃一笔带过，只是简略记载了她的生卒年代和被赐封号；在《回忆录》中，红王妃也只是当时宫廷事件的记录者。[②]然而，在《红王妃》中，红王妃以第一人称的主体身份进行言说，发出了与历史主流话语迥异的声音。晚年时，红王妃拒绝再过“无言”的生活，写作成为她生活的全部。生活于封建时代的红王妃能读会写，这成为颠覆封建社会里只由男性掌控知识的主流意识形态的基础。她记录下了自己的一生和那个年代，她的言说是她对历史主流话语的质疑。她虽已辞世200多年，却以鬼魂的身份控制小说的话语权，自由穿梭于历史与现代文明的时空之间，在虚构的世界中宣泄长期压抑的情感。德拉布尔通过红王妃之口质疑朝鲜正史，并试图对之进行重新阐释。

二、对历史的重新阐释

根据新历史主义观点，文学产生一种新的文化意识和一种更加真实的话语声音，注重主体精神对历史的重新阐释和引导作用。文学并不被动地反映历史事实，而是通过对历史的重新阐释参与历史意义的创造，甚至参与对政治话语、权力运作和等级秩序的重新审理。[③]德拉布尔通过红王妃披露英祖与思悼的冲突，对18世纪的朝鲜历史进行重新阐释，再现了掩藏在“壬午事件”之后她的家庭所遭受的不为人知的血和泪。

德拉布尔认同红王妃在《回忆录》中提出的观点：“壬午事件”本质上并不是一起政治丑闻，而是英祖与思悼父子冲突导致的结果，其根源在于思

---

① 王岳川：《后殖民主义与新历史主义文论》，济南：山东教育出版社，1999年。

② 李良玉：“玛格丽特·德拉布尔访谈录”，《当代外国文学》，2009年第3期，153－163页。

③ 同①，198页。

悼的命运和他的生活环境。[①] 关于红王妃的一个话语焦点——她的丈夫思悼，史书着墨不多，只是记录了他因不轨行为遭受米柜惨死的事件。而在小说中，红王妃详述了她与思悼共同遭受的英祖强加于他们的屈辱和痛苦。思悼虽然贵为王储，享尽了人间荣华富贵，然而，他“初降人世就承载了太多的期望”。[②]英祖为思悼营造的生活环境极其严酷，对思悼一贯冷酷无情：思悼童年时，英祖就把他交由奶娘照管，几乎从未去看望过他；思悼的儿子出生后，英祖连一句祝福的话也没有；“童年时期的王储所学的全部课程就两个字：惩罚”[③]；英祖对思悼的管教方式也极其苛刻、严厉，使他感受不到父爱和童年乐趣：他背书结巴时，英祖就会冲他怒吼，使他落下了说话结巴的毛病；他因为惧怕父亲而患上狂躁症。英祖对成年思悼的行为极为失望，他发病时，英祖甚至希望他死掉。思悼一提到穿衣问题就发狂，全是因为父亲从来就没有停止过“对他的仪容的批评”。[④]是英祖无休止的唠叨和责骂才使思悼精神错乱，患上了妄想型精神分裂症，他发病的表现形式就是杀人和衣服恐惧症。对他而言，英祖犹如幽灵一般可怕。在红王妃看来，思悼的人生悲剧与他生于帝王之家的命运和生活环境密不可分。

红王妃通过讲述思悼从发疯到死亡的过程，替处于边缘地位的丈夫发出了他在世时未能发出的声音。她在话语的字里行间透露出对英祖的怨恨，使人了解到英祖的许多个性缺陷：他无论是在个人行为上还是在管理朝政上都言行不一；他性格暴躁，反复无常；他时而自我克制，时而又放任自流；他“身为一国之君，且以开明著称，但在他身上总有一些让人难以捉摸的东西，有时甚至会歇斯底里表现出一些几乎是女人气的特点。”[⑤]红王妃认为，思悼恐惧和狂躁的根源来自于他对父亲的惧怕。思悼这样对父亲解释他的杀人理由：“我杀人杀动物是为了发泄闷在心里的火气，因为我受伤害太深……因为你不爱我，而且我很怕你，你老是责骂我，好像我一无是处。我的病就是这么得来的。”红王妃认可思悼的说法，认为“是父爱的缺乏使得思悼心神

---

① 李良玉：“玛格丽特·德拉布尔访谈录”，《当代外国文学》，2009年第3期，153-163页。

② 玛格丽特·德拉布尔：《红王妃》，杨荣鑫译，昆明：云南教育出版社，2007年，24页。

③ 同②，25页。

④ 同②，58页。

⑤ 同②，15页。

不宁”。[①]思悼的这些怪异行为是他对父亲严厉管教方式的抗争。“他渴望被爱、被赞誉、得到认同。他厌倦了在父王眼里总是一无是处，总是受到责骂，他需要关爱。”[②] 所以他费尽心思出宫去温泉疗养，希望能够逃避自我。然而，当生活恢复如初后，他再也无法忍受备受责骂的生活，精神失常，犯下了一系列不可饶恕的罪行。面对父王的指责，思悼辩解道：他得不到爱，才变得绝望而狂暴，把他逼疯的正是父王。[③] 红王妃认为，虽然思悼做过许多令人难以谅解的错事，但是追根溯源全在于英祖。她怀疑英祖重女轻男，“他十分宠爱他的女儿们……没准打从思悼一出生，国王就视其为竞争对手，一个潜在的弑父凶手。”[④]因而，红王妃将思悼的“胡闹”行为及其死因归咎于英祖，她悲愤地谴责英祖：“遍查我们的历史记录，从来没有过一个如此冷酷、如此残忍、如此肆无忌惮的父王，毫无顾忌地杀死自己唯一的儿子。这种事不仅在我们的历史上绝无仅有，甚至跟世界史上最最歹毒的罪行都堪有一比。”[⑤] 红王妃的话语集中于思悼与英祖的恩怨，替悲惨死去的思悼言说，再现了被正史掩埋的话语。她与史书唱反调，将思悼的恶行归咎于英祖。

红王妃的话语含有潜在的意义，隐藏着对历史“真实性”的另一种阐释。她认为，思悼悲剧命运的根源在于英祖对他百般冷酷及强权压制，这使得他们之间缺乏交流，导致他遭英祖的毒手。不过，思悼死后，红王妃欣慰地看到，英祖也意识到“是他永无休止的苛求和责难导致了思悼的悲惨结局”。[⑥] 在余生中，儿子的死让他备受良心折磨。至此，红王妃为思悼正名，还原了他“蒙冤而死”的历史“真”面目，使得“壬午事件”中看似主持正义、大义灭亲的英祖正面形象受到质疑，而史书记载中恶贯满盈的思悼则成为英祖暴力压制下的牺牲品。

红王妃除了替思悼言说之外，还讲述了朝鲜上层社会女性的心酸生活。她们备受封建时代父权思想的压制，同样属于社会边缘群体。在小说中，德

---

① 玛格丽特·德拉布尔：《红王妃》，杨荣鑫译，昆明：云南教育出版社，2007 年，67 页。
② 同①，72 页。
③ 同①，88 页。
④ 同①，15 页。
⑤ 同①，98 页。
⑥ 同①，109 页。

拉布尔通过红王妃的坎坷命运重新阐释这一特殊群体所经历的苦难，从性别文化的角度披露她们的生存真相。

历史上，红王妃始终受公公和丈夫的支配，从未有过言语自由，也无人聆听她的心声。在小说中，红王妃打破沉默，再现了那个时代性别歧视的无形张力，揭露朝鲜主流父权意识形态对妇女的压迫。在开篇自述经历时，红王妃便道出她附属于丈夫的边缘性身份："我没有名字，却又有很多名字。我是个无名的女人。"① 史书中她的名字是"洪氏"，小说中思悼称她为"红王妃"（"红"字来源于她对红绸裙的喜爱），除此之外她再也没有其他名字。这一"无名"的事实既注定了她终生为人妇而附属于他人的生存本质，也注定了她由男人掌控生活的人生基调。虽然她天资聪颖，但是在10岁被选为王妃之后，她便跟随丈夫经历了无数人生坎坷。她的命运应验了西蒙·德·波伏娃的断言："一个人之为女人，与其说是'天生'的，不如说是后天'形成'的。"② 红王妃从小所受的教育就是要谨言慎行，学会收敛。初为人妇，她就明白自己的"责任"重大：为王室传宗接代。红王妃经历了历史上无数"上层"女性生活的悲哀：虽然拥有荣华富贵，但是却无缘享受普通人的人间欢乐。对她而言，户外运动是有违妇道的奢侈之事，她的花园在高墙包围之中，她的生活如幽闭恐惧症患者一般。红王妃的天性受到极大的束缚，她难以拥有独立、自由和自我追求，一生只能为人女、为人妻和为人母。

和许多普通女人一样，红王妃试图履行好做妻子和母亲的义务。然而，即使她付出了比常人更多的努力，也难以如愿以偿。思悼不顾王室禁令擅自出行多日时，为了保护他及家人，红王妃不得不充当他的同党，在宫里安排一位太监假扮思悼，以掩人耳目。为了维护丈夫的名誉，她忍辱负重，费尽心机，内心却充满了恐惧和羞耻。"壬午事件"发生之时，红王妃陪伴着思悼一起忍受恐惧、悲伤和绝望的煎熬。她本想尽妻子的本分跟随他共赴黄泉，但是为了保护年幼的儿子，她只好苟活下来，成为被剥夺了王妃名分的罪犯之妻，忍受更深重的屈辱。不仅如此，更令红王妃不堪重负的是她无法将母爱奉献给儿女。第一个儿子的夭折使她痛苦得简直发疯，好在二儿子崇玉降

---

① 玛格丽特·德拉布尔：《红王妃》，杨荣鑫译，昆明：云南教育出版社，2007年，19页。

② 同①，23页。

生人世，她便将所有的爱倾注到他身上。为使崇玉不受思悼的牵连能够在日后升为国王，红王妃忍痛割爱，请求英祖把崇玉接到上宫与他同住。每次崇玉回来看望她、不肯再回祖父母住处时，分手便成为他们母子最痛苦不堪的事情。红王妃不得不硬起心肠将他送走，唯恐得罪英祖，耽误儿子的前程。思悼去世两年之后，圣旨宣布将崇玉过继给他早已去世的伯父，红王妃又一次被剥夺了做母亲的权利，她愤怒而又无奈地慨叹道："我的王妃身份、未来国王的合法母亲的身份就这么轻而易举地给抹掉了。我不再是我亲生儿子的妈妈了，这难道不是又一种形式的'弑母'么！"[①] 这寥寥数语将红王妃作为男性附属品的地位揭示得淋漓尽致。她的母爱强烈又深沉，为了子女的未来，作为母亲，她宁愿独自承担失去儿子的痛楚。红王妃一再强调自己生活在一个"女人备受限制的时代"和一个"尊崇儒家文化的国家"，[②] 她服务于家庭、为丈夫和儿子不惜牺牲自身利益的奴性思想及行为彰显出她所受儒家思想的影响，符合当时社会所提倡的女性行为规范。德拉布尔借红王妃之口赋予封建时代被剥夺了话语权的朝鲜上层妇女以言说的权利，昭示了朝鲜历史上女性备受男性奴役的生存本质，表达了她对生活于封建时代女性的同情，并对束缚女性的封建思想进行了控诉。

德拉布尔通过红王妃之口重新阐释朝鲜历史，替边缘人物言说，让备受忽视和压抑的"无言"群体发出了声音。英祖与思悼的父子冲突以及红王妃受压抑的生存真相展现了德拉布尔的创作策略，这是她重新阐释朝鲜历史时采取的新历史主义边缘性创作策略：她再现的不是横向发展的"大历史"，而是在"大历史"的切面上展现社会中见惯不惊的事情。在德拉布尔看来，是英祖与思悼的交流障碍逼疯了思悼，进而导致了他的悲剧性命运。在对历史进行重新阐释的同时，她解构了英祖的权威，他的明君形象被无情父亲的形象所替代；红王妃的经历使上层社会女性为人妻、为人母的艰辛和痛楚一览无余。德拉布尔以此重新书写了朝鲜历史，代替思悼控诉英祖不可饶恕的罪行，填补了史书未曾涉及的"壬午事件"之外的空白点，揭露了女性遭受的封建父权思想束缚和父权压制下女性生存本质被肆意歪曲和遮蔽的现象。

---

① 玛格丽特·德拉布尔：《红王妃》，杨荣鑫译，昆明：云南教育出版社，2007年，104页。

② 同①，27、39页。

她通过重新阐释朝鲜历史参与了历史意义的再创造，再现了历史上被尘封的一页，重新书写了“无言”群体的历史。

三、今天与历史的对话

重新发掘历史与现实的关系是新历史主义批评家关注的要点。在他们看来，“历史”是一贯开放的对话过程，延续至今并影响人们的认知和行动，而当今人们的实践也在发展、阐释历史并赋予它以新的价值和意义。新历史主义批评家把现实加以历史化，把过去加以现实化，以过去塑造现在，而现在也重释过去。① 德拉布尔通过描述红王妃人性的成长，为读者提供了一种进入其生活层面的历史阐释。然而，她并没有将朝鲜历史看作是在过去时段发生的与当代现实无关的事件，而将其看作在不断的连续与断裂中对当代做出阐释性启发的文本。她以此使《红王妃》成为古今对话的平台。

将古代朝鲜与当代英国联系到一起的纽带是红王妃和她的现代替身芭布斯。在“现代”部分，芭布斯成为德拉布尔关注的焦点。红王妃的鬼魂紧随着芭布斯带来了另一个世界的信息，这些信息涉及诸多内容，“关于疾病、关于疯狂、关于交流与交流失败，还有母性、死亡与进步。霍利威尔博士被选中作为这些信息传递的载体。”②芭布斯也被红王妃的魂灵紧紧攫住，感到“她俩之间的确存在某些关联”。③这源自于她们相似的经历：都生活在“男人至尊的社会”，都具有十足的母性，丈夫都因受父亲的压制而发疯。因而，芭布斯感到“红王妃同她之间有着直接的交流”。④这是一种心灵的交流，也是生者与死者超越时空的“对话”。德拉布尔通过讲述红王妃的家族和霍利威尔一家相似的家庭故事，为两人提供了对话的可能，她们的“对话”成为今天与历史的对话。

虽然芭布斯与红王妃一样生活在一个“男人至尊的社会”中，但是她拥有更自由的生活空间。她“所享有的选择与行动的自由是红王妃及其同时代

---

① 张进：《新历史主义与历史诗学》，北京：中国社会科学出版社，2004 年，44 页。

② 玛格丽特·德拉布尔：《红王妃》，杨荣鑫译，昆明：云南教育出版社，2007 年，151 页。

③ 同②，135－136 页。

④ 同②，180 页。

女性所无法想象的”，[①] 这导致她们两人的性格及生活状况迥异。红王妃生活于皇宫大院，过着养尊处优的日子，却如履薄冰，整日小心翼翼、提心吊胆，唯恐稍有不慎便大祸临头；而芭布斯却“爱虚荣，喜欢展示自己，赢得众人的爱慕。”[②]红王妃寡居多年，从不抛头露面，一生接触过的男性大概只有她的父兄、公公、丈夫和儿子。她漫长人生中唯一的出行是去水原华城参加儿子为她举办的六十大寿庆典，在行程中她只能躲在轿里向外观望；而芭布斯的生活境况与红王妃大相径庭。作为一位有社会地位、经济独立的知识女性，芭布斯随意出入各种公共场合与男性交往。在国际学术会议上，她毫无顾忌地与异国异性学者交往。见到她崇拜的教授占之后，芭布斯有意与他进一步交往。于是，他们结伴出游，共度良宵。当占因病猝死在她怀里时，她泰然处之，“她愿意让全世界都知道，在占·范乔斯特生命的最后时刻，她就在他身边，知道她是占·范乔斯特最后的爱。”他人也并不大惊小怪，“人人都对她以礼相待”。[③]芭布斯比红王妃有诸多进步。她离经叛道，敢于追求幸福；她自视为男女平等主义者，认为自己与男性能力相当，处处要求与男性平等；她不像红王妃那样拘泥于狭小的生活空间，而是享有更多的工作乐趣，婚姻观念更为开放，不愧为现代独立女性。

为突出社会进步和时代变迁，彰显女性社会地位的提高，德拉布尔展现了芭布斯的行为在现代社会的普遍性：芭布斯参观的韩国梨花女子大学是世界上规模最大的女子大学，学生毕业之后可以成为职业女性；占的第三次婚姻是在维维卡满世界追求他的情况下促生的。这些事例都昭示了20世纪后期西方文化对异性交往所持的宽容乃至鼓励的态度，无怪乎芭布斯感到“生活在现代社会的女人真的很幸运”。[④]红王妃的言谈举止受到封建礼教的严格束缚，而芭布斯却享有充分的行动自由和情感空间。两人言谈举止所受的约束程度形成了鲜明对比，展现出不同时代的女性所受社会行为规范束缚差别之大。芭布斯的形象折射出波伏娃的《第二性》对德拉布尔的影响，显示出女人只有工作才能走向社会，有机会享有与男性同等的权利，成为一个真正意

---

① 玛格丽特·德拉布尔：《红王妃》，杨荣鑫译，昆明：云南教育出版社，2007年，136页。

② 同①，174页。

③ 同①，222－223页。

④ 同①，208页。

义上的人。芭布斯身体力行，代替红王妃挑战并颠覆了长期以来封建父权主流意识形态对女性行为举止的束缚，重塑现代女性全新的自由行为规范。

虽然德拉布尔是一位女权主义作家，在许多作品中塑造了多位像芭布斯一样追求自由的独立女性形象，但是她并不排斥女性对家庭的责任。对于生活于封建时代的红王妃而言，儿子在她的心目中最为重要。现代母亲芭布斯是否也像红王妃一样充满母爱并履行做母亲的职责？德拉布尔肯定了芭布斯对儿子的母爱。芭布斯始终无法忘怀早已夭折的儿子本·内迪克，这刻骨铭心的丧子之痛成为她生活的阴影，她时常回忆起他，潜意识里希望有个孩子取代他。幸运的是陈建依顶替了儿子的位置，使她有机会再次奉上母爱。当今的国际文化交流使芭布斯能够跨国领养一个孩子，重新实现做母亲的夙愿。德拉布尔以此颠覆了封建时代父权社会压抑人性的主流意识形态，显示出社会与时代的进步，弘扬了人类生存的本质。

德拉布尔在"现代"部分关注的焦点不仅包括女性的生存状况，还涉及古今社会都存在的精神疾病，尤其是由父子冲突引发的疯狂。芭布斯的丈夫彼得与思悼一样，因为与父亲有交流障碍而精神错乱。彼得的父亲是一位著名的人类学家，在事业上颇有建树。他对彼得的要求极高，而彼得达不到他的要求，备受折磨。彼得生活在父亲的阴影下，患上了精神分裂症和抑郁症，常在房间里乱窜，具有暴力倾向。他的这种症状与思悼杀人后会感到轻松的情况一样。彼得还与思悼一样患有皮肤病，这种病是他自杀倾向的外在表现。他苦闷抑郁，住在精神病院，生不如死。医生们认为，彼得的皮肤病是他压抑在内心深处的自杀倾向的外在表现，芭布斯"把彼得的皮肤病和自杀倾向归咎于他那天资过人，但是为人却极不可靠的父亲。"①她悲叹道："[彼得的]父亲不是国王，却像国王那般专制暴虐，最终儿子和思悼一样，永远没有成功的可能。"她相信，"是彼得的父亲毁了他，他饱受父亲愤怒的折磨和极端的排斥，变得极其自闭、默然，家变成了他龟缩其中的避难所。"② 与思悼成为"米柜王子"相似，彼得变成了"棺材王子"，两人都因深受父亲的压制、与父亲缺乏沟通和理解而出现精神障碍。德拉布尔赞同红王妃的洞察力：是

① 玛格丽特·德拉布尔：《红王妃》，杨荣鑫译，昆明：云南教育出版社，2007 年，138 页。

② 同①，153 页。

父亲无休止的唠叨、责骂才使他精神错乱。德拉布尔说，她之所以将发生在古代朝鲜一对王室夫妇身上的悲剧式境遇移到当代英国人霍利威尔一家身上，是因为这种父子冲突古今都很常见，她旨在强调这种现象存在的普遍性，暗示历史的重演。德拉布尔希望两人的遭遇能够对世人起到警示作用，使他们以后避免发生此类事情。①

通过发生在不同时代、不同国度的家庭中两人相似的遭遇，德拉布尔揭示出一个人与人之间的沟通和理解问题，尤其是父子之间的交流障碍。父亲对儿子期望过高，当望子成龙的愿望得不到满足时，他便迁怒于儿子，做出诸多伤害儿子、导致其悲剧命运的事情。德拉布尔认为，这种家庭悲剧往往与父辈有较高的声望、地位有关，她的创作原型就是一位与儿子发生冲突的诺贝尔奖获得者。由于这位父亲的教育方式非常极端，他“儿子的一生彻底地被这样的事情支配——纠正、适应、理解父亲不同寻常的事业。”②这两起家庭悲剧暴露了古今社会普遍存在的父亲对子女期望过高的问题。德拉布尔借红王妃之口批评父辈对子女过分苛刻、要求过高的社会现象，并希望树立新的观念：“父母不应当对子女期望过度，让他们承担太多的心理压力，”③否则只会适得其反。德拉布尔以此表达了人们之间需要彼此理解的主题。她将小说的副标题命名为“一个跨文化的悲喜剧”，意在暗示它是关于不同文化对比以及不同文化之间的误解问题。她以此诘问读者：“是否某个故事或者所有的事情都是误解？是否所有的事情都让人困惑？我们是否曾经正确地彼此理解对方？”她张扬了这样的思想：“我们生活的世界需要我们彼此理解，至少我们要知道为什么不能彼此理解对方。”④

德拉布尔曾声明，红王妃叙述的“声音”已成为一个混合体，它还包含德拉布尔和芭布斯的“声音”。⑤德拉布尔通过红王妃之口对18世纪朝鲜的历史进行反思，向朝鲜的主流意识形态挑战；她再现被正史掩埋的“野史”，在重述朝鲜历史的过程中颠覆了英祖的明君形象，既还思悼以“蒙冤而死”

---

① 李良玉：“玛格丽特·德拉布尔访谈录”，《当代外国文学》，2009年第3期，160页。
② 同①，161页。
③ 同①，10页。
④ 同①，162页。
⑤ 玛格丽特·德拉布尔：《红王妃》，杨荣鑫译，昆明：云南教育出版社，2007年，3页。

的历史真面目，也道出了红王妃身为女性被压抑一生的苦楚。在重新阐释边缘人物的话语权时，德拉布尔质疑主流权力话语，将相隔两个世纪的两位女人的历史交织在一起，提出了关于生存的本质和跨文化人性存在的可能。红王妃在世时无法享有的自由、无法实现的心愿在200多年后由芭布斯替她实现、完成，德拉布尔通过芭布斯更为自由的经历揭示出现代知识女性遇到的与红王妃相似的问题，实现了今天与历史的对话。通过展现红王妃和芭布斯相似的命运，德拉布尔对边缘人物被掩埋的话语进行重述，使受压抑、被剥夺权力的一方重新获得言语合法性，从而颠覆了正史，还他们以主体性地位，并对历史进行了重新书写。

德拉布尔未将小说限于朝鲜的文化背景之下，而是置于更为广阔的人类文明环境下，意在创作一个“具有普遍性的故事。这个故事给我们每个人都有启发，它不只是发生在某个具体时间、地点。”①因此，小说广阔的国际背景昭示了德拉布尔的创作意图：通过审视朝鲜历史来对照当下英国社会存在的共性问题。古今人物的并置实现了今天与历史的对话，揭示出跨时代、跨文化社会中普遍存在的共性问题，德拉布尔希望这种对历史意义的发掘能够对当代社会有所启示。

第四节　多丽丝·莱辛的颠覆性女性主义叙事

2007年的诺贝尔文学奖获得者、英国当代著名女作家多丽丝·莱辛被称为“当代最优秀的女作家”。英国众多评论家认为她“以怀疑的精神、燃烧的激情和预言般的想象力审视了这个分裂的文明，堪称女性经历的史诗作者。”他们以宏观与微观相结合的方法，评析了莱辛的多种艺术手法、女性主义、后殖民主义、预言式小说等。同国外的“莱辛研究热”相比，随着2007年诺贝尔文学奖揭晓，莱辛研究在中国也掀起了热潮。近30年来，中

① 李良玉：“玛格丽特·德拉布尔访谈录”，《当代外国文学》，2009年第3期，160页。

国知网共收录有100篇莱辛研究论文。学者们或对她的整体创作进行论述，或针对她的某一部作品进行剖析，或将她的作品与其他作家的作品进行比较研究。整体研究的内容一般包括基本介绍、基本特征、人物形象、思想主题、艺术技巧、研究综述和比较研究，对莱辛作品的政治主题、女性主义主题、苏菲主义思想主题、女性人物和作品的比较研究是国内莱辛研究的热点。

随着莱辛研究的逐渐深入，评论者们对作家在叙述技巧上的研究也更加细致而具体化，超小说艺术、间离化效果、接受美学、叙事学等新的批评理论视角也开始运用到对作品艺术形式的解读中。

女性主义叙事学是后经典叙事学最为重要、影响最大的派别之一。20世纪80年代，女性主义与叙事学结合，聚焦于叙事结构的性别政治，力求揭示、批判和颠覆父权“话语”的二元项中隐含的等级制和性别歧视。女性主义叙事学家关心的是故事事件的结构特征和结构关系，往往采用二元对立、叙事性等结构主义模式进行探讨，其特点是透过现象看本质，以挖掘出表层事件下的深层结构关系。①

“一个未婚男人的传奇故事”（以下简称为“一”）② 是莱辛于1972年发表的一个短篇故事，具有现实主义主题，揭露了20世纪中期南非实行种族隔离政策时白色人种压制黑人女性的社会状况，她在文本的写作技巧上大胆创新，在叙事艺术上展示了颠覆传统叙事手法的特色。笔者运用女性主义叙事学理论，从作品的叙事结构和叙事声音两个方面分析作品体现出的颠覆性，探讨莱辛如何借助叙事手法表达自己的创作意图，以期揭示作品的艺术价值。

一、多重视角叙事结构

叙述视角与性别政治的关联是女性主义叙事学涉足较多的一个范畴，叙

---

① 申丹、韩加明、王丽亚：《英美小说叙事理论研究》，北京：北京大学出版社，2005年，285页。

② 多丽丝·莱辛：“一个未婚男人的传奇故事”，孔保尔译，《译林》，2008年第2期，155－163页。

述视角与观察对象之间的关系也往往被视为一种意识形态关系。[①]“一”虽然篇幅不长，但是框架独特，叙述视角的不断变化是其主要的叙事结构特征。故事情节看似零散，然而主人公约翰尼的传奇故事在这不断变化的叙述视角中被完整展现出来，整个叙事结构形散而神聚。莱辛运用片段的故事叙述和拼贴的合成方法将约翰尼的经历与作品折射出来的丰富思想浓缩在这个短小的文本中。具体说来，作品由浅层和深层两个叙事模式展现了约翰尼与几个女人相对立的关系。

通过分析作品结构可以看出，作品的叙述表层是无名黑人女性叙述者“我”讲述见到约翰尼的亲身经历和听到与他的经历相似的事情而引发了对他的关注，叙述深层是由“我”作为贯穿全篇作品的纽带通过听别人讲述、读报纸上的故事、读作家的回信和回忆同学的情况展现了约翰尼的故事，故事以无名黑人女性“我”做见证人进行的第一人称自叙形式展开。第一人称见证人指叙述者采用第一人称的叙述方式，并在故事中担任某一角色，参与情节进程，还或多或少地与主要人物有所接触。与第一人称主人公叙述相比，“第一人称见证人有更大的机动性，可提供更广阔、更多样的信息。”[②] 在“一”中，“我”作为见证人在远处对约翰尼进行了观察，倾听到人们关于他的经历的种种评价。聚焦者“我”首先远距离观察过约翰尼，然后作品在更大程度上不露痕迹地通过“我”这一局外人的视角客观、真实地呈现出约翰尼与众多女人交往的传奇一生，体现出父权制社会对女性的影响并重申了女性主体意识，由此引发了见证人“我”对20世纪中期南非黑人女性生存状况的理性思索，具体说来，作品的结构可以分三部分：

第一部分以倒叙手法采用第一人称外聚焦的方式进行回顾性叙述，展现的是叙述者从现在的角度来追忆往事的眼光，无名黑人女性叙述者“我”回忆旧事：“约翰尼·布莱克风烛残年时，我遇见了他。”这样的开篇使读者可以近距离观察事件和人物，凸显了主人公约翰尼，也为即将展开的有关他年轻时的故事作了铺垫。随后莱辛采用第一人称内聚焦的方式，即第一人称叙

---

① 申丹、韩加明、王丽亚：《英美小说叙事理论研究》，北京：北京大学出版社，2005年，302页。

② Stevik Philip. The Theory of the Novel. New York：The Free Press，1967，p. 125.

述者正在经历事件时追忆往事的眼光来叙事，展现了“我”在童年时见到老年约翰尼的经过：正值20世纪30年代经济大萧条时期，南非流浪者人数增多，这为他的出场作了铺垫，使读者产生了很强的正在体验事件的临场效果，缩短了读者与主人公“我”之间的心理距离。这两种眼光的交替可以体现出“我”在不同时期对事件的不同看法或不同认识程度，因为“它们之间的对比常常是成熟与幼稚、了解事情的真相与被蒙在鼓里之间的对比。①然后故事的第一人称内聚焦方式转为集体型的叙述视角“我们”(指生活在那里的当地黑人)，展现了“我”小时候“我们”生活的地理环境：我家在一座偏僻小山上的一个农庄，为从偏远地方到我们家的人提供食宿。一个傍晚，约翰尼携带一些日常用具独自到我家借宿。

通过对约翰尼“另类”举止行为的描写可以看出20世纪30年代南非的种族隔离状况下在社会生活中白人与黑人泾渭分明的界线：多数情况下大路归白人使用，黑人只能走在他们自己草草修成的小径上。但是约翰尼与其他白人不同，从本该黑人走的上山小径来到我家，尤其是他将随身带的“满满一口袋玉米面吃得只剩下一个角了”，而玉米面是黑人的主食，白人不吃它，因为他们不希望被置于与黑人同等的位置。约翰尼的这些行为使“我”的母亲认为“他大概是被同化了”。他的特立独行使“我”对他颇感好奇，了解到有关他的更多个人信息：他来自英国，一路探险最后到南非，想要有自己的矿，干过各种工作，他常独自一人走过灌木丛林地带，披星戴月独自露宿。对“我”的思想造成冲击的是他三天之后给我家寄来一封“感谢信”，信中他对我家人的款待“感激至致”，落款是“你们非常忠实的约翰尼”。这封信内涵丰富，显示出他对人友好、和善，能平等对待黑人，将他们看作与他平等的朋友。

因此，在作品的第二个片段，多年后在“我”成为一名少妇后听一位姑娘的姑妈谈起这个姑娘和一个男人的事情时，就很自然地将他与我童年时遇到的约翰尼联系在一起。姑妈说这个男人与一个姑娘生活多年后离家出走了，她得到他的所有消息仅仅是一封感谢信，信上说非常感谢美好的时光，这封信使“我”想到了约翰尼。这样作品的第一部分通过第一人称见证人“我”

① 申丹：《叙述学与小说文体学研究》(第三版)，北京：北京大学出版社，2004年，238页。

的有限视角展现约翰尼最初到“我”家的经历，使读者极容易相信有关约翰尼基本信息的真实性。

作品的第二部分仍然以“我”的第一人称外聚焦的方式展开，但是莱辛为避免第一部分采用的第一人称见证人心理和视角上的局限转换了叙述人，采取了“嵌入叙事”的方法，即人物在一个故事中讲的故事是“嵌入”的，一些批评家称之为“叙述之上的叙述”或“叙述之下的叙述”。[①] 按照现代小说叙事结构的空间形式来说是“中国套盒”的形式，是一种故事里套故事——大故事里套着一个中故事、中故事里又套着一个小故事的小说结构方式，也称“俄国玩偶”。关于这种小说结构，秘鲁小说家巴尔加斯·略萨认为，它“指的是按照这两个民间工艺品那样结构的故事……当一个这样的结构在作品中把始终如一的意义——神秘、模糊、复杂——引进到故事内容并且作为必要的部分出现、不是单纯的并置、而是共生或者具有迷人和互相影响效果的联合体的时候，这个手段就有了创造性的效果”。[②] 作品的中故事是“我”从当地报纸上读到的由阿兰·麦克金利创作的以第一人称内聚焦讲述的获奖故事“芬芳的黑芦荟”：

“二战”前“我”在南非旅行时到了德兰斯瓦省的北部，想停下来过夜，到了一家旅馆，见每个角落都贴着同一个男人的照片。老板娘说她与丈夫过了 11 个月“梦一般幸福的生活后”他突然离家出走了，除了接到过他的一封感谢信之外再也没有听到过他的音信。“我”第二天继续开车往北到了南罗得西亚，在小镇上见一个女人家里墙上挂着“我”在前一个旅馆见过的同一个男人的照片，她激动地讲起她的丈夫，“同样恼火、同样怀念、同样难过，声音急促得就像前天晚上她的姐妹的声音一样，”所不同的是他们生有一个孩子，但他仍然走了，同样写了一封信。第三天“我”在去北罗得西亚的半路找到一个小镇，在一家旅店遇到一个太太，她也给我讲述了她的丈夫，但对婚姻长吁短叹，表达了希望挣脱牢笼的愿望。晚上在她丈夫回来后，“我”看到他就是我在前两个旅馆看到的照片上的男人。她虽然像其他女人伺

① 华莱士·马丁：《当代叙事学》（第二版），北京：北京大学出版社，2005 年，133 页。

② 巴尔加斯·略萨：《中国套盒——致一位青年小说家》，赵德明译，天津：百花文艺出版社，2001 年，86 页。

候丈夫一样伺候他，但在他吃饭到最后时她大声斥问他，为什么她一生都在做饭，给一个从不告诉她想要吃什么的男人当牛做马。最后她和那个男人离婚了。

在这个“中国套盒”的叙事形式里，中故事里还嵌入了一个小故事。因为作品的叙述者“我”对于这个故事的男主人公极其好奇，他与“我”见过并听说过的约翰尼如此相似，于是“我”便写信给作家麦克金利，问他的故事是否有原型，他回信讲述了创作经过，说是以他生活中发生的真实事情为基础创作的，这个小故事便是他的回信，以第一人称直接引语的形式展开：

“二战”后“我”去约翰内斯堡时认识了妻子丽娜，之前她和一个叫约翰尼的人有了孩子，但“我”发现她从来就没有嫁给过他，他在婚姻登记所造的文件是假的。再后来听人说起一个叫约翰尼的人，于是“我”怀疑他背叛了不止一个女人，通过调查发现他有过四个女人，便创作出了这几个女人与约翰尼的故事，而“我”的妻子是第二个女人的原型，“我恐怕他是一个特定种类的坏人”。

这个中故事和小故事里的三个女人“嫁”的是同一个丈夫。前两个女人都是被遗弃后接到他的感谢信，两人都对他的感谢信恼火，因为在她们眼里妻子对丈夫温柔体贴是份内之事，丈夫本不需要感谢妻子的，可见她们深受社会束缚女子的传统道德规范的毒害。然而令人奇怪的是，她们不是对他不负责任地离家出走感到气愤，反而认为他是个好人，极其怀念他。第一个女人为嫁给他曾和父母发生激烈争吵，后来和他离婚了，在当时离婚是一件很可怕的事情，那次离婚毁了她的一生，然而20年后她还爱着他，家里到处贴满了他的照片。第二个女人家里贴了一张他的照片。第三个女人与她们明显不同，她不但没有贴他的照片，反而敢斥问他、与他离婚并且憎恨他。很明显她比前两个女人思想进步，具有了女性自我意识，不满于作为妻子的低下地位。

这个中故事和小故事其实是同一个故事，但莱辛意在通过这种特殊形式的“重复”讲述来加强故事的真实性，使读者明白故事有事实为据，证明这个男人对几个女人极不负责的态度，女人们对他绝对忠诚，然而他忽视她们的情感，缺乏对她们的关心，从未认识到自己对家庭的责任和义务而一再将妻子抛弃。这些都是20世纪中期南非黑人妇女生活状态的真实写照：历史上长期以来，南非实行种族隔离政策，黑人生活的角色在出生时就已由其肤色确定了。南非黑人妇女生活在这种男女不平等的复杂的社会环境中，是男子

的附庸，仅是生儿育女的工具和家庭的女仆，不仅受到性别歧视，还遭受种族压迫，她们生活在社会最底层，要承受殖民主义的压迫和来自古老传统社会的习俗和偏见的多重压迫。① 这里同一个故事的双重讲述真实展现了当时南非黑人妇女在社会和家庭中的附属地位，可喜的是第三位女人对约翰尼已改变了传统的妇女对待男人的驯服态度，反映出“二战”前后南非黑人妇女对自己地位的重新认识，因为从 20 世纪 50 年代开始，南非妇女就组织起来成立了“南非妇女联合会”，其中多数是黑人妇女，旨在实行种族平等和妇女解放。② 她的斥问显示出南非黑人妇女开始觉醒，意识到自己也是一个独立的人并追求与男人平等的地位。

作品的第三部分在“我”的第一人称外聚焦下通过两个片段展现了约翰尼晚年时的生活。在抛弃了阿莉西亚母女之后，大概因为年迈没有精力再奔波，他便请求在一个黑人聚居村落户，最终在那里的一位“妻子”的陪伴下了却残生。先是叙述人“我”听说了约翰尼去年死在一个村子里的事情，他请求作为一个非洲人住进村子，共待了六年，酋长们为了部落的和谐为他选了一个中年女人，他们“在一片温柔体贴中生活在了一起”。第三部分的另一个片段是“我”想起的另一件事：上学时一个 15 岁的女同学阿莉西亚和母亲被继父抛弃，他离家出走了。在这个女孩眼里他是一个坏丈夫，虽然他把钱拿回家了，但他很冷酷，根本不陪她们，她的父母吵了四年后离婚了。后来他在路上漂泊，进入到非洲人居住区，以他们的传统生活方式生活，“在那里，他终于找到了适合自己的生活，是和他一起生活在温柔体贴中的一个女人。”这两个片段呈一个圆圈式的空间结构，它打破了传统的线性结构情节中循序渐进的顺序，先讲述约翰尼成为非洲村民的晚年生活，然后讲他在成为这个村的村民之前的婚姻生活，最后重新提到他进入非洲人居住区与那里的一个女人生活在了一起，这样小说形成了一个时间性的圆圈结构。以上对作品结构三个部分的分析显示出作品隐含的表层叙述层次和深层叙述层次，如图 1 所示。

---

① 邱匀：“种族隔离阴影下的南非妇女”，见陶洁：《域外女性》，北京：北京大学出版社，1995 年，94 页。

② 同①，96 页。

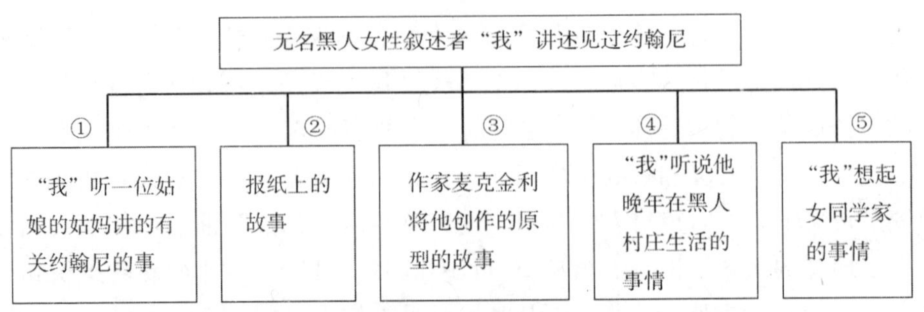

图1　“一个未婚男人的传奇故事”的作品结构

无名黑人女性叙述者“我”的叙述浅层下隐含了多个深层叙述片段，展现了多元视角的转换：①黑人女性叙述者“我”童年时所经历的；②一个姑娘的姑妈所讲的；③“我”在报纸上读到的故事；④那个故事的作家讲述的创作原型；⑤“我”想起的同学的故事。在这五个片段中这些不同的叙述者也全部以第一人称“我”的视角进行讲述，在无名黑人女性叙述者“我”的连接整合下，通过这些众多的第一人称视角，作品全面展现了约翰尼对几位黑人妇女的压迫。莱辛通过这一技巧进一步突出强调了故事的真实性，同时也避免了作品只有一位第一人称叙述者会造成的心理和视角局限，也缩短了叙述者与读者之间的距离，容易引起读者共鸣。这样通过几个讲述人的有限视角，贯穿作品的无名黑人女性叙述者“我”勾勒出了约翰尼一生的经历：约翰尼为找矿在南非各地奔波，他吃黑人的主食玉米面，能平等看待黑人。他不断离开他在各地的黑人妻子们，会给她们写感谢信，从表面上看他尊重黑人女性，但是他骨子里充满了典型的西方白人中心主义思想，这导致他一再抛弃黑人妻子。在作品最后莱辛通过阿莉西亚之口表达了她对约翰尼之流的白人男性欺辱黑人女性的愤慨：“啊，我们这些学生多么憎恨这种丧失人性的东西啊！他是一个多么没心没肺的动物啊！”

二、多声部复调声音

在结构主义叙事学中叙述声音是各种类型的叙述者讲述故事的声音，女性主义批评认为“声音”是身份、权利的代称，是女性拥有社会身份的标

志。女性主义叙事学将两者结合，认为“在以男权为中心的现代社会里，女性的叙述声音不仅仅是一个形式技巧问题，还是一个社会权力问题，是意识形态冲突的场所”。[①]女性主义叙事学创始人之一苏珊·兰瑟认为，叙事技巧不仅是意识形态的产物，甚至就是意识形态本身。“一”中的叙述声音始终被女性掌控，莱辛以此突出了她欲在作品中彰显的探求男女平等的主题。

“一”中贯穿全篇讲述约翰尼故事的主要叙述声音来自一位无名黑人女性，这个声音打破了男性声音掌控一切的传统，在这样一位女性的讲述声中，被谈论的男主人公约翰尼“失声”，处于被动地位，没有了发言权，任由女性评说他。这样作品的表层叙事结构等于是无名黑人女性“我”的领唱，回忆完见过约翰尼的经历以后，“往后我对这个男人的认识就更搞不清了，我竟然不知道把他归到哪一个类型的人才合适。”

“我”其实是莱辛意欲在文本中表达女性声音的代言人。不仅如此，作品的深层叙事结构其实是一个多声部女性合唱曲，因为“我”所听到的或读到的有关约翰尼的故事大多是由女性讲述的。如图1所示，深层叙事结构的第一个故事由一位姑娘的姑妈讲述；第二个故事虽然表面是男性作家麦克金利以第一人称外视角的方式展开，但是故事中有关约翰尼的事情全部是他从三个女人那里听来的，他只是将这三个女人讲的故事整合在一起；第四个故事仍然是黑人女性“我”了解到的有关约翰尼晚年的情况；在第五个故事里，读者听到的是“我”的女同学阿莉西亚的声音：“他是一个冷酷的、铁石心肠的人。”

这些众多女性讲述约翰尼的事情的声音犹如一曲多声部合奏曲，构成了该作品叙事结构上的复调特色。根据复调小说理论，讲述者与作者是平等对话的关系，正是这样一种对话关系使作品有独特的开放性，给读者留下了广阔的思考空间。作品正是通过张扬女性的声音彰显了女性的重要性，由此读者可以感受到作品中隐含的话语，那就是莱辛所希冀的通过文学创作所实现的受压迫的妇女与男人之间、有色人种与白人之间的平等对话。

兰瑟认为：“集体型叙述声音看来基本上是边缘群体或受压制的群体的

---

① 黄必康：“建构叙述声音的女性主义理论”，《国外文学》，2001年第2期，117页。

叙述现象。”[1]如果说莱辛在作品中安排女性作为叙述主体是为了使受压制的女性群体发出声音的话，另外别具一格的声音是莱辛在作品的表层叙事结构中使用了集体型叙述声音“我们”，从作品中提到的典型的属于不同肤色的人能走的路和只有黑人吃玉米面这两个常见的例子可以看出莱辛在关注黑人女性被白人男性压制的同时，不忘为边缘群体黑人代言，批判当时的种族隔离政策，有力地批判了西方白人世界对黑人的压制和歧视。

按照美国叙事学家费伦的观点：声音既是一种社会现象，也是一种个体现象，比文体有更多的意味，是文体、语气和价值观的融合。一个叙述者的声音可包含在作者的声音之内，从而创造了巴赫金所说的“双声”话语。作者声音的存在不必由他或她的直接陈述来标示，可以在叙述者的语言中通过某种手法——或通过行为结构等线索——标示出来，以传达作者与叙述者之间价值观或判断上的差异。[2]“一”中“我”讲述的是自己经历的或听说的事，虽然作品没有显示出莱辛是在以双声参与表达，但在隐含的作者背后读者可以听到莱辛的声音，看到她的价值观，“我”与莱辛构成了双声话语。

费伦把可靠的叙述者定义为共用隐含作者之标准的叙述者，像隐含作者一样关照叙事中的事实，把不可靠的叙述者定义为偏离隐含作者之标准和偏离隐含作者对叙事中事实的关照的叙述者。人物可能用作一个面具，隐含作者通过这个面具说话，即一个叙述者的人物可能是功能性的，甚至于充当隐含作者的替身，隐含作者通过这个替身表达他对这个世界的看法。[3]“我”从未参与到约翰尼的生活中，只是一个旁观者、叙述者，把听到的与约翰尼有关的事情整合到一起，可以说是可靠的叙述者。因此可以说“我”是莱辛的面具，隐含作者是通过这个面具说话。表面上是“我”讲述约翰尼的经历，但是在这个叙事表层下面隐藏着一个深层性别和种族话语：白种男性怎样对待黑人女性。结合莱辛一贯为处于边缘地位的有色人种、女性、弱者的权利呼吁的人道主义立场，通过无名黑人女性第一人称的讲述方式，读者可以清

---

① 苏珊·兰瑟：《虚构的权威——女性作家与叙述声音》，黄必康译，北京：北京大学出版社，2005年，23页。

② 詹姆斯·费伦：《作为修辞的叙事》，陈永国译，北京：北京大学出版社，2005年，20－21页。

③ 同②，84页。

楚地看出她的创作意图：她不但揭示出20世纪中期南非存在的黑人与白人不平等的社会现状，而且展示出黑人女性被白人男性愚弄感情的社会现实。

三、颠覆性女性主义叙事

莱辛在这个短篇故事中完全颠覆了传统的叙事结构和叙述声音，在表层叙事结构下隐藏有深层结构，通过运用多位女性的多重视角的转换和多位女性的多声部复调声音，表达了颠覆传统的男性控制女性行为和话语的主题，展示了高超的艺术技巧。作为一位坚定的人道主义者，莱辛为有色人种女性说话，以叙事手法为工具有力批判并颠覆了西方的男性中心意识和白人中心意识，作品的表层和深层叙述结构、多元视角的转换和女性叙述声音突出了她探求女人与男人、黑人与白人之间平等对话的主题。

第三章　美国20世纪的女性文学

女性文学是20世纪美国主流文学不可或缺的一部分。20世纪的美国女性文学充满蓬勃生机、辉煌成就，女作家们活跃于文学舞台。美国当代女性文学的发展无论从深度、广度，还是从数量上看，都尤其繁荣，这种景象是和美国女权主义文学批评分不开的。美国当代女性文学崛起于60年代末，是美国声势浩大的“女权运动”的直接成果。70年代，有关美国妇女文学的评论在西方如火如荼地展开，女性主义文学批评理论也随之得到了充分发展。

笔者利用当代文学批评理论着重对一些20世纪中后期重要的女作家进行了综合研究，着重分析了一些在中国还未得到充分评价的女小说家及其重要作品，根据当代美国女性小说家的不同分支，笔者着重分析了南方女小说家、黑人女小说家、乔伊斯·卡罗尔·欧茨、芭芭拉·金索芙和安妮·泰勒的作品。

第一节　现代南方女小说家的创作

南方文学可谓是美国最有特色的文学流派。南方作家重视家庭、宗教和传统道德，对南方的过去和现在有着深刻的思考。他们重农轻工，对资本主义文明有强烈的疏远和排斥。他们描写南方景物、记录南方历史、歌咏南方生活、创建南方传奇。

美国南方有着独特的历史经验和文化传统，是美国最有特色、最丰富多彩的地区，这里的人民说着极重的南方口音，珍视他们的传统文化、观念和历史。南北战争失败后，罪恶感、失败感、经济落后、道德沦丧成了南方生活中的阴影，而对过去的怀念，对新南方的憧憬，对南方这块土地的眷恋，使南方知识分子总处在爱与恨、回忆与梦想、骄傲和恐惧、执着和怀疑的冲击中，20 世纪 20 年代以后的南方文学就是这种思想心态的体现。

美国的南方文学是在 20 世纪 20 年代兴起的，福克纳铸造了美国南方文学的辉煌，而在“二战”以后出现的南方作家群中才华横溢的女小说家却占绝大多数，特别是尤多拉·韦尔蒂、弗兰纳里·奥康纳和卡森·麦卡勒斯。韦尔蒂是南方普通人物喜怒哀乐的摄影者，奥康纳则进入南方人的精神世界，用痛苦的反思来警世喻人。这几位作家的文学生涯代表南方文学连绵不断的传统和成就，她们的影响至今深远，使得南方文学在美国文学史上几十年长盛不衰。

这一代女作家一般和农耕生活已经没有多大关系，但是这些女作家作为“南方人”的意识还是很强。在她们笔下的南方，人们大多居住在城镇里，只是偶尔才到乡间去，或是到老家去搞家庭聚会。在这些女作家的作品中，既有对 20 世纪 60 年代以来南方社会种族观念变化的反映，也有对南方时而很微妙时而很急剧的男女关系变化的反映。这些女作家不只是描写女性，她们兴趣广泛，视野开阔，作品不但表现出多样性，还表现了非凡的艺术性。在 20 世纪 80 年代备受美国人关注的安妮·泰勒也是这些女作家中的一员。几十年来，南方作家们运用不同的文学手段，从不同的视野书写南方的点点滴滴，表达了自己对南方的热爱、期盼、担忧和反思，为美国文学的“文艺复兴”作出了巨大的贡献，也在文学史上谱写了“南方文艺复兴”的新篇章。

一、韦尔蒂的平凡世界

尤多拉·韦尔蒂是美国最受欢迎和重视的现代作家之一，她的写作主题和风格独树一帜，其影响超越了南方文学的地域性，成为世界级的作家。她笔下的小人物的悲喜剧正是动荡不安的南方社会的真实写照。韦尔蒂没有突出蓄奴罪恶带来的历史诅咒和怪诞悲剧。出现在她作品中的是朋友的闲谈、家人的口角、私人的经历，是平凡而又富有戏剧性的日常生活。她一生著作颇丰，获奖无数，从 1938 年以来几乎年年获奖。她三次获得美国最佳短篇小

说奖、欧·亨利小说奖、普利策奖、美国图书评论奖、美国国家图书奖、美国文学金质奖章、国家艺术金质奖章等美国文学界的重要荣誉，韦尔蒂的成就使她成为美国当代文坛令人瞩目的人物，被誉为南方文学中仅次于福克纳的作家。在1998年，美国图书馆选编的代表美国文学最高成就的《美国文学巨人作品》系列书籍收入了韦尔蒂的作品。这打破了过去这套丛书只选已去世作家作品的规矩，在美国文学界引起轰动，也使她得以跻身于海明威、詹姆斯、福克纳等大师行列。

韦尔蒂的作品像福克纳一样，有着浓厚的乡土气息和深刻的历史感，她的长篇小说《三角洲的婚礼》、《失败的战争》、《乐观者的女儿》表现了南方世家在与外部较量中由盛而衰的过程。但是与福克纳不同的是，韦尔蒂没有突出蓄奴罪恶带来的历史诅咒和怪诞悲剧，而对于一个背负着沉重的历史负担的南方社会来说，她既是局内人又是局外人，因此有更客观更冷静的笔法来描述南方社会。她也不像福克纳那样全景式地展现南方社会的巨幅画面，她关注的是传统与现代的冲突中人与人的关系，因此她更趋向于用琐碎的题材表现人生的真谛，于朴实平凡之中塑造永恒。

韦尔蒂作品中最具代表性的是她的短篇小说。她的写作技巧极具后现代主义特点，主题风格却蕴涵着浓厚的乡土气息。小说中的人物多是20世纪30年代密西西比州的小镇居民，他们没受过什么教育，所在地区也十分偏僻落后，但韦尔蒂从这些普通人身上发掘出喜怒哀乐背后的含义。她既用无限同情的笔触描写穷苦平民的窘迫处境，也以高超的讽刺手法批判了一批粗俗、无聊的小市民。小说中平淡无奇的人物常常挂着含泪的微笑，发人深省的事件却出自日复一日的琐事。她的笔下既有令人忍俊不禁的场景，又有让人不忍回顾的哀痛。她用朴实、幽默的手法讲述了一个个动人的悲喜剧，向读者展现了一个真实的南方社会。

从1941年韦尔蒂出版了她第一部短篇小说集《绿帘》（A Curtain of Green，1941）开始，“南方哥特”几乎成为现代南方文学的代名词。整部《绿帘》充斥着各种各样的人物——穷人、黑人、边缘人、畸形人，这些人在睁大眼睛看世界的同时也展示着自己的形象，无论是奇妙的还是怪异的，仿佛19世纪的风景吸引着读者关注的目光：冬天寒冷的山径上走着步履艰难的黑人老妪；绿叶茂盛、生机勃勃的花园里心如枯井的寡妇在没命地劳作；

弱智女莉莉衔着一枝百日菊在做结婚的美梦。

《绿帘》共有十七个故事，其中有不少成为世界级优秀短篇小说的杰出代表，它集中代表了韦尔蒂短篇小说的特色，从中可以管窥到其短篇小说创作的主题特色及其丰富的社会内涵。它的第一个主题是爱的失落和人性的隔阂，表现出对人生价值和爱的关注。她笔下的爱不是浪漫爱情，不是性的吸引，而是对人与人之间爱的沟通的渴望。小说的第二个主题表现了现代工业社会中的小人物的痛苦和挣扎。韦尔蒂的作品总在讲述密西西比河沿岸平凡的生活故事，从未在作品中直接批判社会。然而，韦尔蒂认为，地方色彩少并不能局限作品的意义，反而能帮助作者表现人类经验中具有普遍性的、永恒的东西，而小说并不需要直接谴责社会或政治，因为好的作品自然会借助角色的互动呈现出社会中存在的各种问题。韦尔蒂经历了南方大变革的时代，对新兴的工业文明给南方社会生活带来的影响感受至深，因此，她在小说中深刻地反映了这个时代的弊病。

《一个旅行推销员之死》就是凭借对一个普通推销员的遭遇描写了 20 世纪 30 年代南方穷人的困苦和绝望，反映了现代与传统的冲突中心灵的脆弱和孤独。韦尔蒂在《小说中的地位》（Place in Fiction，1957）中提到："在现实生活中，偶然的、没有意义的、不相关的事重重包围着有意义的事，创作以及作家的责任就是在人物、事件、背景、语言等所有方面从这些偶然、没有意义、不相关的事中分解出有意义的事。"①她也确实这样做了。她通过对小人物的观察步入他们的内心世界，用细腻的心理描写传达出她对南方社会的思考。无论作为作家还是摄影记者，她的一生都在记录这些普通人的过去与现在、梦想和失落、美丽与哀愁。她遵循着自己的写作原则——写小说就是照生活原样描写生活。②

韦尔蒂 1949 年出版的《金苹果》极有特色，讲述了密西西比州一个虚构小镇在 40 余年里的变迁。旧式南方乡镇正在解体，可是现代大都市却并非是值得向往的未来。她的闲话技巧使书面的语言结构趋向于口语化。在当时

---

① 王大力："韦尔蒂和她的小说"，《美国当代小说家论》，北京：中国社会科学出版社，1987 年，467 页。

② Eudora Welty. The Golden Apples. New York：Harcourt Brace Jovanovich，1976，p. 146.

的南方小镇中，人们的生活非常沉闷，而其他的娱乐活动又很稀少，所以有的闲话故事本身就是一种娱乐，只是用来打发时间，但是小说通过一些琐碎的小事和日常细节向我们揭示了它的所有内涵，因此，韦尔蒂向我们展示了一幅更为丰富多彩的画面。除此之外，韦尔蒂在作品中大量引用神话典故。这一现代主义的写作技巧受到广泛关注。《金苹果》中的大部分神话都来自凯尔特民间传说以及古希腊神话。通过引用神话故事，韦尔蒂使我们从神话视角来看待这些南方小镇上的美国人。

《绿帘》获得的巨大成功奠定了韦尔蒂短篇小说大师的地位，随后出版的《宽网》（The Wide Net，1943）和《金色的苹果》（The Golden Apple，1979）两部短篇小说集在思想和技巧上更加成熟，人物的自我探索和对生活意义的追求成为韦尔蒂作品的突出内容。小说中的人物总在生活中追求他们的梦想和希望，但残酷的现实使他们的梦想一一破灭，在茫茫人海中那种强烈的陌生感和孤独感也更加浓烈。所以说，韦尔蒂在这些小说中不仅强调人与人、人与社会的隔阂，也再现了美国梦的幻灭。

韦尔蒂漫长的创作生涯使她成为“二战”前后南方文学的代表人物，在南方文学中起到承上启下的作用。她的作品既延续了福克纳的创作风格，又为后来奥康纳等人创作的南方文学中的“畸人”群像开了先河。

二、奥康纳的畸形世界

弗兰纳里·奥康纳是“二战”后南方文学的代表人物，被称为“南方地区性天主教小说家”。她自认为她的创作源泉是宗教。

奥康纳出生于一个虔诚的天主教家庭，所生长的南方地区被称为“圣经地带”，宗教习俗和观念根深蒂固，因此在短暂的一生中她习惯用宗教来解释人的命运和社会问题。她的父亲患红斑狼疮，于44岁时死亡，她自己也在25岁时染上了红斑狼疮，从此身心受尽折磨。“由于绝症所造成的内心痛苦、恐惧、绝望使她对显示社会的病态与卑俗有特殊的敏感。她在创作中将自己独特的人生体验演化为浓重的宗教意绪和阴沉、怪诞的艺术风格。”①

① 傅景川：《二十世纪美国小说史》，长春：吉林教育出版社，1996年，440页。

在奥康纳的思想成熟时期，南方已经进入了经济迅速发展的阶段，再也不是福克纳和韦尔蒂笔下的旧南方。在她眼里，南方是个病态的南方，“二战”以后，一切信念统统动摇，一切正统的价值观念让位于形形色色的社会危机，整个南方弥漫着怀疑、绝望、愤怒、恐惧的气息，在这种氛围里南方人不约而同地显示出各种各样的病态。因此，奥康纳的作品一改南方文学中的多愁善感和苍凉的笔调，更多的是辛辣的幽默和恐怖、阴冷的气氛。她既不像福克纳一样用全景画手法描写南方，也不像韦尔蒂那样用真实的笔触书写南方的悲欢离合，她把宗教问题，尤其是她自己的天主教教义和南方的新教思想的冲突，作为剖析南方社会的切入点。她塑造了形形色色的“畸人”，大大丰富发展了韦尔蒂等人的“畸人”群像。这些人都是反常的、病态的，他们有的固守着荒谬的旧传统，有的患有严重的信仰缺失，无论是身患残疾还是身强力壮，他们都是精神上的畸人。这些畸人与他们所处的社会格格不入，因此用各种偏激的手段把他们对生存的不满宣泄出来。

奥康纳塑造的畸人中，有的用狂热的宗教信仰给自己套上沉重的精神枷锁，有的用玩世不恭的手段宣泄自己愤恨的情绪，更多的人则诉诸暴力，用死亡来毁灭冷酷的现代文明世界。暴力和死亡、原罪和救赎成了她作品的主要题材，精神和肉体都残缺不全的怪诞人物及非理性的暴力在她的小说中占据重要地位，并且被赋予了超然的意义。她笔下的众多人物，一旦失去了宗教信仰，往往会用暴力寻找出路，最终走向死亡终局而得以解脱。《好人难寻》（A Good Man is Hard to Find 1955）中的“不合时宜的人”是监狱中逃出的罪犯，因为在社会上看了太多不平之事，“不合时宜的人”已经对“好人”或“坏人”没有感觉了，在老祖母劝他向上帝祈祷的时候，他平静地指挥同伴将一家五口杀死，最后亲手打死了老祖母。“不合时宜的人”对老祖母说，“除了伤天害理，别无其他乐趣”。

从韦尔蒂温暖诗意的南方小镇走到奥康纳描绘的冷酷畸形的心灵世界，南方文学步入了又一个反思的高峰。她用冷静、毫不动声色的笔调描绘了暴力和死亡，让读者更觉毛骨悚然，更为资本主义社会中的邪恶和病态感到震惊，奥康纳的作品起到一个真正的警世喻人的作用。

三、麦卡勒斯的孤寂世界

评论家不仅将韦尔蒂和奥康纳并置于南方的背景下进行评论，还将卡森·麦卡勒斯与这两位女作家同时放在一起进行评论。有人把麦卡勒斯的作品划为通过制造恐怖场景、刻画“怪异”人物反映孤独主题的“哥特体小说”。有人认为在她的作品中，作者把孤独的成因从政治、经济方面的探讨转移到个人原因和心理方面的探讨。麦卡勒斯不仅长于探索人类的精神世界，更是一位视反映现实、揭示社会问题为己任的严肃的道德分析作家。

麦卡勒斯没有专门的创作理论著作，她所遵循的创作原则散见于一些评论、杂感中，它们真实反映了她的创作思想。贯穿其创作活动始终的有如下两条：

第一，创作是个人经历的沉淀与外化。作家曾这样写道，“人们为什么写作？我认为作家的创作源于他内心的冲动，它迫使他把自我体验（多为无意识体验）转变成普遍的、象征性的体验。艺术往往选择非常个人的主题。”[①]作家自小性情孤僻，富于理想，被同龄人视为“怪人”，成年后历经婚姻的离合、饱受感情的折磨，得不到他人的理解和同情，30多岁就因风湿性心脏病缠绵于病榻，后发展为半身不遂，直到50岁离开人世。这就是为什么作家在几乎所有的作品中，以形形色色的“怪人”作为主人公，描写爱情婚姻给人带来的痛苦与灾难、死亡对人的威胁，以及不厌其烦地重复展现人类孤独的原因。

第二，做一位“道德分析作家”。在题为《俄国现实主义作家与南方文学》的文章中，麦卡勒斯分析了美国南方文学与俄国现实主义文学的异同。她把俄国现实主义作家分为两类：一类是以果戈理、屠格涅夫、契诃夫为代表的“道德现实主义作家”，他们不带感情，冷酷地把“闹剧与悲剧，琐屑与宏大，卑劣与神圣”并置，忠实地反映社会现实；另一类是以陀思妥耶夫斯基和托尔斯泰为代表的“道德分析作家”，他们在忠实地反映生活时融入

---

① Mark Schorer. McCullers and Capote：Basic Patterns，in the Creative Present. Ed. by Nona Lialakian and Charles Simmons. New York：Gordian Press Inc，1963，p. 85.

真实的感情，并且担负起“解答生活之谜”的崇高责任。

麦卡勒斯认为，当时的南方文学创作已走到道德现实主义的尽头，“接受种种精神矛盾却既不探究原因，也不尝试提出答案，是一种幼稚的表现。”南方文学若想继续保持繁荣，包括她在内的南方作家就要像托尔斯泰这样的道德分析作家一样，承担起询问原因、提出答案的“哲学责任”。正是由于麦卡勒斯意识到了文学创作者应当肩负的这种崇高责任，才能在创作中对笔下的“怪人”寄予人文主义的关怀，才能在竭力展现人类难以名状的孤独的同时，有意引导读者挖掘孤独产生的种种社会原因。

麦卡勒斯重要作品的人物往往都有一种精神隔绝症。中篇小说《伤心咖啡馆之歌》围绕沉闷的南方小镇上两男一女之间的三角关系展开叙事。个性和外表颇为男性化的爱密利亚小姐是小镇上最富有的女人，为人冷漠苛刻。几年前，镇上的恶棍青年马文·马西曾经迷恋上了爱密利亚，决心为了她痛改前非；不料，他在婚后十年内受尽了被冷落的屈辱，最终被赶出家门，不久便因谋杀和抢劫罪坐牢。直到六年以后，李蒙被出狱归来的马西吸引，两个人联手处处与爱密利亚作对，爱密利亚只得同马西约定日期在咖啡馆决斗。幻灭的爱密利亚过起了隐居生活，小镇重新恢复了原先的沉闷状态。

《婚礼的成员》与《伤心咖啡馆之歌》一同被评论界誉为麦卡勒斯最杰出的两部作品。该作品采用了青少年成长小说的传统模式，集中叙述了十一岁的南方女孩弗兰西斯·亚当斯四个夏日的经历。弗兰西斯是小镇上珠宝匠的女儿，穿着行动都像个假小子，常常为自己高出同龄人一头的个子感到苦恼。她梦想远离气候闷热、气氛沉闷、生活中单调乏味的南方小镇到异国周游探险，同时也渴望着成为某个群体的一员。婚礼那天，弗兰西斯眼巴巴地看着新郎新娘离去，甚至还没有来得及向他们透露自己的计划。失望中，她连夜逃出家门，本想搭乘过路的货运列车离开小镇，却由于行动失败在大街上游荡，结果被警察发现，通知父亲将她领回家去。秋天，约翰·亨利痛苦地死于脑膜炎，贝伦妮斯辞职再婚，弗兰西斯也要随父亲搬家了。小说结尾处，弗兰西斯在粉刷一新的厨房里做三明治，等待新朋友玛丽·利特尔约翰来访。可以看出，作家对于那类情感特别丰富和精神畸形变态的人物有特别浓厚的兴趣，并且总是在小说中将其塑造成为一个个神经质式的凋零者，总是由于精神得不到解脱而离开人世，并且总让读者在阅读的时候有一种荡气回肠之感。

人之孤独与爱之无能构成了贯穿麦卡勒斯主要作品的基本主题。麦卡勒斯本人在1957年曾经写道，“我想，我的中心主题是精神隔绝主题。当然，我总是感到孤独。”另外，她在1959年发表的散文“开花的梦：写作札记”中再次提到“精神隔绝是我的大多数创作主题的基础。我的第一部作品与此相关，几乎全部有关，此后的所有作品都以一种或另一种方式涉及它。爱，特别是一个无力偿还或承受它的人的爱，是我选择作为表现对象的怪诞人物的关键所在——那些人身上的生理残疾象征着他们无法爱或被爱的精神残缺——亦即他们的精神隔绝”。此后，“精神隔绝”便往往作为关键词频频地出现在麦卡勒斯评论中，其结果不仅把麦卡勒斯的作品变成了一个主旋律的多个变奏体，从而使其创作主题范围显得狭窄单一，而且使作品超越了特定的历史文化语境，成为普遍人性的象征和永恒真理的符码体系。

通过以上分析可以看出，麦卡勒斯显然不仅仅是为了反映孤独，描写孤独，她对人物悲凉遭遇的叙述和对他们精神状态的描写是为了探究导致人与人之间隔绝的根源。她关注社会现实，以敏锐的直觉、深刻的思考捕捉到了美国现代文明社会对人性的异化，她时而激愤、时而愠怒、时而含蓄地对不道德、不合理、反人性的因素进行了全面而深刻的挖掘，肩负起一名“道德分析作家”严肃的社会责任。与小说的现实主义主题相符，作者在创作中采用了现实主义的叙述风格，虽然主人公都有自我狭小的天地，作者却并没有过多地探究人物心灵的无意识领域，而是让每个人物用他（她）特有的语言行为揭示人物的思想及情感状态，展现了作者精湛的写实主义技巧。无怪乎格雷厄姆·格林认为麦卡勒斯的诗意深情比福克纳还技高一筹。

第二节　现代黑人女小说家的创作

美国黑人女性文学自诞生之日起，在很长一段时间里被排斥在以男性文学为中心的所谓主流文学之外，其弱势话语的地位在经历了以自我描述为主的早期文学阶段和寻找黑人妇女身份的文艺复兴阶段之后，黑人女性文学终

于在20世纪下半叶迎来了其发展过程中的黄金时期，涌现出了一批杰出的黑人女性作家。她们的作品完美地实现了思想性和艺术性的统一，预示了21世纪黑人女性文学的繁荣。

在这个作家群体中，黑人女性作家自始至终积极地参与了美国黑人文学的发展，在其各个发展阶段留下了不可磨灭的印迹。首先，同黑人男性作家一样，她们具有黑人的属性：她们是作为奴隶或奴隶的后裔，贯穿了整个美国黑人文学史。无论是何种角色，美国黑人长期以来一直受到种族歧视和种族压迫，一直处于主流社会的边缘。美国黑人女作家也以美国黑人的生活为主要表现对象。同黑人男性作家不一样的是，黑人女性作家具有女人的属性，这种性别属性使得她们不仅要遭受来自白人的种族歧视，还要面对来自白人男性乃至黑人男性的性别歧视。同男人相比，种族与性别的双重歧视使黑人女性作家在透视社会的视角、文本构建以及文本内涵等几个层面上迥异于黑人男性作家，形成了相对独立的文学现象，极大地丰富了美国文学的文学内涵和表现力。

一、自我找寻的“文艺复兴”时期（1865－1970）

纽约的哈莱姆从20世纪20年代开始成为美国黑人心目中的“首都”，卓拉·尼尔·赫斯顿（Zora Neale Hurston，1891－1960）的代表作《她们的眼睛望着上帝》（Their Eyes Were Watching God）在1937年发表时也没有受到当时注重种族平等、社会抗议的批评家的青睐，因而当时湮没于众多迎合批评家与读者的作品中。70年代，著名黑人女作家爱丽丝·沃克（Alice Walker，1944－）发表了“寻找卓拉”的文章，撰文称其为“走在她时代的前面”的女作家，从而使得这位被湮没了近40年、具有非凡成就的女作家及其作品得以被重新认定和解读。

《她们的眼睛望着上帝》是一部带有悲剧色彩的浪漫爱情小说。作者通过女主人公珍妮·克劳毛德之口，讲述了她的三次婚姻变化。作为两次暴力的产物（其母亲是外祖母被白人奸污的结果，而自身又是母亲被白人奸污而生），珍妮是一位对生活充满希望和憧憬的漂亮的混血女孩。但是明白真相后的珍妮和外祖母一样，把全部希望寄托于婚姻，渴望得到稳定的婚姻生活。

婚姻和家庭是妇女理想的归宿，甚至还是缓解心灵创伤的良药。这正是19世纪普遍流行的。与女人所应享受的被男人呵护、爱怜的感觉相反，无论是第一任丈夫劳根·凯尔里克斯还是第二任丈夫乔迪·斯达克斯，都没有将珍妮看成完整的女人。在他们的眼里，她只是一种工具，一种陪衬。当第一个丈夫死后，在与梯·凯克的交往中，珍妮开始感受到了真正浪漫而又温馨的爱情，感受到作为一个平等、自由、真正女人的快乐。从另一方面来看，三次婚姻的过程实际上是展现她摆脱束缚、追求自由、发现自我的过程。作品从女性的视角出发，以探讨婚姻主题为线索，描写了黑人女性丰富的内心世界，展现她们日渐成为时尚的精神追求，展现了黑人女性找寻自我的心路历程。

此外，赫斯顿还发表了短篇小说《光浴》（Drenched in Light），黑人民间故事集《骡子和人》（Mules and Men）、《告诉我的马》（Tell My Horse）。后两部作品为赫斯顿以及后来的黑人女性作家提供了丰富的创作素材。

赫斯顿，这位“走在她时代的前面”的黑人女性作家的作品，表现出了一种“黑人是完整、复杂并不弱小的人的意识，而这种意识在许多黑人的文学和文字中是缺乏的。”她对后来黑人女性文学的发展产生了深远影响。

二、自我定义的黄金时期（1970－）

在赫斯顿去世后的十几年里，美国文坛涌现出了一批才华横溢的黑人女性作家，如爱丽丝·沃克、托妮·莫里森（Tony Morrison，1931－）等，她们继承了这种“并不弱小的人的意识”，在定义这种意识的过程中自1970年（莫里森发表处女作）将黑人文学推向了新的繁荣时期。

赖特、埃里森、鲍德温或以其深刻的社会洞察力，或以其出色的艺术手法，或以其超前的意识，将“哈莱姆文艺复兴”之后的黑人文学推向了一个新的高潮，其作品也被列为经典之作。但这些代表作家所关注的是充满男性意识的种族冲突，作品展现的主要人物是在种族歧视下的黑人男性，女性人物或者根本没有出现，或者一直作为间或的陪衬或点缀而出现。对于黑人男性作家来说，种族问题似乎构成了黑人民族生活的全部，对此，莫里森在一次访谈中说过，“拉尔夫·埃里森、理查德·赖特的作品我很佩服，可就是

感觉不到（他们）究竟给了我些什么。我认为他们只是把有关我们黑人的事讲给你们听，讲给人家听，讲给白人听，讲给男人们听。”① 莫里森在仔细研究观察黑人文学发展史后自己定位为“黑人女性作家”。她说：“作为黑人和女性，我能进入那些不是黑人、不是女性的人所不能进入的一个感情和感受的宽广领域。”②

与传统男性作家不同，当代黑人女性作家的作品不仅鲜见黑人与白人的直接冲突，而且在很多小说中很少有白人出现，黑人女性作家们不再停留在表层的种族歧视和压迫，而是转而关心黑人社会中的种种关系——家庭关系、男女关系、女性之间的关系等。她们选择独特的视角描写女性经验，研究社会关系，特别是黑人社会的关系，尝试重构美国黑人的历史，真实展现其生存现状。她们的作品涉及种族歧视，但同时探讨性别歧视下的黑人妇女问题。在她们眼里，美国黑人女性既遭受来自白人的种族歧视，又遭受来自男性的性别歧视，他们是弱势群体中的弱势群体，属于美国社会的“他者”。在进行自我定义的同时，黑人女性作家以其敏锐的感觉和深刻的社会洞察力，为广大黑人妇女指出了实现自我、争取独立与自由的出路：黑人妇女之间要发展一种亲密的姐妹之情，彼此帮助，同时要保持完整的黑人文化，在黑人文化的沃土中认识自我，了解自身的价值，摆脱白人与男人的双重枷锁。只有这样，黑人妇女才能获得真正的人格独立和精神自由。

在众星璀璨的黑人女性作家中，托妮·莫里森当属其中的佼佼者，原因如下：第一，她将关注的焦点转向黑人读者。她写作的目的不是向他人，尤其是向白人解释什么或者证明什么，而是试图重构广大美国黑人的文化历史，探索生活在种族歧视和偏见之下的美国黑人的喜怒哀乐，寻求美国黑人的文化根源，特别是要在主流文化中凸显黑人妇女的声音。在小说创作过程中，莫里森也刻意追求属于自己的艺术风格，其作品具有鲜明的艺术特色。对她来说，文学的社会功能和美学价值不是相冲突的，为了重构黑人文化历史，莫里森在作品中经常运用一些非洲文化中的仪式、神话与传说。其他的黑人

---

① 查尔斯·鲁亚斯：《美国作家访谈录》，粟旺等译，北京：中国对外翻译出版公司，1995 年，204 页。

② Danille Taylor Guthrie. Conversations with Toni Morrison. Jacksott University Press of Mississippi, 1994, p. 243.

作家也有这样做的，但他们多流于形式，只是简单的罗列堆砌。第二，“作为艺术家，莫里森追求一种极富特色的现实模式。她拒绝把现实主义与寓言、神话、传说分离”，“通过创作，她重构历史，在现实和想象的世界中作创造性的思考。”① 借助非洲传统文化中的仪式、神话与传说，莫里森成功地重构了美国黑人的文化框架，使其小说蒙上了一层超现实的神秘与魔幻的色彩。第三，莫里森的小说语言清新流畅，富有诗意和乐感。她在熟练而巧妙地使用标准英语的同时，经过精雕细琢，赋予了看似陈腐的语言以新的含义。

莫里森是位才华横溢而且极富思想的作家。自1970年出版处女作《最蓝的眼睛》（The Bluest Eye）以来，她相继出版了《秀拉》（Sula，1973）、《所罗门之歌》（Song of Solomn，1975）、《柏油娃娃》（Tar Baby，1981）、《至爱》（Beloved，1987）、《爵士乐》（Jazz，1992）等小说，几乎每一部小说都是作者思想中的标志性作品。例如，《最蓝的眼睛》探讨的是主流意识对边缘意识的操纵以及由此所产生的恶果。它以黑人女孩皮特拉的悲剧告诫黑人姐妹：不要失去自己种族的价值观念，否则最终会失去一切。小说《至爱》讲述的是逃亡黑奴玛格丽特·加纳愿杀死自己的孩子也不愿重新沦为奴隶的故事。故事从不同的角度由不同的叙述者叙述了主人公逃亡、被抓、杀婴、被囚的过程。表面支离破碎的片段重新构建了内战前后美国黑人历史，揭露了长期以来官方（白人）历史如何操纵与篡改真实历史。“莫里森的小说成就标志着20世纪美国黑人文学史上继赖特、埃里森之后的又一座高峰。”② 综观莫里森的创作，不难发现，她一贯坚持自己的原则，致力于维护和弘扬黑人文化，始终以探索黑人历史、命运和未来为主题，完美地实现了思想性和艺术性的统一。

另一位可以与莫里森比肩的当代著名黑人女性作家当属爱丽丝·沃克。她的代表作《紫颜色》（The Color Purple，1982）获得美国文学界的两项大奖：普利策奖和全国图书奖。小说采用18世纪流行于欧洲的书信体小说的形式，探讨了黑人妇女所遭受的来自黑人男性的迫害的问题。小说一方面揭露

---

① 王守仁等：《性别·种族·文化——托妮·莫里森与二十世纪美国黑人文学》，北京：北京大学出版社，1999年，24页。

② 同①，25页。

了种族压迫和种族歧视，另一方面也强调在黑人妇女所受的迫害和歧视中黑人男子也是一个重要因素。书信体小说形式的采用既是对男性写作权利的挑战，也是对男权社会规定的颠覆。主人公西丽的成长体现了作者一贯的主张：妇女要想获得真正的独立与自由，只有通过保持自我意识，维护精神世界的完整，同时依靠妇女间的相互关心和支持。沃克之后又发表了《我亲人的庙宇》（The Temple of my Family 1989）和《拥有欢乐的秘密》（Possessing the Secret of Joy 1992）两部长篇小说，完全确立了在当代美国文学中的地位。

美国黑人女性的肤色决定了她们是黑人，但是指引她们创作的却是人类共有的、千古不变的追求自由的精神。进入"文艺复兴"时期，经过长期的积淀，黑人女性文学以成熟的姿态进入20世纪70年代，以托妮·莫里森为代表的黑人女性作家为我们展示了黑人妇女实现自我、追求尊严的艰难历程。她们以杰出的作品为当代黑人重构了源于历史又融于现代美国生活的黑人文化，但我们同时必须清醒地认识到文学的界定具有不确定性，作家的创作生涯常常是跨时期、多元化的。任何一个时期的文学都是在继承、修正、否定前期文学的基础上发展的。走向成熟的黑人女性文学也是如此，从最初的默默无闻到当代的独树一帜，黑人女性文学在展现其发展过程的同时也昭示了美国黑人女性地位的提高和社会的进步，尽管这种提高和进步是缓慢而痛苦的，但我们完全有理由相信，随着社会的发展和进步，21世纪的黑人女性文学将会更加繁荣。

第三节　乔伊斯·卡罗尔·欧茨的新现实主义创作

作为当代美国文坛最有活力的女作家，乔伊斯·卡罗尔·欧茨具有小说家、诗人、评论家、剧作家、大学教授等多重身份。在40余年的创作生涯中，她硕果累累，迄今已推出50余部长篇小说、短篇小说集、诗集和剧作，以多部力作跻身于当代美国主要严肃作家之列。她许多作品的主题——暴力、女性人物的命运等——几乎都可以在早期作品中发现萌芽。这一时期，欧茨

创作的艺术观日趋成熟，而早期的作品可以说是她的艺术观的产物。笔者以欧茨早期的六部小说、诗集和短篇故事集为例，通过阐述她早期创作的艺术观，来剖析其悲剧性意识的表现形态。

一、欧茨早期悲剧性艺术观及其在作品中的体现

作为一名严肃的作家，欧茨不断寻求艺术的意义和目的。她认为，艺术有三种形式："什么也解释不了的艺术作品；与我们的经验相悖的艺术作品；拒绝解释的艺术作品……"[①] 但是，对于她来说，艺术必须有目的性，诞生于作家不可遏止的创作欲望，用于转化、揭示问题。"严肃的艺术家坚持艺术世界的尊严，不会在展示其悲剧性艺术观上退缩，他的目的是使这个时代可怕的状况进入人们的意识中，使其得到解决，这是他作为艺术家的使命。"[②]她驳斥那种艺术应当取悦人的论点，认为"只有通过瓦解和无序人类才能成长"。[③]

从创作《颤栗地落下》(Shuddering Fall，1964) 开始，欧茨在以后的十余年里连续出版了五部长篇小说：《人间乐园》(A Garden of Earthly Delights，1967)、《阔佬》(Expensive People，1968)、《他们》(Them，1969)、《奇境》(Wonderland，1973)、《任你摆布》(Do With Me What You Will，1973)。这十多年是她小说创作初获成功的时期，作品极具社会写实色彩，客观地揭露了美国社会极其真实的一面。在这些阴暗面的背后透露出一种悲剧意识，这奠定了她作品风格的基调——悲剧意识，她后来许多作品的主题如暴力、女性人物的命运等几乎都可以在这些早期小说里发现萌芽。这一时期欧茨创作的艺术观是悲观的吗？这些小说是其悲剧性艺术观的产物吗？笔者将结合这些作品来阐释欧茨早期的艺术观。

1. 欧茨的艺术目的

欧茨认为，小说可以帮助塑造我们现实社会的秩序。她不认同某些作家

①③ Joyce Carol Oates. Scenes from American Life. New York: Random House, 1973, p. vii.

② Joyce Carol Oates. New Heaven, New Earth: The Visionary Experience in Literature. New York: Vanguard Press, 1974, pp. 6 - 7.

坚持的小说已失去了解释生活的能力的观点，认为叙述性小说可以展现人们的生活经历，给读者带来一个时代。"所有的艺术都有道德性、教育性和阐述性，"可以带来一种心理变化，一位试图理解一个"神秘的年代"的作家其实也是在创造，艺术需要"生活是循环的悲剧"的观点，它的目的是引导读者有更深刻的"神秘感和人类困境的圣洁感"。[①]一部实现不了这个目的的作品可以说是道德上的失败。欧茨的小说讲述了由于战争、暗杀、骚乱和恐惧而无力改变自身命运的人们的悲剧性故事。但是，她的作品不只讲述了20世纪60、70年代的恐惧；她希望在这个讲述过程中能够提高普通人的思想意识，使其认识到生活中引起毁灭的根源和应该怎样超越痛苦。

在欧茨早期的一些作品中，有一定的逆来顺受或接受生活本来面目的思想。她好像在说，当不可能改变事物时，最好去接受它们，自我肯定并不容易实现，它不可能很容易做到。所以欧茨的小说是在斗争中最频繁地注重——而非放弃——肯定自我的可能性，然而，它又从未被实现过。在接受沃尔特·克莱门斯的采访时，她坦言在创作《奇境》时已到一个生活时期的尽头，从此她将"走向一个表达更加清楚的道德位置，不但要戏剧性地表现噩梦般的问题，还要显示超越它们的可能方式。"[②]如果说她的前五部小说是噩梦的戏剧化展现的话，写于《奇境》之后的《任你摆布》是一部过渡性作品：埃丽娜确实想要超越她的噩梦般的世界，但是小说并未实现自我超越或自我肯定。欧茨拒绝减轻实现肯定自我的痛苦，结果，她的许多早期小说陷入了许多密集、悲惨的事件之中。她曾被指责创作了"只是精神的分裂和自我的完全丧失"，[③]然而，其作品主题产生出一种向自我肯定逐渐发展的势头。在评价《他们》时，欧茨特别提到了这个事实：无论叙述有多么可怕，作品的价值在于"他们（人物）都存活下来了"。[④]欧茨的小说阐述了存活者自我肯定和歌颂自我的理论，与查尔斯·克里克斯伯格的观点相一致："只要生活继续下去（而且它将不会被虚无观抵消），人就一定能生存下来，而且，

---

① Walter Clemons. Joyce Carol Oates：Love and Violence. Newsweek，11（1972）：p. 2.

② 同①，p. 77。

③ Charles Glicksberg. The Literature of Silence. Centennial Review，（14）1970：p. 169.

④ Walter Clemons. Transformations of Self：An Interview with Joyce Carol Oates. Ohio Review，15（1973）：p. 57.

文学的见解无论有多么悲观，它本质上还是在歌颂生活。”欧茨的小说就是她努力歌颂生活的感慨。同时，欧茨又坚持这样的观点——人在被杀戮的三重威胁中奋争：被生活、他人或者自身杀戮，同时他有同样的能力杀戮他人。在《玩偶制造商》(The Dollmaker) 的书评中，她写道：“生活是杀戮——杀戮他人、自己或者自己的心灵。”① 如同她的小说不断提醒我们的：从这个意义上讲，我们都是杀戮者。

欧茨认为，人“经历了”生活，只是苟存下来而已，如果社会群体没有发挥作用，人在荒原中只会被毁灭，然而小说的最终效果是强调建立社会群体的必要性，进而肯定自我、歌颂生活和人类。像贝娄一样，欧茨拒绝沉溺于轻易得到的、以自我为中心的回答中。二人都没有背离现实和 20 世纪的美国的苛刻要求，也没有让步于肯定自我的观点，在作品中都证实应该保持人性和人类困境的神秘性。欧茨处于现代小说的两种相反倾向之间：她既不属于像诺曼·梅勒那样非小说家的街头现实主义，也不属于像约翰·霍克斯、科特·冯尼格和约翰·巴斯之类的寓言家那样想象上受伦理的控制。然而，她的小说体现了两者的结合。她声明，《他们》是一部“小说形式的历史”作品，散布有大量清晰可辨的现实，有莫琳给作家欧茨的信件，而《奇境》通篇点缀着报纸剪辑、标题和报道，在使用现实的细节时她小心地避免成为“什么都登记却什么都未记录下来的缺乏实力的录音机式小说家”。②

2. 悲剧性意识的展现

欧茨认为艺术具有模仿性，她关注的一个问题是用悲剧性意识展现 20 世纪真实的一面，试图通过作品唤醒当代社会对自身毁灭性命运的认识，深化读者对于生活具有悲剧性的意识。从她的作品和论文里可见其艺术理论：艺术，尤其是伟大的艺术，不可避免地带有瑕疵——这不是因为艺术家的观点不合适，而是因为其观点太恰当了。她的艺术理论可以明确地表达为：人类生活是一个不可逃脱的悲剧，除非能认识到这一点，否则它将永远不可能被超越。她的整个创作即是以这种观点为导向。这种生活悲剧的神秘性并不能

① Joyce Carol Oates. An American Tragedy. New York Times Book Review, 24 (1971): p. 2.

② Robert Scholes. The Fabulators. New York: Oxford University Press, 1967, p. 199.

得到解决，而且也徒劳无功，但是又必须探讨它。欧茨经常称卡夫卡为自己的授业恩师，她扎根于悲剧传统中，相信人应该努力实现获得身份，以超越自我。

欧茨的作品是其艺术理论的最佳展现。虽然她的人物并非传统或经典意义上的“悲剧英雄”，作品讲述的却是普通男男女女的悲剧故事。他们遭受苦难，备受剥削，被摧毁了还浑然不知，其价值在于他们有能力生存、经历和应付人类世界的局限性。对于欧茨来说，悲剧的主题经常是普通人努力但未能战胜的无情力量，作品揭示的是非英雄式的人们的生活和斗争。在评论荒诞派戏剧时，欧茨提出了一个常与之斗争的写作难题：怎样在一个人人平等而且也许人人都无价值的世界中创作悲剧。[①] 这个窘境不断困扰着她的创作。在她的小说世界里，所有人物平等——都是牺牲品，很难说她塑造的人物有多大价值；当然人物本身也很少认识到他人身上的价值，社会好像也没有真正珍惜人们的生活，一个人在想要找到同情和关怀的地方只能受到冷落和屈辱。在学校里，孩子们因无知、无识而被歧视，[②] 社会机构变得非人性化，如同温德尔奶奶在底特律的医务所里经历的那样。[③] 经济上贫穷和心理上受难把欧茨的人物带到了同样层次，提出了他们的个人价值问题。她的悲剧探讨了普通人的命运，他们挣扎着想要明白自己的生活，是他们忍受了“与宇宙进行的无休止斗争……这是与金钱不断的斗争，与城市中的每一位其他蚂蚁般的居民进行的斗争。”[④]

欧茨的许多小说因为描述了邪恶的一面受到评论界批评——但是这种负面反映并未阻止她继续表达悲剧性观点，毫无疑问，这源于艺术的力量和她作为艺术家的责任感，她认为“这样的艺术家相信他们观点的真实性”。[⑤] 天堂与地狱并存，只能使揭示真正悲剧的伟大艺术的力量更加令人迷惑，它无法唤醒其他人理解人类生活不可解释的神秘性的意识。邪恶确实存在于欧茨

---

① Mary Kathryn Grant. The Tragic Vision of Joyce Carol Oates. Durham, N. C.: Duke Uni. Press, 1978, p. 119.

② Joyce Carol Oates. A Garden of Earthly Delights. New York: Vanguard Press, 1967, pp. 42 – 50.

③ Joyce Carol Oates. Them. New York: Vanguard Press, 1969, pp. 103 – 107.

④ Walter Clemons. Joyce Carol Oates: Love and Violence. Newsweek, 11 (1972): 77.

⑤ Joyce Carol Oates. New Heaven and Earth. Saturday Review of the Arts, 4 (1972): 51 – 54.

的小说世界中，无论是个人的邪恶或者罪过，它们都是恶毒的力量。她坚信邪恶应当被展示出来。

欧茨的小说充满了“悲剧性生活感”，这种感觉“本身带有对生活和宇宙的完整了解……”。[①]她的悲剧性生活感是对感性世界和理性世界的观点，这两者是西班牙哲学家乌纳穆诺（Unamuno）的“饥饿的产物”和“爱的产物”。[②] 她的小说极其明了地强调了饥饿的世界，然而，它却产生出爱的理想的可能性。她认同乌纳穆诺的悲剧意识：“生活的问题、面包的问题一旦得到解决，地球将以一种突发的、更加暴力的生存斗争形式变为一座地狱。”[③]一旦这个悲剧循环开始，它将不会停止。不断增长的生存压力将人们其他的渴望和雄心抹杀，悲剧性地扼死了自我圆满和社会群体的可能性。

根据雷蒙德·威廉（Raymond William）对现代悲剧文学的分析，现代悲剧的顶点是“可悲的人们之间联系的丧失”。[④]欧茨关注的不只是丧失的本身，还关注它对人的影响。欧茨作品中的人物往往被推到人类所能忍受的极限，他们常常抱有这样的希望：只要能够与某个人有联系，只要能够拨通一个电话号码，就能生活下去。他们惟恐失去与他人的联系，这里暗含有想要恢复一种与人联系的希望。

任何悲剧观都需要面对邪恶的主题，它不能夸大或缩小邪恶。欧茨创作中的邪恶因人类而生，它来源于自我无价值、无能、痛恨、自私的情感，不是一种非人的、有恶意的力量，而是产生于常常认识不了其本质的人物，[⑤]它可能是盲目情感的产物，但又常常是人的创造物。然而，欧茨小说的重心在于邪恶的社会影响或后果——《奇境》中杰西的父亲杀死家里人就对杰西以后的人生之路和心理产生了巨大影响，这个重心不在于是什么激起了邪恶，而是它对他人生活的影响。

欧茨并未从人物内心挖掘邪恶的根源，她的小说只是描绘了邪恶，并没有试图发现其原因。她描述的是人物生活的表面，因为那是他们可以理解的

① Miguel de Unamuno. The Tragic Sense of Life. London：Macmillan，1926，pp. 14 – 17.

② 同①，pp. 25 – 27。

③ 同①，p. 55。

④ Raymond William. Modern Tragedy. Standford：Standford University Press，1966，p. 13.

⑤ Paul Ricoeur. The Symbolism of Evil. New York：Harper and Row，1967：pp. 232 – 278.

全部。她从来没有分析过那些导致人做邪恶之事的驱动力。她注重的邪恶是社会的邪恶，因为社会是人组成的，所以是人本身导致了邪恶的产生。她的悲剧性观点关注的重心是普通人的毁灭和他们未能意识到而且不能抵制这种毁灭性的可悲事实，最通常毁灭他们的是其自身缺乏对自我身份的认识，她的大部分作品试图唤醒他们的这种意识。面对他们的悲剧性命运，欧茨的人物试图碰碰运气，当意识到自己无力改变命运时，他们屈服了，只保留有微弱的希望：希望有一天命运可能改变。对于命运的希望的力量在洛丽塔的手势上展现的最有戏剧性，她在逃离男友被杀现场时还不忘停下来弯腰捡起一枚标志着好运的硬币。[①] 当没有什么坏事情发生时它会出现，至少可以希望自己的命运会有改观。没有这种乐观思想，洛丽塔根本就不可能生存下来。欧茨本人默认：只有那些总是抱有希望的人才可能生存下去。

由于人物内心的这种希望，虚无主义在欧茨的虚构世界中没有位置。“没有什么会来自于虚无”，人们在自信与绝望之间保持平衡，欧茨的人物很少绝望。他们可能有精神崩溃的时候，他们可能重新沉默，他们可能酗酒或逃跑以逃避现实——但是她主要作品的中心人物没有一个绝望，无论人物的特点有多么极端。这可能是作品的一个错误或弱点，但是这与欧茨坚信的不单是存活、超越的观点相一致，她指责那些将死亡当作超越途径的文学作品。她的这个立场与虚无主义直接相反，在她的作品中可以很容易洞察到这一点，虽然有时没有那么可信，她描写坚定和不屈是因为她相信人类的忍耐力。然而，在所有的作品中，欧茨揭示出是内在的力量使其人物能够渡过难关。读者只能看到他们受到无以言状的痛苦的打击和考验的困扰，但是令人困惑的问题是：是什么力量使他们忍受了一切痛苦？读者只能从外部看到他们，庆幸他们忍受下来了，但还是会因不知他们怎样做到这一点感到疑惑。

3. 欧茨的现代悲剧观

里查德·斯沃尔（Richard Sewall）认为，悲剧性文学有三个发展时期：第一时期是人只能认识到痛苦和恐惧的情感层次；第二时期他逐渐将遭受的苦难概念化，开始能够思索并使情感精神化；到第三时期他就能够将苦难和

---

① Joyce Carol Oates. A Garden of Earthly Delights. New York：Vanguard Press，1967.

痛苦表达出来，这是悲剧性文学的进一步发展，[①] 欧茨在小说里以多种方式概括了这种发展。在她的早期作品中，大部分人物只经历了第一个层次，认识到他们的痛苦、恐惧和苦难，他们经历了不能解释所发生事情的恐惧。只有一些性格进一步发展的人物进入了第二层次，能够反思、思考自己的经历，但是没有哪个人物可以准确地表达出自己遭受的苦难。

欧茨非常关注展现这一时期悲剧的问题，她虽然赞同一些西方评论者所持的悲剧已经死亡和悲剧不可能的观点，却又继续探索20世纪现代悲剧文学可行的模式。除了承认传统的认为上帝已死的悲剧观之外，欧茨还坚持一种新的悲剧观："悲剧的艺术源于与自我和社会群体的分离，也就是一种疏离感。"她寻求悲剧文学新的形式导致她思索悲剧探讨的问题，现代悲剧被她定义为社会群体的分散、上帝之死和家庭氛围向荒野的转换。悲剧文学与人们铸造群体纽带的努力相关联。伟大文学作品的力量在于"它坚持生活毫无结果，甚至是一种由真正的爱和痛苦绑在一起的与他人密切相连的生活。"[②] 如果悲剧源于人们建立社会群体的失败，那么它一定会触及人们想要通过群体的纽带与他人建立联系的强烈欲望。"遭受苦难不会使我们有手足情谊，"她将悲剧看作是一种"审美的而非人性化的"经验。[③] 对于欧茨来讲，悲剧部分地表达了不能满足创立社会群体的需求。

因为现代悲剧源于上帝的死亡，欧茨摒弃了一个有上帝存在的世界的观念，她的一些早期作品明显地试图通过文学净化自己。[④]作品中对于宗教、教堂或者上帝的引喻似乎都反映了她对于宗教信仰日益增长的厌恶。《颤栗地落下》中凯伦的"转化"几乎没有维持几日，对于《人间乐园》中代表了当地教堂的妇女的喜剧性描述是一个奇异的宗教仪式的序曲。《任你摆布》中埃莱娜在与阿迪丝的谈话中透露出对上帝信仰的不确定。欧茨的六部小说中的人物对于上帝的概念有一个逐渐的变化——从愤怒、有敌意的反对到漠视，

---

① Mary Kathryn Grant. The Tragic Vision of Joyce Carol Oates. Durham, NC: Duke Uni. Press, 1978, p. 130.

② Joyce Carol Oates. An American Tragedy. New York Times Book Review, (24) 1971: p. 2.

③ Joyce Carol Oates. The Edge of Impossibility: Tragic Forms in Literature. New York: Vanguard Press, 1974: pp. 37 -45.

④ Linda Kuehl. An Interview with Joyce Carol Oates. Commonweal, No. 5 (1969): pp. 307 -310.

从激烈的否认到随意的漠不关心。没有对上帝的信仰，即悲剧的传统基础，一个人会相信运气，不再相信任何事物。但是欧茨的解释是，有讽刺意味的是一个人不得不重新给上帝下定义，这为一种新的悲剧提供了基础。

欧茨认为，悲剧能够“深化人们的神秘感和人类困境的尊严”。她强调，伟大的文学作品会使人情绪低落，不会使人振奋，这一点与其作品一致：一些叙述并没有真正结束，她只是停止讲述结局而已，如同她讲的故事一样，结局没有达到令人满意的结局，这些作品否定了解决方案。《奇境》和《任你摆布》就因为不确定的结尾受到批评。《奇境》的两个版本有两个结局，欧茨解释说她总是尽力抵制住直觉，然后以“最深刻的人性”进行修改：“这个错误将不会被重复。”[①]《任你摆布》中埃莱娜与杰克决定一起私奔的准备就不太恰当，这与他们的性格不相符。《他们》也是以分离结尾：朱尔斯离开了莫琳——他要去西部，而莫琳处于能与吉姆一起幸福生活的梦幻之中。小说结尾时并没有结局，自然也没有精神宣泄。

悲剧性文学探讨的是人类生存最深层次的问题、生活的意义和在塑造现实中展现秩序和可能性，欧茨以自己对文学的理解形成了独特的悲剧性艺术观，在早期作品中提出并思考了这些问题。她明白没有最终的解决办法，重要的是去探究并继续找寻答案。她早期的所有作品都在试图回答莫琳·温德尔问她写作老师的问题：“如果世界是这样的话，我该怎样生活?”[②]因为这是一个不完美的世界，因为一种无能的心理导致一个人采取暴力行为，因为对社会群体的需求如此频繁地受阻，因为这是一个悲剧性的被贬低的城市世界，我们都可能问莫琳的这个问题。欧茨早期作品中的悲剧性艺术观点反映了她对于20世纪美国社会的真实理解。

二、困惑·悔悟·批判

欧茨作为当代美国最多产、最多才多艺的著名作家，不但长篇小说的创作卓有成就，短篇小说的创作也独树一帜，赢得一片赞誉。在20世纪70年

---

① Joyce Carol Oates. Art：Therapy and Magic. American Journal，1（1973）：p. 2.

② Joyce Carol Oates. Them. New York：Vanguard Press，1969，p. 330.

代，欧茨就获得了短篇小说艺术鉴赏家的名声。《周日书评》认为，“在当代美国短篇小说的风景地中，欧茨作为一位大师独树一帜，占有自己独特的一席之地”。艾瑞卡·荣格说：“欧茨是我们的精神分裂症、被诅咒的童年和任意的暴力行为的桂冠诗人。”《芝加哥论坛》称：“欧茨的美国短篇小说浸透了活力和未加工的社会表面。”爱丽丝·亚当认为她的短篇小说“非常令人愉快、令人兴奋”。[①] 她的短篇被广泛收入各种文集中，是欧·亨利短篇小说成就奖和马拉默德笔会短篇小说终身文学成就奖的获得者。

“约会”（Tryst）是欧茨在1980年出版的短篇小说集《一次情感教育》中的一篇短篇小说（汉译本见孔保尔所译同名小说，刊载于《译林》2009年第1期），[②] 戏剧性地表现了传统观念上“强奸”一词的多层次含义。在这个当代美国郊区居民的寓言故事里，欧茨以有妇之夫莱丁格·约翰和安妮的约会为题材，剪辑出美国当代中产阶级情感生活的缩影，在探讨人类不断有欲望的本性特征和男女关系的同时，表现出她对美国20世纪70～80年代普遍存在的婚外恋现象持批判态度。

由于故事的叙述方式复杂，技巧性强，故事情节显得松散、模糊，不太连贯。其实，故事里直接出现的人物只有约翰和安妮两人，约翰的妻子和女儿只是出现在他的幻觉和梦里而已。故事以约翰为中心从第三人称的视角展开，讲述他与安妮的幽会过程，当中穿插了他的意识流，回忆他的家庭生活和他与安妮的交往。

在约翰眼里，安妮性格粗犷、豁达，模样俊俏，无所畏惧，生活随意、杂乱，得过文史硕士学位，但看上去一副寒酸相。她说不想再见到他了。他明白就要失去她了。这一次他趁妻女外出带她去了自己家，就是在那里发生了她意欲割腕自杀的事件。当时她给他讲起她孩提时代的记忆，当她去卫生间时，他酣睡起来。醒来不见了安妮，他推开洗澡间的门后，看到“血滴到粉蓝色的洗澡盆的瓷上，马桶上，黑绒地毯上，镜子上和淡蓝色的瓷砖墙上”，她身上沾着血，他气愤地帮她缠住伤口，骂骂咧咧。之后，流血停止了，他把她送上了出租车。

---

① Joyce Carol Oates. A Garden of Earthly Delight. New York：The Modern Library，2003，p. Ⅵ.

② Joyce Carol Oates. A Sentimental Education，Stories. New York：Dutton，1980，pp. 56－78.

小说的情节看似简单，但是主题意蕴丰厚。本书从存在主义、女性主义、伦理道德和基督教的视角解读小说，认为欧茨从多个角度探讨了人的精神困惑、女性的悲剧、道德悔悟与宗教意蕴，反映了当代美国人的精神困惑、婚姻道德状况和女性的生存困境，表现了欧茨对20世纪七八十年代美国“开放式婚姻”观念的尖锐批判。

1. 精神困惑

作为中产阶级的一员，约翰有舒适的房子和温馨的家庭，但是，看到秋季一片肃杀的景象，他想到不如早早离开人间，也想起了诱人的肉欲和善美的东西，想起他生存在这个世界上的秘密就像是玩捉迷藏。他深感无聊，会常常发呆，忽而也期待周末的到来，痛痛快快地娱乐一下。他感到生活“真烦死人了”。他如此悲观厌世的生活态度为他的人生观奠定了一个基调：约翰是一位存在主义者。生活在这个世界上，他不明白生活的意义何在，精神世界空虚，所以感到无聊。因此，他由于对日常生活的厌倦而以后在外拈花惹草毫不足奇。

“约会”首先是一个婚姻与不忠的故事。约翰声称自己“爱这个家”，但是他讨厌“这些娘们怎么都这么爱婆婆妈妈的”。他与妻子貌合神离，早已失去了对妻子的兴趣，几年前他到亚特兰大出差时差点和一位金发女郎勾搭上。他敢发誓，“自打他爱上安妮以后，就没有再爱过其他的姑娘”。因此他“十分想念她”。妻子长时间频繁地离家影响了约翰的个性，以至于他的内心世界残忍、无情。年轻、貌美的安妮成为约翰性激情的对象，他背着妻子多次与她幽会，这次竟然趁妻子出门带她到家里来，他的这种秘密行为违背了他对婚姻的忠诚。

然而，约翰对待安妮并非如他所认为的那么真诚。虽然他想念她达到夜里辗转反侧、难以入眠的程度。他想象着她的性格和她随意、杂乱的生活，他盘问与她交往的男人，充分显示出对安妮的占有欲。然而，他对待安妮并非像安妮对他那么诚实、坦率，因为他明白：“男人一旦让女人牵着鼻子走，那就得永远俯首帖耳、惟命是从。这样倒是既新奇又快乐的，不过有时候也是叫人心神不宁、烦躁不安的。”这些充分显示出他具有传统的大男子主义思想。当安妮告知他不想再看见他时，他感到脸上火辣辣的，意识到自己男人的权威受到了挑战。

约翰背叛了妻子与安妮偷情，却没有真心对待她，但是日常生活的无聊又使他盼望着与安妮约会，以满足自己的情欲。对于安妮所讲的找他不是为讨钱，而是要借款付房租的事情，约翰嘴上应承道："我想是这样吧。"然而实际他内心并不这样想。这里隐含了他的男权思想：作为有产阶层，面对赤贫的女友，他内心有一种高高在上的施舍者的权威。在他印象里，她穷酸、装腔作势、邋里邋遢，应该是他施舍的对象，所以看到她穿的昂贵大衣时，他禁不住问是谁掏的腰包替她买的，当被告知是她自己买的时，他满心狐疑。

在家里与安妮幽会时，一觉醒来，不见了安妮。他首先想到的是，她是否偷了东西跑了？他的想法反映出两人不平等的阶级地位。由于安妮平日的拮据状况，他未找见她时便马上怀疑她是否偷了什么。他对安妮连基本的信任都没有，更无从谈起对她的尊敬和爱护。因此，对于他们俩关系破裂的原因，"他不得而知"也就毫不足奇。当听到安妮在洗澡间的叫声时，他马上想到："必须把这个婊子养的弄出来，把她赶出房子。"看到安妮拿刮胡刀片割破了手臂，血流得满地，他疯狂、愤怒地骂她"神经病"、"混蛋"、"泼妇"，不明白她为何这么做，告诉她"自残是一件很险恶的事情"。帮她止住血后，他打发她上了出租车了事。他感到什么也看不见了，自己都说了什么，他一无所知。送走了与他决裂的情人，他又回到了虚无状态。他不明白眼前的事，也不清楚自己以后应该怎样生活，他又陷入了一片茫然。这是一个典型的精神迷茫的当代美国人形象。

2. 女性的悲剧

"约会"又是一个交织了两类女性的屈从与反抗的悲剧故事。莱丁格太太和安妮是月亮的象征，象征了女性心理的互补时期。莱丁格太太是最远点的新月，安妮则是近地点的满月。两人代表了美国当代社会生活中普遍存在的两类截然相反的女性：忍受屈辱的传统妻子形象和挑战传统婚姻观念、敢于显示自己的反抗的"第三者"形象。

莱丁格太太在小说中的形象模糊，从未正面出现过。她的名字自始至终没有出现在小说中，只是出现在约翰的意识流回忆里，显示了她在生活中附属于丈夫约翰的从属地位。在约翰眼里，莱丁格太太"净唠叨些他不大爱听

的陈词滥调”。作为妻子，她心里明白，两人只是名存实亡的夫妻而已，但是她只能墨守成规地扮演传统的妻子角色，因为她向往安全的婚姻，她的婚姻重心被浮士德式的只是追求物质好处的欲望遮蔽，爱的情感也渐渐被不可抑制的物质享受的欲望蚕食。正是由于她一贯的软弱、忍让，使得这次约翰自己“也不清楚为何将安妮带到了他自己家里来”。对于丈夫的不忠，她缺乏道德勇气，从不敢当面指责他。她对丈夫的抱怨也只是出现在约翰的梦里：“你把她带到我的床上，弄脏了我们的床，这对我是个侮辱——是想逼我去死。”但是约翰对此只是哈哈大笑，这种混合交织的幻境变成了一只大苍蝇。这里，欧茨使用了象征手法，以苍蝇象征约翰行为的肮脏、堕落，讽刺他不恪守婚姻规范的道德沦丧行为。

安妮则与莱丁格太太相反，展现出敢于打破世俗习惯传统、追求自由的个性。她性格开朗，在约翰看来有一股粗野劲儿。她没有依靠男人生活的思想，在约翰面前理直气壮道：“你以为我是来讨钱的，就得在你面前低声下气。”她声明道：“我本来是可以向你乞求开恩的，但是我不想这样做——你懂了吗?”这种声明可以说是她的自由宣言：她只是借钱而已，所以不会在他面前低人一等，而且她借钱是用于正当渠道，并非用于其他不光彩用途。她说：“我并不是没有自尊心的人。”这简直如同简·爱向罗切斯特宣讲的自由平等宣言一般激烈昂扬，充分显示了她贫贱不可辱的气节和尊严。在与约翰的交往中，对于他意欲干涉她与其他男人的交往，她置若罔闻，无所畏惧，对他不卑不亢，不把任何人放在眼里，她就有这么个胆量。虽然她放荡不羁，但是当意识到约翰带她去的是他自己的家时，她也许意识到自己对约翰妻子造成了伤害，便陷入精神困境，产生了精神恐惧。她对此反应激烈，一人躲到洗澡间欲割腕自杀。因此，看到约翰打开门后，她要用流血的胳膊打他。

这个小说突出了约翰的通奸事件。他与两位女性的关系就好像他在仿效其他宗教的一夫多妻的教义，全然意识不到自己的行为缺乏道德规范，对两人造成了伤害。小说暗含有道德教育意义：安妮的自我毁损行为显示出约翰夫妇的婚姻岌岌可危。虽然他们物质生活丰厚，好像婚姻幸福，但他们的精神生活却如废墟一般。安妮的自杀显得像是在梦里一样，这不但象征了她的精神空虚，还象征了约翰夫妇行尸走肉般的生活。在莱丁格太太眼里，约翰受浮士德式的欲望所蒙蔽，将一个丈夫的灵魂与邪恶的欲望做交易，这一不忠行为源自浮士德式的欲望。同样，妻子因为有浮士德式的对物质的欲望，使她没有能够与丈夫进行交流，只满足于丈夫的物质供给而不问其他。由于有浮士德式的物质和性欲望，破坏了约翰夫妇看待事物的能力。

3. 道德悔悟与宗教意蕴

“约会”也是一个道德悔悟的故事，宗教意蕴浓厚。约翰未能回答为什么他将安妮带到他和妻子的家，这显示出他作为一个强奸者在攻击时失去个性。当安妮意识到她破坏了社会规范时，就通过割脉象征性地批判自己与这个有妇之夫的不道德行为。她割脉的场景在约翰看来很丑陋，然而，安妮以此转变为一个有道德的人。她流在洗澡间的大滩血象征着她在喊叫“强奸！强奸！”谴责约翰。然而，她绝望的喊叫毫无结果，如消失在黑洞里一般，既不能渗透到外边的世界，也不能使约翰有所觉醒。

安妮的自我毁损行为好像是一种悔悟和求助的举动，因此，也是一次恢复她少女时代贞洁的象征性行为。安妮“血迹斑斑，溅落到地毯上，溅落到拉到地板上的黄色缎子床单上”的情境有一种审美感，因为这是从道德感上激发出来的一种美，因而安妮的艺术家身份也有了象征意义。在约翰这样一个道德缺失的人眼里，血的污点可能会成为妻子怀疑他与其他女人有染的证据，然而他也意识到，他的男性权威得到了实现。在其卑微的道德感中，约翰做了一个超现实的梦：他的妻子痛哭流涕地抱怨丈夫的不忠，对于他破坏社会礼节感到愤怒。事实上，他做这个梦时安妮正待在洗澡间拿刮胡刀片割手腕。这象征了两个女人在同时谴责约翰的道德沦丧，一个在他的梦境中对他进行语言谴责，另一个在现实中采用自残的行为抗议他的无耻。

在小说里，安妮的自我惩罚被证明毫无用处。约翰根本不在乎自己的妻子，未受任何伤害，而两个女性却处于精神受虐的状态。但是，她们被提升到了悲剧英雄的地位。在这个三角恋的原型故事中，莱丁格太太已婚妇女的形象在她对丈夫的欲望和她的悲剧性自我抹杀的殉难意义之间徘徊，她的状况并未改善，只是遭到更严重的破坏而已，这个破坏的核心可以归咎于婚姻体系不可缺少的基础：物质主义。

这是一个宗教意味深厚的殉难悲剧英雄的故事。欧茨的批判天才和文学天才在于利用悲剧与喜剧、艺术与生活之间的空隙。安妮的血有象征末世论的价值。耶稣被上帝派来忍受多样性世界的罪恶，欧茨将安妮塑造成一个新耶稣式的人物，成为一个后存在主义者。但丁通过作品教育人们说，犯了原罪的人会永远遭受折磨和痛苦。安妮存在于审美理论和情感经验之间，她自杀式的疯狂象征性地戏仿了耶稣的受难。欧茨描绘的安妮胸脯上、肚皮上和大腿上的血象征性地显示出耶稣被钉在十字架上的双手和双脚，而约翰使人联想起动手将一根长矛刺入耶稣身体的罗马皇家士兵。

安妮的绰号是安，与她的命运相矛盾的是，这个名字意指乐观。在很大程度上，从安妮伤口上撒到洗澡间的血滴象征着生命，却被一个无神的、非人道的但是技术先进的全球性社会所浪费、消耗。安妮的血是一个记号和一个多文化的象征。虽然安妮的自杀企图失败了，但是她使读者获得一种信念：通过圣灵的干预，生命可以得到拯救。欧茨揭示出了这位妓女的真正心情：约翰对她进行了强奸，这几乎导致安妮的自杀。小说的宗教意义在于：没有圣灵的干预，生命就会死亡。作为一个得过文史硕士学位的人，安妮的自残行为是一种象征性行为，暗含道德谴责之意。她除了通过将血作为一种悲剧记号与约翰的妻子作记号交流外，还向约翰表达了自己对他们通奸行为的绝望和悔过。至于约翰夫妇是否能够明了她传达的这个信息，就不得而知了。

从叙述学角度看，小说是一个反讽式的自我戏仿，开放式的情节表现了欧茨对20世纪70～80年代美国的“开放式婚姻”观念和一些破坏婚姻规范行为的尖锐批判。欧茨批判现实的创作态度之因是为了改良社会，她写作的批判现实主义传统源自美国长期存在的社会批判传统。对于不公正、不平等社会现象的批判，既反映了社会弱势群体的情绪和要求，又反映了知识分子理想主义的对正义和公平的向往。[①]“约会”能够证明欧茨属于这个有社会责任感的知识分子群体中的一员。

三、当代美国社会写真

美国的许多评论家认为，评定欧茨在美国文坛地位的困难不在于她的创作是否出色，而在于读者是否有毅力读完欧茨数量繁多的作品。可以说，欧

① 资中筠：《20世纪的美国》，北京：生活·读书·新知三联书店，2007年，18页。

茨作品庞大的数量是20世纪美国文坛的奇观。她进行文学创作40余年，唯一还未得过的主要文学奖是诺贝尔文学奖，许多人认为最终她一定会获得。然而，欧茨对诺贝尔文学奖并不十分渴望，除了因为她向来对功名持淡泊的态度之外，还在于她的父母都已去世，丈夫也在2008年去世，“获得那个奖项会让我稍感悲伤，我不得不说，它对我并不太重要”。[①] 从中可以感受到她现今年老时的伤感与悲哀。

1.《我的妹妹，我的爱》：童年的悲歌

欧茨不愧为当代美国最多产的优秀作家，2008年6月，她又推出了一部近600页的新作——《我的妹妹，我的爱：斯凯勒·瑞姆派克的隐秘故事》(My Sister，My Love：The Intimate Story of Skyler Rampike)，[②] 有可能成为她迄今为止最有争议和最大胆讽刺的作品。在小说里，欧茨将注意力转向易受伤害的女孩儿，她们生活在一个容易受到性骚扰和人身伤害的社会中。小说以19岁的斯凯勒·瑞姆派克的第一人称进行叙述，他是一个“声名狼藉的”美国家庭里唯一活着的孩子。10年前，瑞姆派克夫妇因6岁的女儿布利斯——花样滑冰冠军——的谋杀案而遭受巨大打击，媒体接踵而来，追踪报道有关新闻。哥哥斯凯勒讲述了妹妹布利斯从四岁直到两年后她在家里的地下室被谋杀为止的生活，涉及这个悬案的调查、布利斯和斯凯勒童年的悲歌和美国中产阶级郊区居民的骄傲与自负。

瑞姆派克一家住在新泽西州一个名为菲尔山的富裕的中产阶级社区，但是，由于经济问题，他们在这里过得并不自在。父亲毕克斯在医药行业工作，一心想要成为腰缠万贯的富翁，是一个没有道德感的人。母亲贝蒂有强烈的出人头地、跨入上层社会的野心。贝蒂的第二个孩子艾德娜·路易斯虽然脆弱，但她帮助母亲实现了得到名气和财富的梦想。贝蒂安排艾德娜学习花样滑冰，这个运动需要运用竞技并进行自我宣传，完全适合贝蒂所希望的展示女性魅力得到人们关注的癖好。艾德娜不负母亲的期望，对花样滑冰显示出

---

① Fantastic Fiction. Nov. 21，2008. http：//www. fantasticfiction. co. uk/o/joyce – carol – oates/.

② Joyce Carol Oates. My Sister，My Love：The Intimate Story of Skyler Rampike. New York：Ecco Press，2008.

特殊的才能，在母亲的操纵下，她的名字被改成布利斯，离开了学校，进行极端痛苦的实践训练、美容和药物养生。贝蒂安排她使用化妆品，给她请来前苏联的教练，布利斯成为一名童星。然而，由于服用兴奋剂进行训练和演出，她小小年纪，身体和心理就几乎到了崩溃的地步。斯凯勒兄妹二人成为父母亲实现野心的受害者，贝蒂由于丈夫不忠而内心痛苦，经常对孩子狂怒咆哮。布利斯的演出和贝蒂在这方面的投资使夫妇二人关系紧张，毕克斯搬出了家。

意想不到的事情发生了：有人在家里的地下室发现了布利斯的尸体，保持一种可能遭到性攻击的姿势。她的胳膊被用管子捆绑着，头骨被击得粉碎。警方将怀疑的焦点首先集中到当地一个恋童癖者身上，经过 30 个小时的审讯，他为布利斯的死承担了罪名后自杀。当晚，布利斯失踪时，父亲不在家，但他及时回来并发现了她在地下室的尸体。布利斯神秘地死去，这个案子始终未破，斯凯勒一家四分五裂，夫妇二人离婚，斯凯勒住到了“隔离学校”（实际为精神病院）。由于小报不断追踪报道这个案件，使 19 岁的斯凯勒精神受到创伤，与离婚的父母感情疏远，深受罪恶感的折磨。他记不清那晚的细节了，决定在妹妹去世 10 周年时讲出她的故事，以使自己的良心不再受到妹妹的幽灵的困扰。斯凯勒在小说里说了这样一句话：“从此他们都生活在恐怖之中。”这极恰当地总结了这一家人在这个事件后的生活状况。他说，现在他将要写的“不只是回忆，也许还是一个招供”。“总有一天，斯凯勒将不得不揭露他所知道的所有有关他妹妹布利斯的生与死的事情，这是斯凯勒·瑞姆派克的责任。”①

欧茨以美国当代社会的现实生活为基础披露了一个谋杀案，描绘了 20 世纪 90 年代美国人追逐财富、名气的社会风气和深受其害的畸形家庭，谴责无爱的家庭给孩子造成的伤害。她不但以犀利的笔尖描绘了当代美国人追求的充满妄想、虚荣和物质享受的美国梦，而且还嘲讽了美国中产阶层的贪婪，刻画了自私粗心的瑞姆派克夫妇。他们为了自己的愿望和利益无情地威逼自己的孩子，显得愚蠢、可鄙。毕克斯的缺陷不可救药，是一个半文盲，经常用词错误。贝蒂大胆妄为，极其肤浅，自己一无所成，便将希望和压力转移

① Cheryl Truman. Author Joyce Carol Oates is Always At Her Finest，Nov. 20，2008.

到女儿身上，是她愚蠢地诱导女儿从事滑冰这一充满危险的行当，间接导致了女儿的悲剧。小说展现了斯凯勒痛苦的心路历程，描绘了当代美国人的龌龊——狡诈、虚荣、空虚、不遵守传统道德规范，记载了两个不配养育孩子的成年人的混乱生活。他们生活于一个富足的社会里，但是孩子们在童年遭受了巨大精神压力，生活中缺乏关爱，不得不服用大把的药片，接受精神病综合症治疗。小说强烈控诉了美国90年代中产阶层的孩子们在成年人的混乱贪欲中被虐待的状况和遭遇。在这个悲剧发生之后，给这个家庭带来痛苦的还有小报对他们的无情报道。欧茨以此探讨了陷入小报报道漩涡的人们的痛苦心灵，批判媒介的疯狂：某个人一时的臭名之所以会影响他以后的生活，与媒体不留情面的披露直接相关。

这部动人心弦的小说也是一部道德剧。斯凯勒称，那晚他听到了妹妹的叫声，但他置若罔闻，现在深感有罪。在以后的生命里（直到他19岁时构思这篇“日记”时），他的内心总有一种罪恶感在折磨他。他常常想到，也许是他野蛮地将布利斯的头撞到了地下室墙上。他曾暗示说，真正的凶手可能是家里人。对此欧茨没有予以明确说明，这种隐晦模糊的叙述风格加剧了小说的神秘性，同时引发读者对这种道德伦理问题的思索。

《我的妹妹，我的爱》是欧茨小说创作的又一创新。评论界普遍认为，它是以1996年全美关注的一个悬而未决的真实的瑞姆森案为基础创作而成。当时有人发现，一位参加选美大赛的6岁童星约伯奈特·瑞姆森在她家地下室里被杀害。欧茨以小说的形式再现了这一案件，以激烈的语言和冷静的睿智戏剧性地展现了瑞姆森悲剧中隐含的家庭惨剧。小说的名字和地点改动的不多，这个家庭不再叫瑞姆森，改为瑞姆派克。不是发生在科罗拉多州，而是重新设置到新泽西州菲尔山的中产阶级社区里，受害人不再是选美大赛冠军，而是一个花样滑冰神童。约伯奈特的母亲以前曾经是选美冠军，而小说里的贝蒂试图让女儿成为她年轻时曾经渴望的滑冰冠军。像约伯奈特一样，布利斯也成名了，收到无数仰慕者的贺卡，并频繁在当地报纸上露面。瑞姆森案迄今悬而未决。2008年，当一个恋童癖者公开承认杀死了约伯奈特时，这个案件又一次成为轰动性新闻，法院的证据很快证实，这个人只不过是个妄想狂。欧茨创作的这部小说的原型目前仍然受到世人的关注，足以证明它的价值。

小说的叙述方式新颖独特。叙述者斯凯勒在谋杀案发生10年之后讲述这个事件，他的述说在小说里占有相当重的分量。他有明显的语言缺陷，叙述呆傻，高度紧张，极不适当，自我意识很强，小说布满了脚注，脚注里面又加脚注，突然插入话语，离题段落冗长，内容脱节，点缀有黑体字的大字标题，而且字体大小不一，旁白冗长，有星号做标记，力图传达瑞姆派克一家尤其是斯凯勒一直面对的地狱般的小报，令读者感到多余，疲惫不堪。在他的狂乱冥思中，他人生的一半时间被小报的报道笼罩。通过他天真的眼睛，读者能够猜想到，布利斯可能遭受了性骚扰和乱伦的虐待。斯凯勒是最不可靠的叙述者，但是欧茨为他设计了一种嘲弄、随心所欲的声音，听起来令人信服，有时又很有说服力。

欧茨自始至终采用了一种沉重的讽刺语气，小说成为一个文化模仿之作与心理现实主义的奇怪混合体。她的每部书都达到一定的高峰，这部小说具有特别的力量，充满了同情和愤怒，同样会使读者驻足。

2.《天堂的小鸟》：情感与暴力

作为美国当代最多产的作家之一，2009年，欧茨推出了她的第57部长篇力作——《天堂的小鸟》（Little Bird of Heaven）。[①] 在40余载的创作生涯中，欧茨由于在作品中进行过多的暴力情节的描写而引起评论家们的争议，被称为“美国文学中的黑衣女人”。在她的小说中，暴力常常是情感的基础，情感几乎不可避免地导致暴力，《天堂的小鸟》就表达了情感与暴力交织的主题。在这部小说中，欧茨又重新描写了被称为“黑水河畔的死亡城市”——纽约州北部五大湖地区的斯帕塔镇上发生的事情，与她2008年创作的名列《纽约时代》最佳小说排行榜的《掘墓人的女儿》发生在相同的地方。小说重新回到欧茨以往作品具有的色调幽暗、充满浪漫而又引人入胜的故事模式，探讨了20世纪后半期在美国发生的一个悲剧性暴力事件和浪漫故事。

小说围绕佐伊·克茹勒谋杀案，展现了美国两代下层人的悲剧性生活，主要在佐伊一家和她的情人埃迪一家之间展开，除了这对中年情侣之外，还

① Oates, Joyce Carol. Little Bird of Heaven. New York: Ecco/HarperCollins Publishers, 2009.

涉及佐伊的儿子亚伦及其前夫德尔瑞和埃迪的女儿克里斯塔。在小说的情节展开之前，佐伊已经遇害身亡，于是，情节沿着佐伊的生活轨迹聚焦于其他人物，探讨佐伊谋杀案的未解之谜。这是欧茨创作中典型的暴力情节：以令人毛骨悚然的故事为开端，然后随着岁月的流逝转向对生活的描述。在小说开篇，有人发现，在市里一幢破旧的公寓里，佐伊在挨打之后被扼死在床上。在她被杀之后，斯帕塔警方将目标锁定到两位可疑的人物身上，一位是佐伊的前夫德尔瑞，另一位是与她有长期情人关系的埃迪。警察不断拘留、审讯这两位与她早已疏离的丈夫和情人，这两个人被当地报纸指称“有重大嫌疑”。但是，几年过去了，两人并未被捕，对他们的指控像无形的影子一样紧随其后，镇上的人对于谁是凶手各执一词。德尔瑞有明显的作案动机，但是，他们的儿子亚伦坚持说在事发期间他与父亲在一起，埃迪的妻子向警察披露说那天夜里埃迪不在家。调查由于缺乏证据受阻，案件未破，几个家庭被卷入无尽的痛苦之中，他们由于这一案件遭到怀疑，心理受到很大伤害，正常的生活遭到了破坏，埃迪失去了他的家庭和工作，变得越来越多疑，五年之后因为不堪忍受警察带来的心理压力而自杀，而德尔瑞的客户也越来越少，他沉溺于酗酒而不能自拔。

在小说中，佐伊一直是一个谜，直到她死去之后读者才认识了她。她是一位常有风流韵事但有超凡魅力的兰草音乐乡村歌手，纤弱、性感，一头卷曲的金发，在一家冰激凌店工作。欧茨似乎是在嘲弄佐伊，使读者对她既恨又爱，就如同小说中的其他人物对她的感觉一样。她与丈夫关系疏远，一直以一种肮脏的半妓女式的方式生活。那些有市侩气又比较温和的市民因为对佐伊的生活方式非常熟悉，并不同情她，认为她罪有应得。

然而，佐伊的死亡对于两个孩子——她的儿子亚伦和她的情人埃迪的女儿克里斯塔——而言是一场灾难，使两人深受困扰。小说分为两部分：第一部分由克里斯塔的视角展开，讲述了她的生活，通过她的回忆勾勒出了她的家庭破裂的经过；第二部分以亚伦为中心展开，当中穿插有佐伊和埃迪的声音。在谋杀案发生之后的几年里，这两位处于青春期的孩子都确信是对方的父亲有罪，两个人都试图搞清事情的真相，还自己的父亲以清白，这个想法困扰了他们20年之久。

克里斯塔的叙述占据了小说的第一部分。她近乎歇斯底里地表达自己的

情感，叙述中充斥着感叹号、斜体和独立句子的段落，有时使人感到乏味。但是随着她成为一位越来越不可靠的见证人，故事也越来越丰满，具有多层次的特点。虽然克里斯塔已经成年，但是她却以一种遭到遗弃的孩子的情感对父爱充满渴望。在佐伊去世时她还未步入少女时代，从那时起她就失去了父爱。克里斯塔的记忆模糊、混乱，在悲伤的阴影下带有一种深切的关怀。她的记忆包括她定期去佐伊工作的牛奶场旅行，在那里她曾发现佐伊一边舀奶脂一边与埃迪调情，有时克里斯塔放学回家早的时候会发现父亲与他的情妇单独在一起。她记得那次当他破坏了法院的规定出现在她的高中篮球课上将她偷偷带到他的车上时，她非常激动，感到"没有比这种被父亲偷偷带你走的事情更幸福的了"。克里斯塔非常天真，自我意识强，总有一种孤独感。她几乎没有什么朋友，她不愿像她妈妈那样一事无成而总爱抱怨。克里斯塔太爱她的父亲、太容易受他的感染力吸引了，以至于她对父亲的判断并不客观。如果克里斯塔继续叙述下去的话，读者一定会推断出是埃迪有罪。直到他给她看上膛的子弹，她才知道事情的原委。

在第二部分，亚伦的故事以第三人称展开，他是一位伤心欲绝的人。当他的母亲离开父亲——希望成为一名歌手时——她也离开了他，使他像克里斯塔一样孤独，缺乏家庭关爱。他身材高大，声音粗哑，皮肤黝黑，有着印第安人的外表。他在学校时受警察的监控，像父亲一样被人怀疑。但是，人们也可怜他，因为他很不幸，亲眼目睹到妈妈被扼死的尸体。当看到她的头骨被人用拳头猛击过时，他绝望地想要掩盖这一暴力事件，使妈妈的名声不至于受到伤害，便把滑石粉撒到她的身上，使犯罪现场遭到了破坏。

小说展现出克里斯塔和亚伦在暴力阴影下的悲剧性生活。在克里斯塔的故事里，她曾受到过伤害。佐伊在一家冰激凌店打工时，当克里斯塔发现买的冰激凌中有蛆时，父亲却拒绝到店里给她再换一个，她受到了伤害，不明白为什么对于埃迪来说，不去冒犯佐伊比取悦于自己更重要。克里斯塔全身心地爱着她的父亲，她不顾母亲的反对要去看望他。她也充满激情地暗恋着亚伦·克茹勒，以一种青春期女孩子的方式暗中跟踪他到他的住所，她的故事令人心碎——是她对亚伦的渴望导致了她危险的生活。在亚伦的故事里，他也同样受到了伤害。他听到妈妈在以一种诱惑人的方式给一群追捧她的男人们唱"天堂的小鸟"，而这首摇篮曲对于他们母子而言有特殊的意义。亚

伦的故事也同样令人伤心。由于他的家庭背景和他的印第安血统，他被人臆断为一个爱闯祸的人，他逐渐滑向了一条犯罪之路。欧茨传达出孩子们感受到的父母与他们分离后的孤独感，他们不明白所发生的事情。像斯巴塔镇上以前的人一样，两个孩子生活在一个肉欲、暴力横行的世界里，他们的悲剧在于他们命中注定要重复父母的错误，所以当克里斯塔和亚伦开始玩一个危险的游戏时毫不足奇。在小说的一个令人不安的场景中，在将吸毒的克里斯塔从一个试图强奸她的男孩手上救起之后，亚伦对她进行了性攻击，而克里斯塔却以极高的激情回应这一事件，使人迷惑不解。在这里，激情与暴力紧密相连，欧茨并非在赞扬这一点，而是在挖掘这一病理的根源，证明欲望是怎样使人堕落的。

案件被破促进克里斯塔转变为一位有生活目标的独立女性。当埃迪——杀害佐伊的凶手——最后暴露出来之后，欧茨使用了突降法，使事件显得虎头蛇尾。作为一个秘密的转折点，这一事件转为平静，但是，对于已经等待了很长时间想要知道他们的父亲是否是凶手的亚伦和克里斯塔而言，这件事的意义却对他们非同寻常。在最后的章节里，克里斯塔完全变了，她变为一位律师的专职助手，代表被监禁的男人工作，以还他们的清白。她的代理人都是名誉受损的人，强壮但贫穷。虽然她的父亲所经历的事还在以某种方式束缚着她的生活，但是她离开了这座城市。她的声音已变得成熟，已学会自控，不再那么天真。当她与亚伦重新连在一起时，虽然他们之间的性吸引力还如同从前一样强烈，但是她已经意识到自己应该如何正确地处理与他的关系。克里斯塔的转变显示出她的女性主义意识的觉醒。因此，这个悲剧既是一部女性主义小说，也表达了欧茨对男人的同情，尤其是那些无权无势、除了暴力之外处于“失声”状态的男人。通过这一群体，欧茨揭示出这样的现实：舆论给他们贴的标签、给他们的心理造成的压力可能给他们的生活带来极大的痛苦，那是真正的人生悲剧。

因此，这部构思精巧的小说反映了欧茨一贯的现实主义关注点：悲剧性的暴力、紧张的家庭关系、人物想要出人头地的雄心和破灭的希望、有大男子主义思想的男人粗暴对待被动的女性、迷恋性爱的青少年等。

像欧茨的许多作品一样，这部小说不仅主题深刻，艺术手法也十分高超。第一，这个故事优美动人，但是气氛阴郁，令人伤感。欧茨不满足于以荒凉的细节展现犯罪场景，而是将读者带回到佐伊曾经居住过的地方，在那里，佐伊度过了她人生最后的日子，死在了床上。这里没有喜剧性的调剂，没有快乐的谐趣冲淡痛苦单调的气氛。

第二，作为伊迪丝·华顿写作精神的继承者，欧茨的这部小说混合了哥特式风格与宿命论思想。小说的核心部分是克里斯塔与亚伦怎样相互吸引，虽然时间短暂，但是显示出了这部小说的哥特式特点：美女与野兽互为补充。欧茨以此探讨了男性对妇女和贫穷施加的暴力，希望在一个灾难性的腐化堕落的世界里寻求良好的道德倾向。两人的故事体现了欧茨的创作特色：强烈的异性相吸的抒情色彩与失落的痛苦相互交织，柔情与残忍难以区分开来。到小说末尾，欧茨的宿命论观点体现出来，这对命中注定的情人在成年之后又见面了，他们已经做好了赶走过去噩梦般回忆的准备，向罪责、错过的爱和对拯救的渴望让步，开始新的生活。因此，这部小说的哥特式风格与宿命论思想标志着欧茨与霍桑的写作风格非常接近，还掺杂有抒情风格和道德说教。

第三，小说具有自然主义的写作特点。通过克里斯塔的眼光，读者了解到斯帕塔镇下层人压抑的生活。他们生活艰辛，很少有人离开那里。那里破旧的基础设施不仅是小说的背景，还象征着未受过教育、艰难度日的居民无法挣脱的束缚。虽然有钱的居民在小说中没有出现，但是阶级差异尤其是斯帕塔镇的居民与附近保留地带的居民受压抑的生活在小说中都清晰地展现出来。欧茨对于斯帕塔镇居民贫穷生活的描述及酗酒、自杀、吸毒、通奸和谋杀情节的描述如同以往的创作一样仍旧十分犀利。如同福克纳虚构的约克纳帕塔法县一样，她对于虚构的斯帕塔镇衰败的地理特征的描述——生锈的桥梁、杂乱的小街道和随处可见的垃圾场——就像美国传统的自然主义作家对于恶劣场景的描述一样真实、生动。

第四，欧茨在小说的时间转换上手法娴熟，将现在和过去穿插在一起，将过去的事件重新提起，探寻其意义。克里斯塔叙述的部分在时间上来回跳跃，打破了时间的线性顺序。例如，在1987年，她的父亲破坏了离婚时签订的监护规定，将她从学校偷偷接走；在1983年，她在看报纸上有关佐伊遭杀害的标题。小说没有遵循因果线索，而是遵循一个噩梦的相关逻辑，这种手法对读者的阅读能力提出了较高要求。欧茨还是使用比喻的高手，小说中有许多生动的比喻。

《天堂的小鸟》质量上乘，情节引人入胜，所揭示的美国当代社会问题引人深思，艺术手法高超，又一次显示出了欧茨非凡的创作实力。作为美国当代极有影响力的现实主义作家，欧茨的作品有无穷的魅力吸引着读者去了解人物内心的悲伤与恐惧，对美国当代社会和人生进行深刻的思考。

3.《一位美丽少女》：一个改写的黑色童话故事

人类是在童话中长大的。童话长久地萦绕在人们的印象和想象中，对人们的情感和心理产生巨大影响。格林童话中灰姑娘的命运是无数年轻姑娘向往的生活。欧茨于2010年1月出版了中篇小说《一位美丽少女》（A Fair Maiden）。[①] 只要听到这部小说的题目，人们就可能会联想到灰姑娘。小说确实是一部现代版灰姑娘的故事，与传统的灰姑娘故事模式相似，描述了16岁的卡特亚·斯皮瓦克与68岁的马库斯·基德之间的一段浪漫故事。卡特亚是当代的灰姑娘，她地位低下，但是美丽动人；而马库斯是当代的王子，既英俊，又富有，只不过他已经衰老。按照传统的童话模式，王子应该将卡特亚从贫困生活中解救出来，但是，欧茨改写了童话的结局。在现实世界里，卡特亚最终并未像灰姑娘一样幸运地拥有一个美满的结局。像欧茨的经典短篇故事《你在哪里，你又要到哪里去》中康妮的命运一样，卡特亚的最终命运也悬而未决。小说是一个关于欲望与控制的现代版童话故事。

欧茨深入人的下意识之中，改写了卡特亚的命运，撰写了一个黑色童话故事。她擅长描写双亲不全的家庭，卡特亚就生活在一个缺乏关爱的家庭里。出身于新泽西州瓦恩兰的一个下层家庭里，卡特亚漂亮、聪颖、摩登，却有一位邪恶的继母（她永远难以取悦的雇主恩格尔哈特夫人），她的父母亲缺席。小说开篇简单明了，卡特亚为尖酸刻薄的暴发户恩格尔哈特家照看孩子，目前，这一家人在新泽西州的海岸避暑。一天，卡特亚带着恩格尔哈特家的孩子在街上散步，看到一家高档商店橱窗内的红色吊带内衣很漂亮。她向店里张望时，引起了举止优雅、衣着考究的基德的注意。他上前与卡特亚搭讪，要为她买一件衣服，遭到了卡特亚的拒绝。然而，卡特亚又感到不微笑作答

① Joyce Carol Oates. A Fair Maiden. New York：Houghton Mifflin Harcourt，2010.

显得过于粗鲁，于是，两人开始了交往。神秘的基德是当地一个名门望族的后裔，是全城图书馆的捐资人。在卡特亚的眼里，他是一位艺术家、画家，更重要的是——他有钱。

卡特亚很聪明，但是如同所有美好童话中的女主人公一样，她也很单纯。卡特亚知道，基德的年龄足以做她的祖父，不过她明白“基德”这一名字的分量，也知道他的金钱对她意味着什么，她便以自己独特的精明方式与他保持着接触。最初，卡特亚非常天真地借口喝茶去拜访他，到了他家之后，她还是对他的富有程度感到吃惊。基德显得被她折服了，要为她画像。他的家挂满了迷人的年轻女人肖像，它们足以显示出他的艺术功力。卡特亚感觉到基德对她有一种欲望，她不断拒绝他送的红色内衣，却又一次次造访他的家。在卡特亚接受基德的钱帮助母亲偿还了一笔债务之后，两人的关系推进了一步。

在这个气氛阴郁的悬念小说中，基德更像是一只恶狼。很快，卡特亚开始为基德做绘画的人体模特，有时甚至是裸体。基德希望在为卡特亚作画时她能够穿上他买的那些性感内衣，卡特亚因为从他那里借过钱，便同意了。她为此有些生气，有一种被人利用的感觉，但是由于能够从基德手里得到报酬，她对他又心存感激。欧茨的这种情节安排好像对他们双方都很合适，然而，事态的发展既迅速又难以预料。这个童话的中心隐藏着一个黑色诱惑，卡特亚被引诱着走向了它，她忘记了自己正在被一个老奸巨猾的男人操纵的事实，仍然固执地认为自己与基德是心灵相通的伙伴。

这个故事听起来像是一个男人在诱骗一位孤苦的少女。在欧茨笔下，一些事情显得更加复杂。这个简短混乱的小说中心有一个微妙的秘密：基德坚持说他对卡特亚有一项“使命”，在适当的时候会告诉她。一个晚上，基德给她的酒里放了毒品之后，令人惊诧但又同样能够使人预料的可怕事情发生了，基德对她动手动脚，要强暴她。这是小说的关键转折点，卡特亚从基德的欲望客体转变为反抗女神，这一刻，她猛然长大成熟了。随后发生了读者从当代小说中可以预见到的事情——威胁与暴力。小说以开放式的结局收尾。虽然在这个晚上卡特亚不得不成为基德的“新娘”，但是，欧茨在字里行间透露出卡特亚思想的觉悟：卡特亚决定不再贪图基德的金钱，她不愿再受他的支配，不希望再用自己的身体换来丰富的物质生活。欧茨以此改写了经典童话的结尾。

小说引人入胜的地方是，虽然它发生于明月高悬的夏夜，人物也还是活生生的，然而，如副标题“一部黑色悬念小说”所揭示的，小说是一个传统的美国哥特式恐怖故事。卡特亚物质生活贫困，基德可以用钱将她从贫困中解救出来。但是，按照美国的哥特式故事传统，他是一个有威胁的人，是年轻妇女的剥削者。卡特亚的世界充满了来自男性的威胁——对她施暴的表兄罗伊、虎视眈眈的恩格尔哈特先生和基德。欧茨的小说经常展现这个世界强加给年轻女性的性威胁，她善于捕捉少女的厚颜无耻与不安全因素相混合的真实声音，她们能够模糊地意识到那种威胁意味着什么。童话中的少女面对男性的性压迫几乎全部束手就擒，但是欧茨笔下的少女往往伺机反抗。无论欧茨怎样安排她们的命运，她始终站在她的美国哥特式少女一边。

在这部小说中，欧茨采用哥特式小说的体裁揭示了她始终关注的一个焦点问题——阶级和性别关系，即下层妇女遭受男性暴力的问题。在她不同时期创作的许多小说中，例如，《颤栗地落下》、《他们》、《你必须记住这个》、《狐火》、《穆尔维尔一家》、《野兽》，女主人公都处于社会底层，都曾遭到男性的强暴。在《一位美丽少女》中，欧茨重复了这一主题，展示出对下层妇女命运的持久关注。同时，她揭示了这样的道理：女人常常渴望金钱，男人也常常渴望爱情或尊重，但是为了实现自己的目的，男人常常通过施舍钱财以显示自己的伟大。男女两性都渴望被人抚爱，都希望从交易中有所获益。因此，这部揭示下层妇女遭受男性暴力的小说既显示出欧茨对人与社会的关系的持久关注，又显示出她作为现实主义作家的社会责任感。

小说的结构巧妙。它打破了小说的传统写法，使用文学中典型的行间距和章节分离，将全书分为不同部分。它行文流利，措辞恰当，表达简洁，充分显示出欧茨深厚的语言功底。在这部小说中，男人喜欢拯救、占有或“保护”女性；而女人喜欢被拯救、被占有或被“保护”，甚至情愿被虐待她的男人拯救。读者可能会感到从这一角度描写两性关系的小说过于传统、过时，但是欧茨的描述引人入胜。她好像通晓读者的心理，编织故事情节的能力超强。像卡夫卡一样，欧茨只是简单陈述所发生的事情，以具体的方式描述出来，然后留给读者想象的空间，展现出她高超的写作技巧。

小说的场景和背景通过一些恰当、精确的措辞交替展现出来：卡特亚在新泽西州南部社会底层的生活背景；父亲爱赌博，很久以前已经不见踪迹，临走前不负责任地留下了在她生日时回来的诺言；母亲既酗酒，又举止随意，整日琢磨从女儿身上骗取钱财；表兄罗伊举止粗野。而基德优雅、有教养，拥有漂亮的房子。他的房间里到处摆放着书，播放着古典音乐。小说中不断重复的短语使人感觉像是在听童谣一样舒心，即使其中的一些细节不太令人愉快，例如，卡特亚为基德作艺术人体模特之后重复提到“黑色、野蛮的酒”，同样,“珍贵的琥珀液体”在小说里改写了它传统的长生不老药的含义。

小说富含寓意深刻的意象。例如，海滩上破碎的贝壳可能随时割破人的脚趾，它暗示着主人公即将面临的伤害；卡特亚大腿上铲子形状的扑克牌文身将小说的几个主题联系在一起——她与男人的亲密关系、赌博、冒险和觊觎女人的男人。欧茨的成功之处在于将人们熟悉的叙述形式一个个串联起来，使小说清新、流畅、扣人心弦。小说节奏紧张，有关暴力的描写生动形象，显示出人们期盼的幸福和快乐就像装饰基德房间玻璃制作的花朵一样脆弱。

这部小说是欧茨专为当今时代改写的一个黑色童话故事。卡特亚的出路未果，展现了美国下层妇女面临的生存困境。所以，像欧茨所揭示的，故事是否能有快乐的结局还值得商榷。

第四节　芭芭拉·金索芙：一位政治性作家、生态作家及社会活动家

美国当代女作家芭芭拉·金索芙凭借小说《空隙》（The Lacuna，2009）获得 2010 年英国第 15 届“橘子奖”。从 1988 年至今，金索芙已出版六部长篇小说以及短篇小说集、诗集和纪实性散文集各两部。金索芙可谓是当代美国文坛的奇才。她的多部小说一经发表就创下了百万销售业绩，她本人也于 2000 年被授予美国国家人文科学奖章。《毒木圣经》（The Poisonwood Bible，1998）更是持续 130 多周长驻美国畅销图书榜首，狂卖 370 多万册，不日售出 10 余国版权。

金索芙的作品常常以优雅生动的诗性化的语言讲述充满活力的女性的故事，涉及当今时代的一些热门话题，备受读者好评。她的作品常聚焦于社会正义、人与生活环境的相互影响等主题。她还是一位著名的诗人和散文家，出版有论文集《小小的惊奇》（Small Wonder：Essays，2003）；两部诗集《另一个美国》（Another America，1998）、《最后立场：美国的处女地》（Last Stand：America's Virgin Lands，2002）；纪实性散文集《土桑的高潮汐》（High Tide in Tucson，1995）和《自耕自食·奇迹的一年：动物，蔬菜，奇迹》（A Year of Food Life：Animal，Vegetable，Miracle，2007）。

作为一位长期关注政治问题、生态问题，主张正义的作家，金索芙获得了一系列荣誉。1994年，金索芙获得母校迪堡尔大学授予的文学博士荣誉称号和杜克大学的人文博士荣誉称号。2000年，金索芙设立了“领头羊”奖，以支持“社会变革小说”。金索芙设立这个奖项，旨在给予那些支持积极的社会变革但是作品未能出版的作家以资助。她曾说她想要创立一个文学奖项，以“鼓励作家、出版商和读者认识到，小说怎样吸引住社会变革和人类正义的眼光。”①

一、社会活动与创作的融合

金索芙的作品以强烈的社会正义感和热心的叙述声音，赢得了千万美国读者的心。她关注政治问题、生态问题，这与她长期积极参与社会活动有难以割舍的关系。

金索芙在肯塔基州农村长大。父亲在那里做乡村医生，使幼年的金索芙目睹了富人与穷人之间的差别和种族隔离下黑人与白人之间生活的巨大差异，意识到了社会不公平问题。她认识到当地贫困居民的力量，欣赏他们的方言，深深地爱上了这里的山丘和树林。对农场生产和农民资金匮乏的记忆在她充满自由、人道主义和道德感的作品中有所反映。她在诗集《另一个美国》（Another America：Otra America，1992）的一首诗（The Middle Daughter）中

① “Frequently Asked Questions”，Official Site，May 03，2010. http：//www. kingsolver. com /faq / about – writing. html#11.

描述了她对下层人的认同感。父亲为她树立了正确思考和行动的榜样。她在接受《人民》杂志访谈时，曾回忆父亲在那个“医生们既不打高尔夫球也不会有钱的地方”行医36年的高尚行为，为父亲尊重穷人的行为感到自豪。

在童年时代，父母亲给金索芙兄妹安排了读书时间，使她受益匪浅。在金索芙的成长阶段，她的另一位终身导师是她的户外活动。在树林里，在奶牛场、山丘、山核桃果园和枫树林，在烟草地间，他们手拎着钓鱼竿和蝈蝈笼，“好像我们在周日只想做这些事情”。[①] 金索芙有几次在国外生活并旅行的经历。孩童时，她曾与父母到非洲生活过；年轻时曾到过欧洲。

1962年，“冷战”对金索芙产生了影响。古巴导弹危机在其作品中有反映。她在八九岁时曾在非洲刚果生活过两年，这使她开始关注正义问题，她开始产生了种族感，对种族问题产生了一些意识。在少女时期，她开始每天写故事。对于“最好的记忆包含着鸟鸣和树木”这样的事实，她备感欣喜，乐于帮家人收烟草。1968年，她质疑越战，发展了一种政治意识，为美国政府的军国主义感到羞耻。从此，她的和平主义思想自始至终没有改变。在《动物梦想》中，她严厉谴责里根政府在尼加拉瓜的一次政治暴乱中的屠杀行为。

1969年上高中时，金索芙乐于读书写作。然而，她也意识到，这里不适合长远发展。于是，到印第安纳州绿堡的迪堡尔大学求学之后，她到亚利桑那州的土森定居下来。在大学，她主修音乐，有充裕的时间进行写作、广交朋友考验她的理想主义。她还积极参加流产、反越战游行的社会运动，对战争、流产和妇女权利有独到见解，这培养了她对世界问题的意识。经历了四年的大学生活之后，金索芙在给母亲的信里称，她对“朋友、情人、诗歌、自由……流产、越战和女性‘无名的问题’都有了新的认识”。在19岁时，金索芙在酒吧被一个男子强奸，这成为她此后人生的梦魇。在诗集《另一个美国》收录的诗“我不能离开的这座房子”（This House I Cannot Leave）中，她描述了这一事件。在十年之后出版的《一个小小的惊奇》中，她又再现了这一事件。

---

① Barbara Kingsolver. High Tide in Tucson: Essays from Now or Never. New York: HarperCollins, 1995, p. 171.

金索芙读硕士时主修动物学，辅修英语。然而，她对英语的兴趣更大。在阅读了莱辛的《暴力儿童》（Children of Violence）之后，她开始研究全球性的热门话题，这些话题在她以后的作品中都有体现，例如，在《豆树》（The Bean Trees）中，她描述了在中美洲政治事务中插手的美国中央情报局和亚利桑那州地下道的难民；在《毒木圣经》中，她描述了刚果传教工作和后殖民革命。1977 年硕士毕业之后，金索芙在欧洲逗留了两年。她在雅典和巴黎学习了两年，做过保姆、考古工作者、编辑和 X 射线技师。在离开欧洲之前，她在一个微生物研究室做实验。

1979 年，金索芙回到了肯塔基州，又到亚利桑那州的土桑市生活。12 年之后，她回忆说："我以一位当地外来者的身份回到土桑市。在我心底里，我以一个乡下人的眼光看待生活。"[①] 第一次看到索诺兰沙漠，她感叹道："无论是风景还是人，住在西南部使你更注重颜色、反差和棱角。"[②] 这一点在她的纪实性作品《抓住这根线》（Holding the Line，1989）和其他许多诗歌和散文中都有体现。

1981 年，金索芙在亚利桑那州立大学生态进化生物系获得了硕士学位。结束了学生生活后，金索芙在亚利桑那州立大学为一个沙漠研究项目做了两年技术记录。之后，她开始了自由新闻和小说自由撰稿人的生活，在《建筑读者》、《纽约时代》杂志上发表游记，在科技类杂志上发表一些科技论文。她的文章里涉及拉丁美洲的人权问题、环境研究。

1985 年，金索芙结婚。她的第一任丈夫是一位研究自然物的大学化学教授。她婚后的生活给予了她在童年时学来的一些自然知识以实践的机会。在家里的花园里，她除了种植南瓜、番茄、辣椒、无花果和葡萄之外，还种植了木槿和蜀葵做点缀，并养了火鸡。在《土桑的高潮汐》中，她表达了对沙漠美的陶醉之情：那里一场雨结束了干旱，使仙人掌返青。1986 年，她帮助解救在智利萨尔瓦多和危地马拉遭受非人道人权对待的拉丁美洲难民。

谈到她的写作方法，金索芙说："我设计一个宏大的问题，它的答案我

---

① Jean W Ross. Interview. Contemporary Authors, Vol. 134, Detroit: Gale Research, 1992, pp. 284 – 290.

② Regan McMahon. Barbara Kingsolver: An Army of One. San Francisco Chronicle, April 28, 2002, p. 286.

想令人迷惑，也许能够将世界在其轴心上稍稍挪动一点。然后我创作一个能够提问并能够回答那个问题的世界。”① 她塑造的人物就好像是她家里的客人或者一部电影里的演员，而她有责任犒劳读者。

1988 年，金索芙的第一部小说《豆树》的出版宣告她作为职业作家的开端。她不再使用报告式的语言，转而使用虚构性的语言来写作。金索芙的语言混合有滑稽可笑、朴实的文字游戏，显示出她对农村生活的敏感和对下层贫穷群体的关注，她尤其关注单身母亲、孤独的人和难民。在小说第十二章，一个恶棍袭击了三岁的特托尔·格里耶之后，女主人公泰勒·格里尔悲叹道：“没有人再为任何人感到难过，没有人甚至再假装这样做，甚至总统都不这样做。”② 这句话无异于给当时的总统里根一记耳光。金索芙在小说、故事、诗歌和非小说类作品中对普通事物的兴趣赢得了众多忠实的读者。肯塔基州卡莱尔市的居民爱戴她，甚至在车站庆祝她的第一部小说的出版。

1989 年，金索芙的非小说类作品《抓住这根线》记录了在菲尔普斯·道奇铜业公司 18 个月的罢工中公司的人权法侵害工人利益的事件。金索芙充满热情地揭露这一事件的真相，证实了女性在这个事件中的巨大作用——她们中的许多人是来自亚利桑那州四个较大的天主教城镇的西班牙裔和土著美国单身父母。为了收集材料，她待在矿上的铜井旁，记录下人们的言语。她在访谈中揭示出“让人震惊的真相”。③ 虽然当时金索芙还只是一个初出茅庐的年轻作家，但是她的出身使她非常理解劳工阶层的话题和当地居民面对武装部队和政府官员的力量。由于她的文学成就，金索芙获得了美国的联合国妇女全国理事会奖。

1989 年，在里根总统执政的最后一年，她难以控制住她对美国政府对中美洲施加武力压力的愤怒，这成为《豆树》的主题。为避免对读者进行说教，她在小说中转而表达了她对人权和正义的呼吁。1997 年，这部小说再版时，金索芙回应一些评论者的指责，认为他们忽视了她表现女性抗议者行为的意图。她敬慕那些罢工工人的勇气，对下层收入者表达了同情和敬佩，他

---

① Roberta Rubinstein. The Mark of Africa. World I, Vol. 14, No. 4, April 1999, p. 254.

② Barara Kingsolver. The Bean Trees. New York: Harper & Row, 1990, p. 171.

③ Barara Kingsolver. Holding the Line: Women in the Great Arizona Mine Strike of 1983 (documentary). Ithaca, N. Y.: Cornell University Press, 1989, p. Ⅻ.

们得益于“集体行动的力量”。[①]

1990年，出于对里根政府在中美洲实施武力欺骗行为的失望，她出版了第二部西南部小说《动物梦想》。1991年，在美国发动海湾战争的前一天，她参加了一个祈求和平的蜡烛夜会，这在她的“最后期限”（Deadline）一诗中有所反映。这首诗承认，难以将中东的孩子们从“天国般的大屠杀”中拯救出来。[②] 当美国轰炸巴格达时，她在散文“我们的旗帜还在那里”（And Our Flag Was Still There）中质疑美国的政治私利：“我们忙着去援助科威特，然而人，在那个君主国里，妇女拥有的权利和美国19世纪的奴隶差不多。”[③] 她谴责美国石油公司的绥靖政策，认为石油是破坏伊拉克平民生活的主要原因。她对此坦言道：“我搜遍了我的心灵，发现我对屠杀无法产生丝毫快乐感。”[④] 金索芙的字里行间流露出她对美国政府穷兵黩武的行为难以抑制的愤怒。

由于对美国政府行为的失望，她带着女儿离开土桑，到摩洛哥西海岸的加纳利群岛的特纳利夫岛住了下来。巴格达的弹雨使她这样一位和平主义者的内心充满痛苦。她对此谴责道：“殖民主义到达新大陆五百年之后，我发现它又卷土重来了。”[⑤] 对于海湾战争，她构思了“逃亡”(Escape，1992）一诗，生动地刻画了她从美国逃离的选择，她自喻为像一只蜥蜴从其皮肤下逃脱掉一样。她遗憾地下结论说：国内什么都未改变，原罪玷污了国家的圣坛。在“桥”(Bridges）一诗中，她直截了当地指出，战争并不能解决任何问题。

1992年，金索芙出版了她的第一部诗歌集《另一个美国》。这是一部女性主义作品，由西雅图希尔出版社以英语和西班牙语同时发行，再现了受权贵支配的美国中下层人的艰难生活。

1993年，金索芙的《天堂的猪》（Pigs in Heaven）由哈珀柯林斯出版社出版发行。在一次接受采访时，她总结这部小说的前提是“有关于家庭应当

---

① Barara Kingsolver. The Bean Trees. New York：Harper & Row，1990，p. XIX.

② Sylvia Rubin. Africa Kept Its Hold on Kingsolver. San Francisco Chronicle，Oct. 30（1998），p. 3.

③ Mary Ellen Snodgrass. Barbara Kingsolver：A Literary Companion. Jefferson，North Caroline：McFarland & Company，Inc.，Publishers，2004，p. 242.

④ 同③，p. 241。

⑤ Barbara Kingsolver. High Tide in Tucson：Essays from Now or Never. New York：HarperCollins，1995，p. 109.

是什么样的和一个家庭由什么构成的两种截然不同的意见”。[①] 这部小说的销量超过了100万册，俄克拉荷马市的国立牛仔名馆与西部遗产博物馆盛赞它蕴涵的西部拓荒精神。《天堂的猪》还获得了《洛杉矶时报》小说奖、山区平原畅销书奖、美国年度畅销书提名奖、《出版人周刊》年度最佳小说、纽约时代畅销书奖。著名演员简·方达为特纳电影公司出演由这部小说改编的电影。

1994年，金索芙已经成为著名的畅销书小说家。她的第二任丈夫史蒂文·霍普是环境保护主义者和生物声学专家。夫妻二人合作撰写自然历史的文章。夏季，她到弗吉尼亚西南部沃克山脚下一个郁郁葱葱的深山谷中的小木屋居住。她在那里开垦了一个菜园，在亚利桑那州南部种植冬季庄稼。她还养有母鸡和奶牛。1997年，金索芙参加了在土桑市举行的公益阅读活动，以支持当地的种子研究活动，这一运动旨在保护传统种子、农耕方式和广大西南部地区土著民族的庄稼。

1998年，金索芙最受学术界好评的小说《毒木圣经》出版，为作者赢得了许多荣誉。它荣获南非的国家图书奖、美国年度畅销书、《洛杉矶时代》最佳图书、《纽约时代》“1998年十大最佳图书”、美国公共图书馆“25部有价值图书”、英国“橘子奖”、福克纳笔会提名奖和奥博拉读书俱乐部上榜图书。金索芙在这部小说里还关注人类与自然的关系。随着她的第四部小说的出版，金索芙成为第一位连续四次获得爱德华·艾比生态小说奖的作家，她的名气大增。

《毒木圣经》涵盖政治、历史、宗教、种族、性等主题，谴责美国在第三世界的殖民主义行径。《新共和》专栏作家李·西格尔评论说：“这位幽默、竞争力强的作家已经入围我们时代最伟大的政治小说家之列了。”[②] 书评人朱利安·马克尔斯认为它的语言充满活力，视域开阔，人道主义思想浓厚，称为“狄更斯式”的作品，比她早期小说蕴涵的政治性内涵又推进了一步，涵盖有性别、阶级和种族问题。

1999年，面对评论者有关她过度说教的抱怨，金索芙回应说，这是后麦

---

① Michael Grant. Interview. Books, Co., KAET - TV, April 4, 2002.

② Lee Siegel. Sweet and Low. New Repulic, Vol. 220, No. 12, March 22, 1999, pp. 30 - 37.

卡锡时代的偏见："这个国家对于涉及社会变革和社会正义议题的艺术作品感到紧张。这是一种褊狭、落后的态度。"① 即使这些保守的书评人的评论对金索芙持消极评价，她仍然获得了帕特森小说奖、普利策奖提名，名列《作家文摘》100位20世纪最佳作家之列。在科罗拉多州利特尔顿的哥伦比亚高中发生枪击案之后，她在《洛杉矶时报》发表社论，谴责美国主战派在解决国际争端时使用的破坏性杀戮行为："为什么我们相信枪和炮弹才是解决方法呢?"她从母亲的角度质疑媒体的肆意破坏，认为应当"将家里和生活中展现杀人的暴力电视节目、书籍、录像游戏、电影全部取消"。②

2000年，她在编撰《2001年美国最佳短篇小说集》（Best American Short Stories of 2001）时谈到写作标准：一位作家应当选择一个严肃的话题，直接揭示中心。她想象的结果是"一个足够小的护身符，能够适合读者最神圣的心灵"。③ 这一年，她出版了小说《挥霍的夏季》，主题是森林保护，颂扬了荒野，获得了美国最佳科学自然写作奖和肯塔基州长艺术奖。金索芙还利用为这部小说做巡回宣传的时机为一些环保机构募集了3万美元，资助华盛顿州环境研究中心。为表彰金索芙保护环境的行动，12月，克林顿总统为金索芙颁发了国家人文科学奖章，并邀她共进晚餐。

2001年，在《女士》杂志6/7月期上，艾丽卡·道尔引用金索芙的作品作为改变世界的工具。她强调通过艺术探讨政治问题的必要性，公正地评价了金索芙的利他主义目的。④ 9月，金索芙保持着她作为社会活动家的立场，她批评乔治·布什及其"石油生态民主"行动的声音更加响亮。在布什政府支持的保守势力的压力中，她与其他参加活动者一起警告美国自由言论中狂热的爱国论调，继续支持一些保护环境和妇女权利的运动。10月，在给《洛杉矶时报》的一篇文章中，她强调和平主义信念。11月，她接受了国家奖，受到表彰，表彰她作为一位本土肯塔基人获得全国声誉的成就。12月，她捐款给环境保护协会、人类栖息地和社会责任医治者。

---

① McMahon, Regan. Barbara Kingsolver: An Army of One. San Francisco Chronicle, April 28, 2002.

② Mary Ellen Snodgrass. Barbara Kingsolver: A Literary Companion. Jefferson, North Caroline: McFarland & Company, Inc., Publishers, 2004, p. 24.

③ Houghton – Mifflin. Best American Short Stories of 2001, p. XIII.

④ R. Erica Doyle. Barbara Kingsolver: The Bellwether Prize. Ms., June/ July 2001, p. 89.

2002年，金索芙出版了包含23篇论文的《小小的惊奇》。这部论文集获得了当年度“鹦鹉螺奖”，表彰她对于人类居住和社会变革的贡献。这一年，她还获得了一系列荣誉：美国笔会成员、约翰·麦克文家庭奖、医治者社会责任国家奖、弗兰克·沃特斯奖和国际都柏林文学奖提名。3月，金索芙、吉米·卡特和其他活动者在《亚利桑那共和》杂志一个版面上发起了支持阿拉斯加美国人的活动。这份协议呼吁保护北冰洋国家野生生物庇护所免遭由布什政府支持的石油钻井行为。这一年冬天，在写给《洛杉矶时报》的一篇文章中，金索芙表达了她对于美国插手阿富汗塔利班冲突的愤怒，批判布什政府的强权外交言辞。

2003年初，金索芙参加了有争议的反战组织“并非以我们的名誉”。这个组织在《纽约时代》杂志发表宣言，以两页的篇幅批判布什政府，号召民众抵制政府的政策和右翼极端主义倾向。这个宣言要求为了全球共同的事业建立公众论坛，维护《和平法案》。2月，为支持妇女和平与自由国际团，金索芙在《妇女告妇女信件提议》上签名。4月，为表彰她的环境议题写作，金索芙赢得了肯塔基环境质量委员会颁发的“地球日奖”。

金索芙为人坦诚，毫不避讳她的创作与个人生活之间的紧密联系。作为想要保持其个人生活空间的公众人物，她避免写传记小说。但是她常常从个人生活中汲取素材，以塑造人物、构思小说中的事件，有些人物以与她本人非常相似的口吻讲话。她讲述引人入胜的故事，创作生动有趣的人物形象，她的小说往往主题突出，探讨她希望解决的问题，不以动作或人物描写为主。不像其他严肃的作家，她自认为是一位“政治性作家”。虽然她认为那是一个消极的评价词语，但是她还是很愉快地接受。

二、社会变革与正义关注

金索芙的文学主题多种多样。她的许多小说以她曾经居住过的地方为背景，如非洲中部和美国亚利桑那州，但她的小说并非自传。她的作品常常非常理想化，被称为“激进主义”。她的作品常常围绕社会平等的斗争来写，像表现非法移民、下层劳动阶层和单身母亲面临的生活困苦，其他常见的主题还包括人与生态系统的交互作用及冲突。她还使用散文和叙述手法展现历

史事件，如刚果的独立斗争。金索芙以第一人称和第三人称创作小说，并常使用交叉式叙述。许多作品显示出她具有生物学和生态学的全面知识。

政治议题在金索芙的创作中占据重要地位。事实上，金索芙自视为政治小说家。在她的小说中，“政治”指人们之间的权利关系和他们在思想上和政策上的斗争。金索芙在创作中为避免说教而专注于构建故事情节的发展。她认为政治小说在美国不受欢迎，许多美国作家不愿被称作“政治性”的作家，但是她本人乐于接受这一称呼。

金索芙自幼生活在肯塔基州的卡莱尔农村地区，有机会目睹贫富之间和种族隔离下不同社会群体之间生活的巨大差别，这使她意识到社会的不公。成年后，对农场生产和农民资金匮乏的记忆在她充满自由、人道主义和道德感的作品中有所反映。1963～1964年，在非洲刚果农场的两年生活使金索芙开始关注种族问题。1968年，她质疑越战，为美国政府感到羞耻。从此，她的和平主义思想自始至终没有改变。1969年，14岁的金索芙开始研究肯塔基东部的阶级状况和种族不平等。在一次访谈中，她表达了自己的阶级意识观：“我发现这个世界几乎对‘乡下人’一无所知，对他们毫不尊重。想要维护他们的意愿充斥着我的写作和我的生活，我想要寻找边缘人的声音。”这些声音在她的作品中由保姆、铁路工人、矿工、食品厂的计时工、农民和杂货店及快餐店的店员传达，他们成为她小说和非小说作品的骨干力量。

20世纪80年代中期，金索芙开始了职业写作生涯。长篇处女作《豆树》是一部将现实主义与虚构相融合的政治小说。坚强独立的年轻女子泰勒·格里尔以第一人称的视角讲述她到许多地方旅行并寻求身份的历程。评论家杰克·巴特勒说，这部小说的“各部分就像一首绝妙的诗一样浑然一体，但是读起来又像是现实主义作品”。

时隔两年，出于对里根政府在中美洲穷兵黩武行为的失望，金索芙出版第二部小说《动物梦想》。金索芙在小说中表现了与以前作品相同的主题：本土美国人、美国在尼加拉瓜的行动、环境问题、父母关系问题、女性的自主生活等。金索芙说，这些主题是“对我们的将来和我们作出的政治选择负责和我们应当怎样开始偿还我们一直在借用、欺诈使用多年的河流、空气、海洋和土壤”。

1993年出版的小说《天堂的猪》被认为是《豆树》的续篇，它沿用了

《豆树》中的一些主题、背景和人物。小说通过描述女主人公泰勒对土著孩子斑鸠的监管权的斗争，体现了白人中产阶级的个体主义价值观与土著美国人的群体传统价值观的冲突，探讨了白人家庭收养美国土著儿童的问题。

在《空隙》中，金索芙使用虚构和真实的报纸报道，小心翼翼地将小说家哈里森·谢泼德插入一些有史可查的历史时期，记载了他从墨西哥到美国珍珠港的人生经历，带领读者进行了一次史诗般的旅行。20 世纪 20 年代，谢泼德跟随母亲到墨西哥生活，在街上偶遇女画家卡洛买鹦鹉，成为其丈夫里维拉的泥瓦匠和厨师。在墨西哥，他又遇到了逃脱斯大林的迫害来寻求避难的列夫·托洛茨基，成为托洛茨基的厨师和秘书。在卡洛与里维拉分手、托洛茨基被谋杀之后，谢泼德回到美国，成为一名作家。在 20 世纪 50 年代"冷战"白热化时，谢泼德受到美国政府反美行动委员会的迫害。

通过谢泼德在两个地方寻找身份的故事，读者仿佛经历了 20 世纪西方最喧嚣的历史事件。金索芙从 1929 年谢泼德少年时期在墨西哥度过的生活写起，直至 50 年代他成为描写冒险家的隐居作家。该作品是一篇宏大的史诗，关注 40 年代美国国会发动的东西方阵营的对峙，涉及墨西哥革命和 20 世纪 50 年代美国狂热的麦卡锡主义时期的反共高潮。金索芙通过令人信服的人物、逼真的现场感和历史与公共舆论对人的影响，塑造了一位令人难忘的艺术家形象。在描述谢泼德跨越美墨边界时，金索芙探讨了美国的艺术与政治之间令人迷惑的历史关系、现实生活和媒体报道的生活之间的差距。在《空隙》获得"橘子奖"之后，颁奖人黛西·古德温认为这部小说"激动人心"。《芝加哥论坛》认为，在这部小说中，政治与艺术占据了主导地位，它们之间的联系令人耳目一新。

2000 年，金索芙设立了"领头羊"奖，以支持"社会变革小说"。这个奖项旨在给予那些支持积极的社会变革但是作品未能出版的作家以资助。金索芙曾说，她想要创立一个文学奖项，"以鼓励作家、出版商和读者认识到，小说怎样吸引住社会变革和人类正义的眼光"。2010 年，在接受《卫报》采访时，金索芙表达了她淡泊名利的态度："我从未想要出名，现在也不想。这个世界给予了我最害怕的东西。"她有过两次婚姻经历，有两个女儿，现在一家四口居住在弗吉尼亚州华盛顿县的一个农场里。

三、政治及生态关注

政治性主题在金索芙的创作中占据着重要地位。她曾说过，她的每一部小说都以一些问题而非一些自传性的经历或一些人物开头。事实上，金索芙自视为政治小说家。①她对政治的关注通过多种方式显示出来。在这一意义上，“政治”指人们之间的权利关系和他们在思想上和政策上的斗争。评论家们通常认为政治小说说教性强，会因宣扬某种思想或观点而忽视故事情节的发展和人物的塑造。金索芙对此有所意识，她在创作中为避免说教常常专注于构建故事的发展。她认为政治小说在美国不受欢迎，许多美国作家不愿被称作“政治性”的作家，但她本人乐于接受这一称呼。②从创作伊始，金索芙就自视为试图改变世界的活动家。因此，她的作品弥漫着她所笃信的思想和原则。

父母的影响使金索芙从小对穷苦阶层充满了同情之心，这些政治同情在她的小说中展现出来。反战情绪、对自然的热爱、对生态的关注、对劳动阶层的关怀、对土著美国人及其文化的关注、对中美洲民主运动的支持和女权主义理想始终贯穿于她的作品，它们将她与20世纪80~90年代的自由运动联系在一起。

在迪堡尔大学求学时，她最热衷的事情是阅读文学作品、写作和参加社会政治活动。金索芙除了广泛阅读一些文学作品之外，还阅读马克思、恩格斯和弗里丹的著作，进一步培养了她的阶级意识和女权主义意识。她积极参加一些赞同流产和妇女权利、反越战游行的社会运动，研究分析全球性的热门议题，对一些社会政治问题有独到的见解。这些问题在她以后的作品中都有体现，例如在《豆树》中，她描述了在中美洲政治事务中插手的美国中央情报局和亚利桑那州的难民，在《毒木圣经》中的刚果使命和后殖民主义革命。

---

① Donna Perry. Backtalk: Women Writers Speak Out. New Brunswick, N. J.: Rutgers University Press, 1993, pp. 154 - 155.

② Barbara Kingsolver. High Tide in Tucson: Essays from Now or Never. New York: HarperCollins, 1995, pp. 229 - 230.

金索芙在大自然的户外活动成为她在创作中关注自然的根源。她说："我对于生命科学的兴趣和热情一方面来自我在农民中成长的经历，也来自我父母亲对自然历史的浓厚兴趣。他们常常告诉我野花和鸟儿的名字。我在宽松的教育、娱乐环境中长大，在我们能够找到的各种动物中间长大。"①幼年时的她在树林、奶牛场、山丘、山核桃果园、枫树林和烟草地间，与同伴手拎钓鱼竿和蝈蝈笼，"在周日只想做这些事情"。②在霍斯里克溪闲逛的日子成为金索芙后来从事生态学研究及写作的基础。当18岁的金索芙发现梭罗（H. D. Thoreau，1817－1862）在《瓦尔登湖》中对自然的细致考察时，她被梭罗对他居住环境——种子、树木、松鼠的行动——细致的观察所折服。对自然的热爱使金索芙在生活中与大自然非常亲密地接触。结婚后，她在自家花园种植了各种蔬菜瓜果，还养有火鸡。金索芙对生物学和自然世界持续的兴趣在她的作品中显现出来。在《土桑的高潮汐》中，她表达了对沙漠美的陶醉之情。她在作品中不断塑造动物的意象，对自然现象有敏锐、精确的描写。

20世纪80年代中期，金索芙开始了职业写作生涯。最初她为一所大学撰写理科论文，之后，她开始了自由新闻和小说自由撰稿人的生活，在《建筑读者》、《纽约时代》杂志上发表游记，在科技类杂志上发表一些科技论文。她的文章里涉及拉丁美洲的人权问题、环境研究。

在中学时，她乐于读书写作。路易莎·梅·奥尔科特（Lousia May Alcott，1832－1888）、克里丝蒂娜·乔治娜·罗塞蒂（Chirstina Rossetti，1830－1894）都是她喜爱的作家。她有机会接触到埃德加·爱伦·坡（Edgar Allan Poe，1809－1849）、玛格丽特·米切尔（Margaret Mitchell，1900－1949）和威廉·萨洛扬（William Saroyan，1908－1981）的作品《高潮流》（High Tide）。从此，她由读者的身份转变为作家的身份。中学毕业后，年轻的金索芙读遍了南方作家弗兰纳里·奥康纳、卡森·麦卡勒斯和尤多拉·韦尔蒂的作品，他们是乡土作家和艺术的典范。读大学期间，她还广泛阅读了卡尔·马克思和恩格斯的著作、尤索拉·厄魁恩（Ursula K. Le Guin，

---

①② Kingsolver, Barbara. High Tide in Tucson: Essays from Now or Never (essays). New York: HarperCollins, 1995, p. 171.

1929 - ）的科幻小说、威廉·福克纳（Wiliam Faulkner，1897 - 1962）的南方小说、玛格丽特·米德（Margaret Mead，1901 - 1978）和贝蒂·弗里丹（Betty Friedan，1921 - 2006）的女权主义著作。

金索芙的长篇处女作《豆树》就是一部政治小说。它一经出版，好评如潮，获得《纽约时代》最佳图书奖、伊诺克·普莱特图书馆青年书奖和美国图书馆联合会优秀图书奖，并被翻译成15种语言。杰克·巴特勒在《纽约时代》的书评具有代表性，他赞扬这部小说的“各部分就像一首绝妙的诗一样浑然一体，但是读起来又像是现实主义作品”。他还对它生动的语言、场景安排、人物塑造、复杂的主题和情节给予高度评价，是一部不同一般的小说。玛格丽特·兰德尔在《妇女书评》撰文，赞扬它复杂的结构和主题、丰富的语言及女性主义意识。《女士》、《基督教科学箴言报》、《纽约人》等杂志也相继刊登了类似文章，肯定这部小说的成功。由于将现实主义与虚构相融合的特点，它还被搬上了银幕。

小说以第一人称的视角由坚强独立的年轻女子泰勒·格里尔自述她到许多地方旅行追求新的身份的历程。沿途她经历了许多危险，见到了各个种族、有不同道德观的人，并见识了世间的邪恶。为了逃避早婚的命运，泰勒离开家乡肯塔基州的皮特曼，开着一辆破车朝西部行驶。穿越俄克拉荷马州的切罗基族聚居区时，她收留了被弃女婴斑鸠。到达亚利桑那州的土森，泰勒在马蒂经营的车胎店休息。这家商店为中美洲的非法移民提供避难。在这里，泰勒结交了一些朋友，认识了从危地马拉偷渡来的难民埃斯特万夫妇。他们不得不抛弃女儿，试图从危地马拉的死亡骑兵中队和美国移民局的追踪中逃脱。泰勒与斑鸠、马蒂、埃斯特万夫妇的关系日益亲近。小说的高潮是泰勒冒险要将埃斯特万夫妇运送到俄克拉荷马州一家安全的宗教性机构。小说以泰勒想要回俄克拉荷马州办理合法收养斑鸠的手续结束。

《豆树》最明显的政治主题涉及危地马拉国内的动荡。事实上，这部小说出版时正值危地马拉政局动荡，这使得小说中的政治难民形象更加真实。受美国政府扶持的危地马拉政府对百姓残酷的压制在小说中通过两种方式展现出来：一是通过埃斯特万夫妇逃往的土森、马蒂试图帮助他们以及美国设立收留他们的避难所的事实；二是埃斯特万直接告诉泰勒他们在国内受压制的生活经历。

小说的另一个主题是友谊和群体。通篇贯穿了友谊和群体，讲述了人们怎样互助来渡过难关。金索芙探讨了人们之间建立友谊的方式及其重要性，显示出对他人的关怀会发展友谊，也会使人关注政治，被卷入政治事务中。泰勒很有人缘，金索芙描述了她与许多人的友谊。泰勒是一位非常坚强的女子。她正直、善良，是她的同情心促使她收养了斑鸠。她善于与人建立友谊，这使她一路结交了许多朋友。她还乐于助人，具有道德感，所以她能够不顾自身安危去帮助埃斯特万夫妇。这部小说有明显的家庭主题，虽然这不是指通常意义上的家庭，然而，爱与关怀在没有血缘关系的家庭中同样存在。同时，它还表现了女性在社区同伴的帮助下设法取得斗争胜利的能力。

小说的基调是斗争。然而，在人物经历严重困难时，金索芙时而穿插了关爱、幽默和冒险的情调，使作品的基调显得不是特别沉重。金索芙的语言混合有滑稽可笑、朴实的文字游戏，显示出她对农村生活的敏感和对下层贫穷群体的关注。她尤其关注单身母亲、孤独的人和难民，表达了女性的声音。

时隔两年，出于对里根政府在中美洲穷兵黩武行为的失望，金索芙出版第二部小说《动物梦想》。评论界为此欣喜地宣告，一位大有前途的作家已经走向成熟。金索芙在小说中塑造了科迪和哈莉姐妹俩。科迪回到了她生长的家乡，希望在中学教一年书，照顾生病的父亲。当科迪到达亚利桑那州的格雷斯时，她的妹妹哈莉动身去中美洲给尼加拉瓜人传授庄稼管理新方法。然而，那里正在发生内战，哈莉被绑架杀害了。科迪以前在格雷斯总感觉自己是外人，如今她找到了许多老朋友，还找到了情人，并重新发现了她真正的根。

这部构思巧妙的小说表现了金索芙以前所有作品的主题——本土美国人、美国在尼加拉瓜的行动、环境问题、父母关系问题、女性的自主生活问题。金索芙提出，这些主题是“对我们的将来和我们做出的政治选择负责和我们应当怎样开始偿还我们一直在借用、欺诈使用多年的河流、空气、海洋和土壤”。[①] 梅里迪恩·苏·威利斯认为，《动物梦想》是作者早期作品中最完全

---

① Jean W Ross. Interview. Contemporary Authors, Vol. 134. Detroit: Gale Research, 1992, pp. 284 - 290.

实现梦想的小说。[①] 这部小说在普通民众和学术界都非常成功，赢得美国图书馆联合会优秀图书和青年最佳图书奖、美国笔会西部小说奖、爱德华·艾比生态小说奖、亚利桑那图书馆联合会年度图书奖和《纽约时代》优秀图书奖。

《动物梦想》的主题丰富，涉及个体性格差异、生态、女性主义等方面。个体之间的差异通过科迪与哈莉截然相反的性格揭示出来：科迪是一位忧伤、悲观、没有安全感的年轻女子，而哈莉快乐、乐观、自信。小说主要通过科迪的叙述展现了她的经历，而哈莉从未在小说中正面出现，只是在科迪的记忆里和她给科迪的信中出现。科迪被动地生活。她没有生活目标和希望，她与并不爱的人在一起生活，而她真正的情感纽带是与哈莉的联系。虽然她可以做医生，但是她未抓住机会，只是到快餐店干活或做模特。在小说结尾，她重拾童年的记忆是她实现自我的象征。理解这部小说最重要的人物是哈莉，她代表了一种理想：她热爱生活，关心他人，追求信仰，为了追求信仰她不惜冒险，对科迪产生了很大影响。哈莉去世后，科迪积极参加公共活动。

女权主义主题在小说多处有所表现。哈莉是一位典型的女权主义人物。她像20世纪80年代的许多女性一样追求政治理想。她到中美洲冒着生命危险做了两件事情，一是抵制支持不法民主运动的美国政府，二是她与贫穷阶层一起工作。在哈莉的生活中，信仰占据最重要地位。科迪在小说的开始显得柔弱，但是她的心智逐渐成长，走向成熟。小说中还有其他一些女性人物也像科迪一样成为独立女性。

小说还探讨了人与自然的关系，显示出金索芙对生态问题的关注。哈莉喜爱植物，她的目标就是将种植技术传授给需要它的人们，而懂医的科迪教给学生有关水和土壤遭受污染的后果，她还试图阻止动物遭受折磨。

金索芙1993年出版的小说《天堂的猪》被认为是《豆树》的续篇，它沿用了《豆树》中的一些主题、背景和人物。《豆树》的末尾是泰勒带着她收养的女儿斑鸠回到了土森。然而，她们的关系并没有确定下来。中西部的美国人非常熟悉这一情况：意图良好的白人家庭收养美国土著婴儿，但是这

---

① Mary Ellen Snodgrass. Barbara Kingsolver：A Literary Companion. Jefferson，North Caroline：McFarland & Company，Inc.，Publishers，2004，p. 18.

些婴儿后来被他们的部落要了回去。白人家庭请求考虑婴儿的长远利益，而土著人请求考虑他们部落的利益。个体与群体究竟哪一个更重要？人们可能会有不同的观点。金索芙在小说末尾给出了解决方案。

在《天堂的猪》开篇，由于斑鸠是切罗基族人，她的族人要求泰勒将斑鸠归还。分为三部分，每一部分以一个季节为题目。第二部分“春”的情节冲突是斑鸠的收养问题。泰勒和安娜维克代表两种不同的观点。泰勒带着斑鸠逃离了土森，想要逃避这个问题，这一情节重复了《豆树》的旅行主题。第二部分为“夏”，泰勒继续盲目地逃跑，她的母亲也赶来与她会合。第三部分“秋”中，关于斑鸠的收养问题有了一个折中方案，既保留了泰勒与斑鸠的母女关系，也使斑鸠与她的亲生父母保持联系。小说通过描述斑鸠的监管权的斗争体现了白人中产阶级的个体主义价值观与土著美国人的群体传统价值观的冲突，探讨了白人家庭收养美国土著儿童的问题。泰勒代表美国人个人主义的观念，强调考虑“孩子的最佳利益”；安娜维克代表部落的价值观，希望斑鸠能够传承本民族的传统。金索芙这样解释折中结尾的原因：“关于有利益冲突的人物，没有办法使双方都满意，双方都有理由。”①

关于白人家庭收养美国土著儿童的问题，金索芙在小说中采用了两种方式平衡个体与群体两方：一方面，她塑造了一位复杂有趣的人物安娜维克代表部落；另一方面，她使用了全知全能的叙述手法。这种叙述手法披露了安娜维克和泰勒的内心思想和情感，对部落和泰勒都很平等，而且它适合于描写在不同地方和不同群体中发生的事情。

《天堂的猪》像前几部小说一样受到评论界的赞誉。一位英国评论者在《新政治家》中评论金索芙“在反讽与慈爱之间的合适的平衡使得这部小说成为真正的盛宴”，认为她成功地避免将“热心的快乐结局”变为“感伤的胡言乱语”。②《图书馆杂志》刊登玛琳·麦考马克的文章，称金索芙是“一位有见地的作家”，她“从第一页就真心实意地回答了人们不容易回答的问题”。这位评论者还推荐所有的图书馆购买此书作为收藏。

---

① Donna Perry. Backtalk: Women Writers Speak Out. New Brunswick, N. J.: Rutgers University Press, 1993, p. 154.

② Mary Scott. Solomon's Wisdom. New Statesman & Society, 10 Dec. (1993) p. 40.

《毒木圣经》讲述了一个现代基督徒的传教故事。20世纪50年代，曾经参加过“第二次世界大战”的美国浸信会牧师纳森·普莱斯带着妻子和四个女儿从美国乔治亚州的伯利恒来到了非洲的比属刚果。当时的刚果正处在殖民与反殖民的连天烽火之下，在纳森眼里刚果完全是一块荒蛮之地，满是需要救赎的灵魂。因此纳森满怀耶稣救世的壮志来到这里，希望能救那些愚民于水深火热之中。然而事与愿违，他不但没能从精神上拯救那些“无知”的土著居民，反而将自己的妻子和女儿们拖进了危机四伏的种族矛盾和民族内战之中。其间他们最小的女儿还付出了生命的代价，他自己最终也精神失常，葬身于丛林之中。它描写风景、社区和地方感，表达了环保的主题。

关于《空隙》这部小说，英国2010年度“橘子奖”颁奖人黛西·古德温赞扬说，《空隙》“激动人心”。《芝加哥论坛》认为，在这部小说中，政治与艺术占据了主导地位，它们之间的联系令人耳目一新。通过令人信服的人物、逼真的地方感和历史和公共舆论对人的影响，金索芙塑造了一位令人难忘的艺术家形象。小说为金索芙奠定了在当代美国文坛牢固的地位。

金索芙使读者随着墨西哥市的艺术家来到了美国的珍珠港，进行了一次史诗般的旅行。小说讲述了谢泼德在两个世界之间寻找身份的故事，将读者带到了20世纪最喧嚣的历史事件。《空隙》从1929年写起，记录了谢泼德从少年时期在墨西哥度过的生活，直到他在50年代成为描写冒险家的隐居作家。它是一篇宏大的史诗，涉及墨西哥革命和美国20世纪50年代美国狂热的麦卡锡主义时期的反共高潮，关注40年代美国国会发动的东西方阵营的对峙。在跨越美墨边界时探讨了美国的艺术与政治之间令人迷惑的历史关系、现实生活和媒体报道的生活之间的差距。

谢泼德的生活中波折颇多。金索芙使用虚构和真实的报纸报道，小心地将虚构的谢泼德插入一些有史可查的历史时期。年轻的谢泼德生活在墨西哥城里。在街上，他看到皇室女子卡洛买鹦鹉，她的头发“盘在一个沉重的皇冠里”。谢泼德成为卡洛丈夫里维拉的泥瓦匠和厨师后，他看到，卡洛对于里维拉的不忠感到绝望。当列夫·托洛茨基与革命艺术家从斯大林的迫害下逃脱来寻求避难时，谢泼德又成为卡洛的临时间谍，并成为托洛茨基的厨师和秘书。作为一位天真的地位低下的打字员，他弥补了托洛茨基和里维拉之间与托洛茨基的谋杀之间的裂痕。回到美国之后，当“冷战”白热化时，这

些联系将反美国行动委员会引出。

根据魏乐特的记录，谢泼德“不喜欢出名，遭人误解时更是如此”。小说对这个人物的塑造比较间接，在描写他的隐私和情感空隙时有所保留。然而，这位年轻的作家是一位目光犀利的观察者，他的观察力部分地源于他从墨西哥到美国游历的成长经历——作为一个“由两个不同的盒子造就的双重人”——和他谨慎的性生活。由于无法挽回里维拉的死亡，他备受良心折磨。又由于对女性性冷淡，他未被允许参加美国军队。在“二战”期间，他帮助美国政府部门将一些字画送到安全地方。小说在对媒介肆无忌惮的报道进行尖刻讽刺时，指出这个人物与后来被归类为背信弃义的“偷运艺术品的人和玩弄女性者”的人格面具之间的差异。报纸随意报道说，他与老年女速记员去墨西哥梅里达的旅行是一次浪漫之旅，甚至他的恋人汤姆·库迪也因有关他缺乏爱国精神的报道弃他而去。

然而，虽然“谎言无数而真相澄清的概率非常小”，小说还是塑造了一些能够掌控自己形象的人。打扮成墨西哥农民或者阿兹特克王后的卡洛说：“如果我不进行选择的话，他们会选择我……报纸会把我裹在薄纱里，使我成为一个殉难天使，或者使我成为一个令人厌烦的嫉妒心强的妻子。”[①] 谢泼德作为小说家的兴趣在于“文明是怎样堕落的，它会将人们引向何方，我们是怎样与过去的事情发生联系的”。他的律师戈尔德认为，不只是对艺术家的迫害，他将反共迫害看作是在草坪上放毒药。“它毁掉了你的禾草，然后很长一段时间，也许那里永远会有许多废弃物。”

金索芙在一次访谈时说，“9·11撞机事件是在反对我作为政治艺术家的身份”。她及时提醒那些需要的人一个时代——超现实主义艺术应当被谴责为“非美国化的”，而外国人由于“在为黑人权利工作”而被驱逐出境。“如果杜鲁门要求进行变革、教育的提高或者社会安全，会有一个和声要求他下台——福利国家、集体主义和阴谋。”小说以难以描述的日记、回忆录、信件、报纸报道和国会咨文片段和媒体剪辑的形式写就，这些材料在一家银行保险库里由小说家雇用的记录人布朗保存了50年。直到各方人都去世，布朗希望将它们烧掉。一些读者会感到读这部小说比较沉重，但是它结构完美，

① Barbara Kingsolver. The Lacuna. HarperCollins Publishers, 2009, p. 78.

令人着迷，对读者的阅读理解能力具有一定的挑战性。

然而，小说的最后几部分有一些瑕疵：反讽过多，人物之间的对话过于频繁，简直像是权威的演讲。不过，小说的结局出人意料，非常感人。烂醉如泥的魏乐特对那些被美国政府宣告有罪的人很信任，她写到："他们将会到地球终端将那些宣布不适合做美国人的人拖回来。"这样，一个令人惊异的空隙将逃脱的希望制止了。

作为一部历史小说，它与传统的小说有许多相同之处。小说的题目非常严肃，"lacuna"意指一个缝隙。谢泼德是受其他人的打击的旁观者。金索芙创作这部小说的目的在于给读者一个旁观历史的机会，使读者从普通人的视角而非主要参与者的视角看历史。谢泼德老气横秋，使人很难与他相伴看到给人以启示的历史。

金索芙以第一人称和第三人称的叙述手法创作小说，而且她常使用交叉式叙述手法。她的许多作品显示出她具有生物学和生态学的全面知识。《挥霍的夏天》（Prodigal Summer，2000）广泛地评论了高级食肉动物在生态系统内的价值，《小小的惊奇》中的许多文章以生物的多样性知识为基础。她的许多书具有为妇女写作的特点。

四、食物低碳生产

2005 年，金索芙与丈夫史蒂文·霍普、大女儿卡蜜尔以及小女儿莉莉一起到亚利桑那州土桑市自家农场居住。他们除了靠自己耕种的蔬菜瓜果度日之外，对于一些自己无法生产的农副产品，只购买当地一小时里程内生产的有机食物。作为一位关注生态的作家，金索芙带领一家人亲身体验土食运动（指只吃在本地种植、生长的新鲜食物的运动），并与丈夫史蒂文·霍普、大女儿卡蜜尔联笔，共同创作出纪实性作品《自耕自食》，详细记载了他们这一年进行的土食试验经历，揭示出美国工业化农业生产背后的危机。

金索芙以历史精确性为基础，以事实为根基，真实展现了她一家人进行的一年土食实验生活的细枝末叶，传递出一种低碳生活观念。金索芙记载了一家人如何自力务农的经历，阐述了食物的来源与本土经济密切相关，提出生产食物的过程与和谐家庭的建构密切相关。她认为，学习一些作物与家禽

生产过程的知识，能帮助我们开始关心食物的来源，更进一步关爱种植食物的农民与土地。

在这部著作中，金索芙一家三口的叙述和声全面记录了他们进行食物低碳生活的方方面面，融个人经历、科学知识和个人感受于一体。三位叙述人的语言各具特色，成为一个有机结合、互为补充的和声，彰显了作品的文学性。金索芙讲述了大量种植蔬菜瓜果、养殖家禽的知识和饮食文化，可谓是蔬菜栽培指南和饮食的百科全书。她对有关食物低碳生产的知识进行阐释，既探讨了工业文明对土地的伤害以及食物生产与石化能源的密切关系，还阐述了食物的来源与本土经济的密切关系，揭示出食物生产中存在的问题，提出了一些绿色饮食观念，对低碳生活方式进行了个人阐释。金索芙一年的低碳生活方式是她长期从事生态保护活动的缩影，反映了她的生态主义思想。

一般人与土地的连接主要依赖于农作物。在城市生活的人享受餐桌上的美食时，一种乡土之情会油然而生。然而，如今，越来越多的农产品成为商场的商品，人们往往在商场购买从外地运来的食物，耗费了大量人力、财力和物力。人与土地的连接关系越来越疏远，食物的低碳生产日益成为现代人关注的焦点，也引起了金索芙的关注。

《自耕自食》堪称传记文学的上乘之作。它展现了传记文学的双重特点：事实陈述和个人阐释。① 金索芙、史蒂文和卡蜜尔的叙述体现了这一特点。他们以历史精确性为基础，以事实为根基，真实地展现了自家人在一年之中进行土食试验的细枝末叶，传递出一种低碳生活的观念。金索芙一家人从食物与人类文明的角度深入探讨了食物、人类与生态环境之间的关系，重新审视土地与食物的伦理关系，为人类揭示了美国现代文明的发展给人类生存危机带来的负面影响以及人类面临的环境危机。同时，他们通过身体力行，提出了一些绿色饮食观念，对崭新的低碳生活方式进行了个人阐释。他们通过描述食物，反映了人类的生存环境，食物成为人类生态环境危机的预警。多家有影响的杂志对该书给予高度评价。

《自耕自食》是《纽约时代》杂志的畅销之作，多家有影响的杂志给予

---

① Susan Goodman. Edith Wharton's Composed Lives. in A Forward Glance：New Essays on Edith Wharton. Ed. Clare Colquitt，et al. Newark：Uni. Of Delaware Press，1999，p. 23.

高度评价。《图书榜单》的书评认为，金索芙督促读者仿效她去热爱土地。《科克斯》书评感到金索芙回归土地的经历使那些对不健康的加工食物链垂头丧气的读者增强了信心。《芝加哥论坛报》提出，这本书掺杂有回忆、对人们采取行动的呼吁、对读者的教育和提供食谱，对于呼吁人们改变生活方式的和声做出了重要贡献。《旧金山纪事报》盛赞这本书是心灵的盛宴。《基督教科学箴言报》认为，这本书信息量很大，金索芙以极大的热情呼吁我们恢复日常烹饪的习惯。

1. 金索芙一家的食物低碳生产

金索芙一家试图通过一年的土食试验建立起当代人与食物的连接。他们认为，“我们对食物来源的无知，正在造成各式各样的问题，例如对石油的过分依赖，或是饮食习惯相关疾病的流行”。[①] 他们在讲述自身的土食经历时，传播了大量种植蔬菜瓜果、养殖家禽和饮食文化的知识，可谓是蔬菜栽培指南和饮食的百科全书。

金索芙一家人起誓要“忠于本地食物”。他们在3月份开辟了一个菜园。整个春天，金索芙一家四口陆续种植了芦笋、马铃薯、番茄、樱桃等各种蔬菜瓜果。最初，他们难以抵制美味食物的诱惑，规定一人可以买一样自己喜爱的非本地产食物。他们专门到附近的周末集市去，采购到许多新鲜的蔬菜。在未生产出自己种植的农产品时，他们“采购的最高目标是寻找食物的产地离家最近的食品，近到我们认识出产人，而我们找到的人是自己”。[②] 4月，他们把培养的幼苗移到户外，他们在温室里种了许多花。经过辛勤耕种，到7月份，一家人迎来了丰收的季节，收获了大量蔬菜瓜果，结束了几个月以来“设法以本地作物喂饱肚子的惨淡日子”。[③] 8月份，一家人将一些蔬菜瓜果加工装罐存储起来，为过冬做准备。卡蜜尔感到，做这些工作可以调整身心，得到放松。11月，一家人邀请邻居一起杀开大南瓜，共同准备大餐，庆祝感恩节。这顿大餐的食物百分之百由她一家人自种自制，这使金索芙倍感

---

① 芭芭拉·金索芙等：《自耕自食·奇迹的一年：动物，蔬菜，奇迹》，唐勤译，中国台湾台北：天下远见出版股份有限公司，2008年，17页。

② 同①，18页。

③ 同①，200页。

骄傲，充满了幸福感。在第二年的 1 月份——当地食物匮乏的季节，她拿出秋季储藏的瓜果、叶菜和冷藏的火鸡享用。看着自己的劳动果实，她的幸福感溢于言表："我感到仿佛与土地又连接在一起"。① 一家人还在春天养殖了 10 多只火鸡、家鸡。9 月，他们进行动物收成，宰杀公鸡来丰富饭桌上的品种。尤其使他们兴奋不已的事情是，在来年的 2～3 月，他们喂养的火鸡孵出了小鸡，这使他们感受到极大的快乐和精神享受。这样，他们在整整一年的时间里抵制外地食物，坚持只食用本地食物，成功地完成了土食实验。

一家人享受着自己动手耕种食物、获得丰收的快乐。第一次收获番茄时，他们激动兴奋的心情溢于言表。看到自家树上的樱桃红彤彤的即将成熟，他们宁可推迟旅行的行程，好好地享用了一番樱桃宴。为庆祝家人的生日，他们用本地产的食物宴请邻居们，赢得了邻居们声声赞叹。他们既享受了美食，也玩得十分开心。金索芙感谢邻居赠送的植物种子。②在讲述自家人土食试验的同时，金索芙一家还介绍了许多植物的种植历史、生长过程等，比如芦笋、胡萝卜等。她通过事例证明，人们对植物的生长过程非常无知，"离开了土地，对食物生产的知识"在消失。③ 总结一年的土食实验，金索芙颇有成就感："我们这一年收获很大，在超市抵制住了买其他地方产品的诱惑，而且花销减少了许多。我们这一年成功度过了靠本地食物过活的生活。"④

金索芙一家三口以兼顾知性的口吻和感性的语气记载了他们一家人一年内的农场生活实验。在记录他们种植蔬菜经历的同时，金索芙指出，学习一些作物生产过程与家禽饲养的知识，能帮助我们了解食物的来源，更加关爱种植食物的农民与土地。金索芙一家对自然的热爱和收成的喜悦之情随处可见，在他们刚刚收获番茄时，在他们的鸡下蛋之时，他们都感受到了无比的喜悦。金索芙一家通过描述一种食物低碳生产方式，展现了日常生活的细枝末节，传达出有关食物的生态保护思想。这为人类与食物的关系指明了新的发展方向，彰显了人类与食物之间保持和谐关系的必要性和重要性。

---

① 芭芭拉·金索芙等：《自耕自食·奇迹的一年：动物，蔬菜，奇迹》，唐勤译，中国台湾台北：天下远见出版股份有限公司，2008 年，332 页。

② 同①，127 页。

③ 同①，22 页。

④ 同①，379 页。

2. 对食物低碳生产的阐释

民以食为天，食道即天道。食物的生产及消费违反天命，地球及人类生命的危机即在眼前。在记载一家人土食试验的同时，金索芙、史蒂文和卡蜜尔对土地与人类的关系进行思索，各自对食物的低碳生产进行阐释。他们既探讨了工业文明对土地的戕害以及食物生产与石化能源之间的密切关系，也阐述了食物的来源与本土经济的密切关系，揭示出食物生产中存在的诸多问题。

首先，食物成为一些人追逐高经济利润的载体。金索芙指出，超市蔬菜价钱贵的原因在于蔬菜的旅行。人们大量食用外地运来的蔬菜，而蔬菜买卖的主要得利者是加工商、中间商、运输商和超级市场，也侵害了发展中国家的利益。[①] 这种现象不仅在美国存在，在广大发展中国家也相当普遍。这导致蔬菜等农产品的价格比其实际价值增加许多倍。

由于农产品的大规模行销，大型工业化农场大规模发展，制约了小型家庭农场的发展，这导致许多传统的小型家庭农场破产。[②] 一些市场为追逐高额利润，与种植有机农作物的农户自行终止协约。这一做法降低了有机作物种植户的积极性，给他们带来了极大的经济损失。

美国的肉食生产工业化，这存在着诸多弊端。其生产目标是把动物转化为肉类，但是这一饲养过程极其残酷。肉食生产工业化使人类的美食以摧残动物的健康为代价，这种生产方式是人类的欲望所致。

其次，食物影响着美国人的健康。金索芙认为，人们“离开了土地，对食物生产的知识”也随之消失，而美国人“全部的热量来源，大约有1/3是大家公认的垃圾食物”。[③] 美国人尤其喜欢这些垃圾食物，这使得他们明显地比法国人和日本人肥胖。这些足以证明，美国是“患了饮食失常的国家”。而恶劣的饮食习惯引起的诸多疾病，正严重地侵蚀我们的健康——最惨的是孩子。史蒂文批评美国政府颁布的政策向玉米、大豆、小麦这些用于生产汽

---

① 芭芭拉·金索芙等：《自耕自食·奇迹的一年：动物，蔬菜，奇迹》，唐勤译，中国台湾台北：天下远见出版股份有限公司，2008年，83页。

② 同①，94页。

③ 同①，22、24页。

水和廉价汉堡的经济作物倾斜，根本不顾及种植蔬菜水果的农民。他感到这种做法令人震惊，而美国的组农法案使更多的人健康恶化。另外，美国人的生物基因品种日益缺失。史蒂文指出，美国人靠马铃薯和玉米供给所需的大部分热量，使自己成为最肥胖的人，而蔬菜变得不再具有营养和滋味两个特点。人们生活在药的世界里。但是人体不适合吸收药中所含的大量营养素，而比较适合微量多样的植物化合物，吃绿色蔬菜的好处是能够吸收绿色化合物。

食物不再靠土地的自然力来生长，异化成为依赖石化原料转化成的农药及肥料。如今，有越来越多的杂草和昆虫具有抗药性，对此“标准的对策是增强喷雾剂量”。① 人类比以前使用了更多的杀虫剂，然而，这些杀虫剂中，有20%被环保组织列为人类致癌物质。而食物的不健康对人类的身体健康造成了不良连锁反应。这些不健康的食物不仅破坏了土地，也对人类的身体造成了极大的摧残。当农产品成为绝对的商品时，食物的安全与健康必然空洞化。

最后，食物生产破坏了环境。最大的能源消耗是在食物从农场到餐桌的运送过程。当今，由于人们大量食用从外地运输过来的食物，这导致人们在食物上的花费比重很大一部分在食物的运输、包装和冷藏上，而非它在农场被生产的实际价值上。这导致汽油等资源的大量消耗，环境污染严重。金索芙指出，污染造成的全球性影响是发生在无限制的成长、不负责的管理中，这会进而导致可持续发展状况丧失。她认为，现代人的物质生活富足，然而这却是以子孙后代的物种灭绝、经济失序、气候变异来偿还的。金索芙愤慨地指出，人们现在是在“偷未来子孙的东西”。②

面对食物生产的诸多问题，金索芙一家提出了相应的措施和绿色饮食观念，对食物的低碳生产方式进行了个人阐释。首先，应当将食物与人类联结在一起。金索芙提出，一种真正的饮食文化核心是人类和哺育人类的土地之间所存在的紧密联结关系。她一家人进行土食试验是为了证明，生活在绿色

① 芭芭拉·金索芙等：《自耕自食·奇迹的一年：动物，蔬菜，奇迹》，唐勤译，中国台湾台北：天下远见出版股份有限公司，2008年，191页。

② 同①，81页。

大地上的一个家庭无须仰赖工业生产也能维持生活。而食用本地食物对农夫也有利，可以节省运输、加工等费用。史蒂文论述了小型家庭农场的问题，认为它比大型工业化农场好。小农场主是很好的土地监管者，具有可持续性，容易产生经济效益。鉴于此，美国政府应当制定一些政策扶持小型家庭农场。卡蜜尔提倡，人们应当经常下厨房，让厨房成为家庭生活的核心，否则人们会丢弃饮食文化。金索芙喜欢自己做乳酪，并自得其乐。她认为，做饭能让家人聚在一起，并能够减轻一天的压力。① 农夫饭庄饭菜便宜的原因在于它以本地产品为材料。史蒂文倡议说，去饭馆时，顾客应当要求知道所买的食物是否是本地出产的。顾客应当要求购买本地出产的食物，餐馆应当使用本地出产的10%以上的食物。

关于人类与动物的关系，金索芙不赞成素食主义的观点，认为“动物存在的唯一目的是喂饱人类”。② 她兴致勃勃地讲述了自家人在土食试验中杀死、煮烫、烤制自家喂养的鸡的过程，充满了乐趣，认为素食是奢侈的选择。她说，如果一些地方没有种植植物的条件，这个地方的人再不食用肉食的话，就会饿死。③ 她批判人类使用杀虫剂杀死众多生物的现象：人类吃的所有生物在被杀死之前都是活的，然而，“农田中死于杀虫剂的鸟类高达六千七百万只。蝴蝶、狐狸、兔子、麻雀也被赶出家园饿死”。她得出结论：“相信我们可以不杀生而生存是虚妄的错觉”，④ 而素食文明的设想几乎不可能。她认为只谴责杀戮动物，而完全忽视植物食品造成许多动物死亡的那种论辩不具有信服力。在俄亥俄州丘陵地带的亲戚大卫家，金索芙看到，大卫的多数食物是本地出产的。大卫说：“有太多人被杀虫剂、除草剂的宣传给蒙骗了”。⑤ 他始终觉得没有必要以毒杀的手段务农。他和妻子艾尔西正在拯救一种谋生之道，他们不用杀虫剂以免燕子和麻雀死亡的理由很多，重要的理由之一是，这些动物就是杀虫剂。我们看到他们在坚持传统的生活方式：“在劳作之后，

① 芭芭拉·金索芙等：《自耕自食·奇迹的一年：动物，蔬菜，奇迹》，唐勤译，中国台湾台北：天下远见出版股份有限公司，2008年，165页。

② 同①，243页。

③ 同①，246页。

④ 同①，241页。

⑤ 同①，186页。

能够与家人共进午餐，傍晚挤过牛奶后，能站在谷仓外，看燕子飞进去栖息。”① 他们靠栽培食物过着小康生活，这是一个自足的农耕社区。金索芙介绍了不用除草剂去除杂草的有效方法。有机栽培者通常采用三年或四年的轮耕，以快速生长的绿肥作物（如荞麦）挤开野草，取代野草，然后在栽植作物前重复翻土，让杂草发芽，然后再翻一次土，破坏幼苗。这样既可以减少对杀虫剂的使用，减少对动物的伤害，也利于农作物栽培。

金索芙的肉食思想虽然得不到素食主义者和动物保护主义者的赞赏，但是，她确实指出了人们滥用杀虫剂导致许多动物被杀死的事实。在土食试验中，金索芙以人道的方式饲养禽畜，不愿意引致任何生物的痛苦。对于肉食生产，她赞成自然放养动物的方式，认为放养式的放牧不只对动物和周遭环境有爱心，而且出产的是完全不一样的产品。她对工厂无人性化的饲养方式予以抨击。

其次，进行食物生产时应当关注人类的健康。卡蜜尔指出，人们生活在药的世界里，但是人体不适合吸收药中所含的大量营养素，而比较适合微量多样的植物化合物。吃绿色蔬菜的好处是能够吸收绿色化合物。她介绍了有机食物的知识。有机两个字，用在食物上，描述的本是一种特定的务农方式。她提出：“在有机食物上花额外的钱，买到的是额外的养分，何况还对环境有利，保障你我下一代的健康。”②

最后，人们应当为本地食物生产做出贡献。金索芙认为，在美国人偏食的情况下，也有正面的运动。全国有 1/4 的家庭是自耕自食的园艺爱好者，他们支持购买本地出产的食物。每个人要想为本地食物经济直接做出贡献都不成问题：可以在门廊、阳台、窗台上，用容器种上植物，都能出产数量可观的菜蔬；如果有院子，可以种季节性蔬菜。城市农夫发起了美国的“胜利菜园”运动，许多美国人具有生态危机意识，这种意识推动全球各地增加以城市为核心的食物生产。这类园圃能滤干净空气、回收废物、吸收降雨、展现宜人的绿色空间、减轻土地开发的压力、通过食物安全保障等。金索芙提

---

① 芭芭拉·金索芙等：《自耕自食·奇迹的一年：动物，蔬菜，奇迹》，唐勤译，中国台湾台北：天下远见出版股份有限公司，2008 年，187 页。

② 同①，196 页。

出，人们夏天时把当季出产的食物储存起来，是完全合理的运动。她对此有切身体会："自己在工作之余必须做点不花脑筋的事放松情绪"，而她享受到了这种所谓"不花脑筋的"工作。①

人们对科技应当持怎样的态度？金索芙通过大卫的事例用"界限"一词进行了概括："界限就是我们的需要，能维持我们社区的健康。"也就是说，人们使用科技手段进行农作物生产时应当有所节制，不能一味地为了追求物质利益而忽视其他因素。在大卫生活的社区，人们珍惜现有的东西，极为看重非物质事物，如上下代亲人间紧密的家族联结、天然的美感以及一起工作的乐趣。他们办到了，靠的是自我限制消费，并保存前代人种田的技术。金索芙对之持支持态度："我敢说大家会需要人们指点如何从事永续性耕作。"②

3. 食物低碳生产的叙述和声

在将个人记忆发展为一种公共历史时，金索芙一家采用了别具一格的叙述视角，由史蒂文、卡蜜尔和金索芙三个人的视角展开。各章由三人各自的讲述组成，三部分相互联结，围绕一个共同话题展开，又各自独立、相辅相成，成为一个有机的统一整体。三人以十二个月份为单位，将他们对自家土食试验的记载融入不同章节，没有篡改事实，令读者备感真实。这些特点成为该书备受广大读者欢迎的源泉。作品以日记的形式出现，却既是日记，又并非日记。它仿拟日记的形式，将各章联结为一个整体，记述顺序并非以日为单位，而是以种植蔬菜的月份为单位，始于第一年的三月，终于第二年的二月。这样的叙述顺序既彰显了食物种植的时间顺序，突出了他们意欲宣传种植本土食物的思想，也显示出一年时间的循环圆满。

金索芙的讲述占有最大的比重，占全书2/3之多。作为最主要的叙述者，她夹叙夹议，在娓娓道来一家人土食试验经历的同时，还表达了她对于食物种植、土地等问题的看法，充斥着大量生物专业和生物保护的知识。

史蒂文以一位博学科学家的身份，用正式的口吻讲述了许多专业生物学

① 芭芭拉·金索芙等：《自耕自食·奇迹的一年：动物，蔬菜，奇迹》，唐勤译，台北：天下远见出版股份有限公司，2008年，334页。

② 同①，194页。

知识。他讲述的部分短小精悍，在每章中只有一两页长度，镶嵌在金索芙的叙述之中，但是，他扮演了宣传者的角色，向读者普及推广了许多与农业种植有关的科普知识。在讲述了一些初级的农业知识之后，他常常列出相关的网址，以供有兴趣的读者对此做进一步的学习和了解。这种结构安排可以避免读者对史蒂文的说教性科学知识生厌。

卡蜜尔主要讲述她与父母共同参与土食试验之后对这种特别生活方式的直观感受。她的切身体会易于打动、感染读者，尤其容易引起缺乏本土食物知识的年轻读者的关注。通过卡蜜尔在大学的经历，金索芙发现，年青一代与食物生产的关系更有隔阂，许多年轻人不知道自己吃的食物从何处来，对食物与农业相关的资讯知之甚少。

金索芙一家三人的叙述和声全面记录了他们食物低碳生产的方方面面，融个人经历、科学知识和个人感受于一体，使读者既了解到他们的土食试验过程，也从中学得了诸多生物学知识。在语言风格上，金索芙的叙述生动、有序，史蒂文的语言正式、严谨，而卡蜜尔的讲述则轻松、活泼。三人讲述各具特色，成为一个有机结合、互为补充的和声，彰显了作品的文学性。

4. 金索芙本土食物情结的成因

金索芙关注食物的低碳生产绝非偶然，而是有其生活经历的成因。自幼与大自然亲密接触，金索芙对自然界有着极其深厚的热爱之情。她说："我对于生命科学的兴趣和热情既源自于我在农民中间生活的经历，也来自于我父母亲对自然历史的浓厚兴趣。他们常常告诉我野花和鸟儿的名字。我在宽松的教育、娱乐环境中长大，在我们能够找得到的各种动物中长大。"①

乡村生活经历对金索芙的本土食物情结起到了至关重要的作用，她在大自然的户外活动成为她在创作中关注自然的根源。幼年的她徜徉于树林、奶牛场、山丘、山核桃果园、枫树林和烟草地间，与同伴手拎钓鱼竿和蝈蝈笼，"在周日只想做这些事情"。② 在霍斯里克小溪闲逛的日子为金索芙日后的生

---

① 芭芭拉·金索芙等：《自耕自食·奇迹的一年：动物，蔬菜，奇迹》，唐勤译，台北：天下远见出版股份有限公司，2008 年，17 页。

② Kingsolver. High Tide，p. 171.

态学研究及写作奠定了坚实的基础。十八岁时，在阅读亨利·大卫·梭罗（H. D. Thoreau，1817—1862）的《瓦尔登湖》时，她被梭罗对居住环境的细致观察程度震撼，促使她在生活中进一步与大自然亲密接触。婚后，金索芙在自家花园里种植了多种蔬菜瓜果，养有一些火鸡，并在作品中显现出对生物学和自然世界的极大兴趣。在《土桑高潮汐》（High Tide in Tucson，1995）一书中，她深切表达了对沙漠之美的陶醉之情。[①] 金索芙在作品中不断塑造动物的意象，敏锐、精确地展现了自然现象。对自然的热爱激励她取得了迪保尔大学的生物学学士学位和亚利桑那州大学的生态进化生物学硕士学位。

从20世纪90年代至今，热爱自然的思想促使金索芙参加了一系列环境保护运动。1997年，她参加了在土桑举办的公益阅读活动，以支持那里的种子研究工作；2000年，她为一些环保机构募集了三万美元；2001年，她捐款给环境保护协会，批评总统乔治·布什及其"石油生态民主"行动，并在《洛杉矶时报》上强调和平主义信念；2002年，她和一些同仁在《亚利桑那共和》杂志上发起了支持阿拉斯加人的活动，呼吁保护北冰洋国家野生生物栖息地，使其免遭石油钻井工程的破坏。

金索芙长期关注自然。她不仅在生活中注重与自然界亲密接触，还热衷于参加各种环境保护运动，这些因素成为她关注食物低碳生产的成因，促使她在2005年带领全家人参与到了保护本土食物的土食运动中来。《自耕自食》一书是金索芙将其环保活动与创作相结合的产物。她在书中阐明，她的创作动机是为了节省运输食物所耗费的自然资源，唤起人们食用本土食物的热情，促使人们采用新鲜的本地食材烹煮食物。

《自耕自食》一书是金索芙、史蒂文和卡蜜尔三人身体力行保护生态的实践证明。它揭示出现代美国人在食物生产方面存在的各种问题，为人类面临的生态危机敲响了警钟。它反映了人类日益恶化的生存环境，食物成为人类生态环境危机的预警。它既是研究自然法则的论文，也是歌颂大地生活的散文。金索芙一家对自然的热爱之情溢于言表，他们身处其中、投入到土食试验的快乐感和骄傲感随处可见。他们对本土食物试验的前景充满希望，通

---

① Barbara Kingsolver. A Literary Companion. Mary Ellen Snodgrass，Jefferson North Caroline，2004，p. 15.

过卡蜜尔之口表达了她对土食试验的乐观态度："假使很多人开始仔细考虑我们的消费习惯，一餐一餐地来，我们就能改变我们的星球。"①

第五节　安妮·泰勒的现实世界

安妮·泰勒是一位多产的小说家。自1964年发表第一部小说以来，平均两年便有一部新作推出，迄今已经发表了十五部小说。与此同时，她还写短篇小说及评论其他文章。已经发表的短篇小说有五十多篇，评论和文章更是不计其数。但是，泰勒的作品多而不滥，以其独特的风格和侧重点赢得了广大读者的喜爱和评论界的好评。

泰勒获得过多项文学奖，她的《摩根的去世》（Morgan's Passing）得了珍妮特·海丁格·卡夫卡美国女作家小说奖，这本书同时还获得过全国评论界图书奖和美国图书奖的提名。《思家饭店的晚餐》（Dinner at the Homesick Restaurant）获得普利策奖的提名，获得福克纳文学奖。《活生生的教训》（Breathing Lessons）获得普利策奖。这些奖项既是对她的作品的认可，也提高了她的知名度。此外，她的一些短篇小说入选一年一度的《美国最佳短篇小说选》，获得过欧·亨利奖。

一、泰勒创作概观

泰勒的写作生涯从1959年就开始了。当时她还在杜克大学上一年级，两篇短篇小说《劳拉》和《河流上的灯》都发表在杜克大学的文学杂志上。从60年代开始，很多杂志，如《十七岁年华》（Seventeen）、《纽约客》（New Yorker）等，都能见到她的作品。她不但拥有广大的读者群，而且她的作品也为学者和学术界所接受。其中艾丽斯·霍尔·佩特里撰写的《理解安妮·

① 芭芭拉·金索芙等：《自耕自食·奇迹的一年：动物，蔬菜，奇迹》，唐勤译，台北：天下远见出版股份有限公司，2008年，81页。

泰勒》(Understanding Anne Tyler)引起了读者对安妮·泰勒的注意，还有约瑟夫·沃尔克的《安妮·泰勒的艺术性和非本质属性》(Art and Accidental in Anne Tyler)。山巴拉尔夫·斯蒂芬斯编著的《安妮·泰勒的小说》(Anne Tyler's Novels)则是1989年在巴尔的摩举办的安妮·泰勒研讨会的会议论文的汇编。这些论文讨论了“泰勒原作中一再出现的主题和话题——生活和艺术之间的互相影响、个人身份和家庭之间的张力以及各个家庭和街区的向心力”等。泰勒受到了一些知名作家的赞扬。尤多拉·韦尔蒂一直声称自己喜欢并欣赏泰勒作品，还有其他作家，像盖尔·戈德温、乔伊斯·卡罗尔·欧茨等也都在一些评论中称赞过她的作品。

然而，安妮·泰勒的小说并不是一开始就引起学术界的注意的。事实上，评论界对泰勒的反应一直很慢，数量也不多，而且经常还是误导性的。她的第一部小说《假如黎明总要来临》只引起了为数不多的评论家和小说家的注意。最早评论她的作品的人对她还算慷慨，主要因为她发表这部小说时特别年轻，年仅二十一岁。小说家多丽斯·贝特斯把这本小说说成是“一本格调低沉、敏感、下笔老练的书”，而且发现泰勒“对于对话非常在行”。[①] 虽然安妮因为精通小说艺术和有思想深度受到好评，但从她的第一部小说中，评论家们似乎并没有发现能显示她的文学创作潜能的东西。在这点上，她的小说《马口铁罐之树》(The Tin Can Tree)的际遇也差不多。

从她的第二部小说《直线下滑的生活》(The Slipping down life)到她的第六部小说《寻找凯莱布》(Searching for Caleb)，评论界对她小说的评论渐渐多了起来，但对这些小说的评论褒贬各异。《寻找凯莱布》是她的第一部被著名小说家约翰·厄普代克评论的小说。根据厄普代克的说法，这是部“有趣的小说，好笑、抒情，似乎也很真实，细节描写细腻，构思也很大胆”。对厄普代克来说，泰勒不但是让人获得了快乐，还向人们展现了美国社会的某些方面。厄普代克无疑是泰勒最重要的评论家。从1976年他对《寻找凯莱布》中的“家庭方式”的评价开始，厄普代克在《纽约客》上用好几页的篇幅把安妮·泰勒介绍给更多的读者，这是美国最受赞誉的小说家对一个当时还名不见经传的小说家的认可。他的评论进一步肯定了泰勒作品的质

① Betts, Doris. Review of If Morning Ever Comes. Raleigh News and Observer, 29 November 1964.

量和成就，这使其他评论家开始对她的作品发表严肃的评论。厄普代克的评论提高了泰勒的知名度，使她跻身于重要作家的行列。他对泰勒的评论——"这个作家不单是好，而且是好得有点顽皮"——经常被别的评论家引用。

但是，接下来两部小说《世俗的财产》（Earthly Possessions）和《摩根的去世》却使厄普代克和其他评论家颇为失望。《世俗的财产》在写作技巧和主题上都受到批评，很多评论家对小说结尾的暗示感到沮丧，觉得小说缺乏深度。很多人认为这部小说证明泰勒在创作上不但没有突破，反而在倒退。《摩根的去世》也没有得到什么好评。虽然不是没有肯定的评论，但泰勒却因这部小说受到了最严厉的批评。甚至连厄普代克支持泰勒的热情也减退了。在早先对泰勒小说的评论中，他甚至把她和尤多拉·韦尔蒂、弗兰纳里·奥康纳和卡森·麦卡勒斯等女作家相提并论，但从他对泰勒后期小说的评论来看，他似乎对泰勒写作生涯的最后成功不太有把握。评论家们认为泰勒对小说的结构把握不好，不但不简洁，反而会使读者在阅读过程中将开始的好奇变成最后的恼怒。然而，尽管有这些反面的评论，《摩根的去世》还是成了给泰勒带来声誉的第一部小说，它获得 1981 年全国评论界图书奖的提名，而且获得珍妮特·海丁格·卡夫卡奖，这个奖项是由罗切斯特大学为美国女作家在小说创作方面的杰出成就而颁的奖项。

《思家饭店馆的晚餐》（Dinner at the Homesick Restaurant）是泰勒的第九部小说，发表于 1982 年。这部小说获得了一片赞扬声。泰勒对女主人公珀尔·塔尔临终前那一幕的描写得到许多评论家的欣赏，而小说中采用倒叙手法从多种角度展示人物性格的技巧也受到了广泛的赞誉。大多数评论者都认为，这部小说证明泰勒的小说创作已经日趋成熟。迪莫特在《纽约时报评论》上发表了颇有分量的文章，认为该小说"深入事实，这些事实同时又是相互影响的，是心理上的、道德上的和正式的——这比许多尚在人世且已经颇有声望的小说家所达到的深度还深，比泰勒小姐以往达到的深度还深。这是一种跨越"。《思家饭店的晚餐》使评论家们对泰勒创作小说的才能感到信心十足。泰勒拥有了很大的读者群，评论家们对她也有了新的认识。厄普代克又高兴了，因为泰勒进一步显示了她的小说的复杂性和严肃性，从《思家饭店的晚餐》开始，泰勒以后的小说享誉颇高。

《次要旅行者》（The Accidental Tourist）被认为是她最优秀的小说。乔纳

森·亚德利说："泰勒的小说在美国当代文学中既独特又出色，这已经越来越明显了。"[①] 这部小说是泰勒的第一部畅销书，也是她的小说中迄今为止唯一被改编成电影的作品。虽然也有反面评论，但它的成功远远盖过了负面评论。

然而，泰勒的小说得到评论界的最终认可还是从1989年发表的《活生生的教训》一书开始的。这本书获得了普利策奖。自此开始便有了一系列有关她的小说的学术研究活动及学术论文集的出版。1989年4月，泰勒小说研讨会在巴尔的摩的埃塞克斯社区学院举行，标志着泰勒最终引起了严肃文学评论界的注意。

《活生生的教训》是泰勒的第十一部小说。和泰勒的其他小说一样，对它的评论同样褒贬参半：有的说它标志着泰勒达到了其创作才能的顶峰，也有的说它证明了泰勒在倒退。彼得·普霈斯克特在《新闻周刊》上发表评论："安妮·泰勒从一部有实力的小说到另一部有实力的小说，她的每一部小说都比过去的小说给人更深的印象。最新出版的第十一部小说显示了她令人敬畏的能力。一个特别复杂的结构在她笔下看上去却不费吹灰之力，甚至是很随意的。"但是，不赞成这部小说的评论也很尖锐。苏珊·吉尔伯特认为，"泰勒得奖是因为她回避了敏感的政治问题，很保守地暗示任何个人和团体都不可能、也不应该试图改变我们的社会"。[②] 不管吉尔伯特的观点是否正确，《活生生的教训》为安妮·泰勒赢得了荣誉。

《或许是圣人）（Saint Maybe）发表于1991年，在《纽约时报》畅销书排行榜上连续九周榜上有名。根据《纽约时报》的书评，这是"一部再次证明泰勒女士作为作家的才能以及对血缘关系的神秘具有人生的理解力的小说"。[③] 这是一部"热情、慷慨的小说……《也许是圣人》中的每一个人物都得到了充分的刻画。他们都是血肉之躯，又拥有一个可触知的内心世界，每个人物就像拼图中的每一块一样嵌入了家庭生活的矩阵之中"。第十二部小说《年龄的阶梯）（Ladder of Years）发表时，喜欢她的读者和评论家都对之

---

① Dale Salwak. Anne Tyler as Novelist. Iowa City：University of Iowa Press，1994，p. 185.

② Susan Gilbert. Private lives and Public Issues：Anne Tyler's Prize – winning Novels，in The Fiction of Anne Tyler. Ed. Ralph Stephens，1999，pp. 136 – 145.

③ Anne Tyler. Saint Maybe. Ballantine Books，1991，p. 43.

表示热烈欢迎，《时代》杂志把这部小说选为当年最好的十部书之一。小说讲述的是一个想改变自己生适的家庭妇女的故事，但讲述的方式只有泰勒才有。《迈阿密先驱报》评论说，泰勒巧妙地把埋藏在普通生活底下的复杂性提示了出来，小说中的人物非常真实，读后让读者回味无穷。

虽然已经出版了十二部小说，但泰勒还在继续创作。1998 年，她的第十四部小说《拼凑起来的行星》（A Patchwork Planet）出版，随之而来的评论铺天盖地。《出版者周刊》上一个评论者说："泰勒用幽默和伤感的笔调写出了这部小说，而这些技巧在她过去的小说中也可见一斑。她对家庭生活中有怪癖之人和行为独特之人继续进行观察，而这种观察是颇有特色的。"

2001 年 5 月，泰勒的第十五部小说《回到我们成年的年代》（Back When We Were Grownups）出版。这部小说同样受到她的读者和评论家的欢迎，小说中的人物真实有趣。作为出版了十五部小说的作家，泰勒已经有了稳固的文学地位。从 1980 年开始，她的小说被译成多种文字在世界各地出版。大多数读过她的小说的人都对她用一种新的方式描写了普通平凡的生活这种能力表示由衷的赞赏，认为她的小说能使人们对自己的生活更加了解，能给人以启发，在这一点上评论家们把泰勒和韦尔蒂联系在一起，认为她们都描写了普通人的日常生活，而不只是把主要事件汇编成书。

事实上，尤多拉·韦尔蒂对泰勒的影响很大。从阅读韦尔蒂的作品中，她学会了如何去写自己周围平凡的生活故事，而细小、微不足道的事情同样可以揭示文学的意义。泰勒的小说往往把家庭生活内部的复杂关系作为重点来写。家庭关系是人类社会关注的中心主题，而其内涵又是异常丰富的。她的小说中的家庭远非宁静平和的家庭，而是内含冲突、局势紧张的家庭。这些冲突和紧张局势使得家庭中各成员孤独寂寞、烦恼不堪、困惑重重，他们也渴望自己能活得有意义，但现实往往事与愿违。她的小说关注的经常是日常生活而不是更加富有戏剧性的大事件。她把作为个体的人的生活放在家庭这个大背景中，揭示了家庭乃至社会中人与人之间的复杂关系。所以，几乎所有的评论家都谈到了泰勒对家庭生活的成功描写。很多评论家还指出了泰勒小说中悲喜剧的结合，认为她驾驭这种结合的能力非凡过人。

安妮·泰勒最出色的贡献还是小说中人物形象的刻画。对小说中的人物，既有种疏远感，同时又抱有同情心。虽然有人认为她的小说中有些人物不太

真实，甚至奇异怪诞，但也有人指出，由于她怀着同情心刻画这些人物形象，这就使得这些人的怪异行为也颇为符合人性了。她的小说中的人物不但负载着个人和家庭的历史负担，而且承受着莫大的压力。她的小说中的大多数人物都对外部世界心存恐惧。有一些甚至想逃离这个世界。泰勒把一个混乱的世界呈现在她的小说中的人物面前，让她的小说中的人物尽力去适应这个纷繁复杂而又支离破碎的世界。她还希望读者能融入她的小说中人物的生活中，她自己也很喜欢自己刻画的人物形象，每次写完一部小说，她都对他们恋恋不舍。由于她对人物形象的成功刻画，很多热心的读者对她小说中人物的命运也大为关心。即使小说已经读完了，他们对小说中的人物还是念念不忘。这一点可以说是泰勒和她的读者共同分享的东西。

二、泰勒笔下“天使”反抗意识的发展

泰勒是一位关注女性的作家，发表于1995年的小说《时间之梯》是作者的第十三部作品。小说一问世，就引起了批评者的广泛兴趣，可谓“仁者见仁，智者见智”。笔者主要从女性的角度对书中“家”的意义进行探讨。

《时间之梯》部分受到莎士比亚《李尔王》的启示。书中那位受人尊敬的医生也有三个女儿，同是最小的女儿对父亲最忠实，不同的是故事的发展和结局。女主人公黛拉很小的时候母亲就去世了，她的两个姐姐也相继成家立业，黛拉是父亲最忠实、最可靠的乖乖女。自从高中起她就留在罗兰公园的家中做父亲的助手。后来她便遵循父亲的意愿，顺理成章地嫁给了父亲的爱徒萨姆。对此，书中的第三人称叙述者说道，“即使婚后他们也没搬迁，只是她的丈夫住了进来”。从此黛拉生儿育女，相夫教子，一位家中的天使由此诞生了。此时罗兰公园的家是典型的父权制文化中的理想王国，成功地把黛拉禁锢于其中。黛拉因此也患上了“失语症”，以至于她欲把自己在超市碰到的“艳遇”（安顿意欲她充当自己的女朋友）讲给她的三个孩子听时，他们都充耳不闻。黛拉因此开始了对生活朦胧的反思。

作品中最富戏剧性的场景就是黛拉遇到了安顿的岳母，后者警告黛拉不要做第三者，破坏她女儿的婚姻，听到这段对话的黛拉的三个孩子却都咯咯窃笑起来，黛拉的丈夫反应更是漠然。这件事再一次触动了黛拉，成为她最

终离家出走的催化剂。接着在每年一次的海滩度假时，已经41岁的黛拉穿着游泳衣从家人的视野中消失了。

天使从家中逃离了。读者不禁担心：黛拉还有独立生活的能力吗？接下来发生的一切消除了读者的疑虑。她在小村庄寄宿处租了一个房间，添了一个“专业化”的衣橱，结交了新的朋友，学会了欣赏优秀的文学作品，并在法律办公室找到了一份工作。生平第一次以自己的身份开始了独立的生活，有了“一间属于自己的房间”。至此黛拉前后两个“家”便从背景走向了前台，原来看起来“温馨”的家实际上正是她的枷锁，她先是为了父亲而存在；父亲去世了，她便被移交到了丈夫手中，继而陷入到养育三个子女的家务中，妻子和母亲的身份使她完全失去了自我。这样的家压抑了黛拉的个性，但也正是这样的家促使她慢慢觉醒了，黛拉终于平静地离开了她为之服务多年的、这个事实上属于“别人”的家，开始去寻找真正属于自己的家了。

相反，黛拉在小村庄的家只有一个房间，唯一的摆设就是她按自己意愿添置的一个女性所需的衣橱。但此时的家不能用大小来衡量，这里是黛拉的精神栖居地。在这里，黛拉完全属于自己，她自由了。因此，我们可以说，正是在这个小房间里，黛拉完成了其精神的新生。

故事还没有结束，由于自己的单纯，她丢掉了在法律办公室的工作，但很快她便在同一个镇子的米勒家找到了一份做女管家的工作。米勒是一所高中英语老师，带着儿子诺亚和妻子分居了。作者的这一安排有些让人失望，在米勒家中，是否意味着黛拉重新又担任起了天使的角色？听到女儿要结婚的消息，经过激烈的思想斗争，黛拉又回到原来的家。但此黛拉已非彼黛拉，她学会了如何表达自己。这栋他们住了多年的房子，终于要开始整修了，修缮过后的家会是什么模样，这也许是作者有意留给读者的想象空间，但愿黛拉仍将继续沿着“时间之梯”在这里完成其追求自由的心路历程。

《时间之梯》为女性提供了一个开始新生活的良好模式，天使的羽翼已渐趋丰满，但仍有遗憾，黛拉最后的回归总有“革命”不彻底的感觉，孩子成了她回家的理由。但毕竟这次离家出走的经历使她认识到，自己并非只是丈夫的妻子、孩子的母亲。通过这部作品，作者意欲说明，现代家庭生活是磨人、特别是磨女人的齿轮，女人在齿轮下所受的苦被认为是理所当然。女性要想解放，必须彻底打破传统家庭的束缚。

黛拉虽然又回家了，但是她曾经的离家经历从一定程度上反映出她对传统意义上家的反叛意识。从作者对家庭变革的思想中，我们真切地感受到了现代气息。作者不仅赋予公共空间以女性气质，而且更重要的是改变人们头脑中家的传统意义，只有这样，女性在家中的依附地位才能有所改变，从而进一步争取自由。

三、泰勒与方方的“母亲批判”

自我是一种文化符号，存在于人的内心经验中，只有通过隐喻的间接方式使其外显化或观念化。从现代意义上说，自我可能呈现为支离破碎的状态，作为对自我的看待的自审过程就是一个充满矛盾与痛苦的过程。自审作为女性对自我的积极探析，存在着自身的机制与独特性。“自审”将自我进行审视、剖析、解构，在此过程中必然伴随着自我的分裂。也正因为如此，女性“自审”是一个渐进的历史过程，它经历了一个由“他者”走向“自我”的过程，既有女性对自己的“审美”，也有对自己的“审丑”。这种自觉的女性自审意识积淀在女作家的心理和生理机制中，支配着女作家的分裂意识与审美意识。①

女性自审意识是以女性能动性为契机，以自觉的自我关照内在世界，以冷静的姿势深入女性意识的深层，寻找女性滞留于男性文化中心的真正原因，并在剖析与自责中认识女性的自我内在尊严和价值，从女性自身的价值里寻求与外部世界抗争的生存勇气，以期获得自我价值实现，即女性的自我认同契合于社会认同，并最终使女性的价值全面实现。因此，女性自审意识是对女性自身的内部审视和认同过程，属于女性意识的内部探索，既是对女性传统意识的心态展露，也是对女性精神个性与价值实现的指引。②

美国当代著名现实主义女作家安妮·泰勒（Anne Tyler，1941－）和中国当代“新写实”女作家方方，在各自的创作中，都对女性自身进行了审视与反思。她们通过探寻女性生存现状的困惑与痛苦，洞察到了女性的缺陷与

---

① 田泥：《走出塔的女人》，北京：中国社会科学出版社，2005年，25－26页。

② 同①，58页。

痼疾。笔者将对她们所承担的社会文化角色的原因进行剖析。

作为出版了十五部小说的女作家，泰勒现已跻身美国重要的和最有成就的小说家行列，她的许多小说被译成多种文字在世界各地出版。因为她文笔优美，作品浅显易懂，笔下人物的生活又纷繁复杂，因此深受读者的喜爱。其作品的特点在于她用独特的方式描写了普通人平凡的生活，给人们以生活的启迪。作为中国当代“新写实”小说家领军人物的方方在中国文学界有很高的知名度，是具有全国性影响的优秀小说家。她和泰勒的写作共性在于用女性眼光看待社会生活。

泰勒和方方具有共同的写作特点，在小说中表现为如下特征：其一，消解了陈旧而传统的伦理与美学评价，使生活与人回到了日常乃至琐碎的生活现象的层面上来。其二，消解了理性的光辉与感情的美丽，使人与生活回到不为理性安排也不为感情左右的现实格局中来。其三，是极有意味的“女性命运”的重新安排。在“新写实”小说家的笔下，女性命运有着崭新的表现。①

作为不同国度的女作家，泰勒和方方的成名时间都是在 20 世纪 80、90 年代，她们的作品都反映了现实的人生，关注的都是普通人的日常生活。两人都善于通过描写周围平凡的生活故事和细小、微不足道的事情揭示生活的意义。泰勒的《思家饭店的晚餐》和方方的《落日》均发表于 80、90 年代，都曾获得多种文学奖项，都以一个家庭在几十年里的沧桑变化为线索，展现了普通人生活的重压和人物命运的跌宕起伏。这两个家庭远非平和、宁静的幸福之家，它们时时、处处充满了冲突、紧张的复杂关系，使得家庭成员孤独寂寞、烦恼不堪、困惑重重，他们之间感情疏远、淡漠、隔离。

然而，这些成员却大都有“思家”情结，从内心渴望有一个温暖和睦的家庭。造成他们这种状况的根源何在？为什么两位女作家身为女性，却违背传统的母亲书写模式，在作品中展示了母亲形象的两面性——从“天使”到“恶魔”？她们是要批判母亲吗？原因何在？笔者将就这些问题，从女性自审的角度对传统母亲形象进行解读，来揭示女性必须直面自己、反省自己、敢

---

① 罗婷：《西方女性主义文学批评在西方与中国》，北京：中国社会科学出版社，2004 年，第 329 页。

于同既定的文化宿命抗争以拯救自己这一历史的真谛。

1. 从“天使”到“恶魔”

母亲，是一个与神圣、仁慈、伟大相连的语词，充满了崇敬、赞叹、感恩的色彩。古往今来，母亲作为宽厚的受难者形象在文学作品中成为被歌颂的对象。母亲的形象如同天使，她具有博大宽厚、无私奉献、温顺恬静、博大宽厚和敢于牺牲自己的特点。她把自己的一切乃至生命都献给了家庭成员，子女和丈夫是她生活的全部；她以家人的快乐为全部，至于她自己，已经在丈夫和子女的需要中消失了，也只有这样的女人才能在世人心目中称得上是“伟大的母亲”。[①]《思家饭店的晚餐》（以下简称《思》）里的波尔和《落日》里的丁母都具有某些典型的“天使”特征，因为她们生活的全部目的都是为了子女，她们共有的“思家”情结皆源自于对于传统女性标准的认同。

波尔年轻时嫁给了推销员贝克·塔尔。但是在孩子们未成年时他离开了他们。波尔将痛苦掩藏在内心，为了使孩子们免受心灵伤害，她决心不告诉他们父亲出走的真相，以使孩子们心目中有一个“完整”的家。为维持生计，她在一家食品店做收款员，以柔弱之躯承担了一个“单亲”家庭的所有职责。孩子们渐渐在长大，开始了各自的生活。

与波尔的生活经历相似，丁母出生于20世纪初一个富足人家，读过中学，但当时中国的社会状况决定了她所接受的仍然是中国封建社会束缚女性的传统思想。在父亡母出走以后，她放弃了学业，一心想的是嫁一个可靠丈夫。她丈夫去世后为了照顾好孩子，她一直守寡。为了孩子长大成人，她什么活都干，甚至当街捡垃圾。子女长大娶妻生子后，她仍旧任劳任怨、无怨无悔地为家牺牲一切，照看大了孙子又接着照看重孙女，毫无怨言地将所有家务承担下来。作为一个传统的女性，她具有女人的诸多“传统美德”。

然而，这两位母亲的“天使”特征却在其浓重的“恶魔”特点中被淹没了，其“恶魔”形象更加突出，读者在同情她们为家庭付出的一切时，更会对她们作为母亲的阴暗面印象深刻。

---

① 罗婷：《西方女性主义文学批评在西方与中国》，北京：中国社会科学出版社，2004年，第156页。

在波尔的生活中，丈夫的离弃和生活压力使她几乎崩溃，她变得喜怒无常、歇斯底里，对孩子们任意打骂。在她含辛茹苦养大的孩子当中，除了小儿子艾兹拉与她亲近外，大儿子考迪对她始终充满了怨恨，甚至在她的葬礼上考迪仍然记恨她的缺点，在他的记忆中，母亲除了歇斯底里、拳打脚踢外，从来没有慈爱温情的一面。女儿珍妮在感情上从来没有与她亲近过，少年时她不止一次被推得撞在墙上，即使上了大学，每逢回家，家里的气氛总使她沮丧。灰色的记忆对珍妮造成了恶劣的影响，从而造成她心目中母亲的"恶魔"形象。①

波尔的家庭悲剧在丁家有过之而无不及。像波尔一样，丁母希望掌控这个家的一切，长期艰辛的生活使她变得独断专行。为了维护好自己苦心经营了几十年、倾注了她全部心血、归她一人掌管的"家"，她想当然地阻挠儿子再娶妻。②

一般而言，传统作品在描写母亲时都揭示她们贤惠、勤劳、能干、持家的一面，而泰勒和方方在作品中有悖常理地揭示了母亲那不为人知的真实阴暗面。作为母亲，波尔和丁母不乏伟大品质——贤惠、勤劳、能干、持家等，具有传统的天使般母亲形象的特征，在丈夫离去或去世的状况下苦撑苦作，维持一众儿女的生存，丁母甚至以捡垃圾为生，可是她们的家又是怎样的家啊！在经历女性命运被摆弄的痛苦之后，她们丧失了贤妻良母的特征，本性扭曲、变态，表现为怨天尤人、歇斯底里、无理性、泼妇式，而这种变态的表现直接影响到一个正常家庭的生活秩序，这就是两位中、美女作家要揭露的母亲的生存真相：她们不再是所谓慈爱的化身，子女对她们只有恐惧与鄙视。这样的母亲形象确实有一定的代表性——生了一堆孩子，但对孩子的关爱却等于零。因缺乏丈夫的关爱（无论是抛弃她们或已离世），她们便把无处发泄的一腔怒火倾泻到比自己更弱小的孩子们身上。"当母亲割断了与爱的联系之后，她就自觉不自觉地站在父权文化一边，成为父权文化的帮凶；或者说母亲原以为的爱或在爱的名义下所做的一切其实正是母亲无意识中所

---

① 安妮·泰勒：《思家饭店的晚餐》，北京：外国文学出版社，1988年，355页。

② 方方：《落日》，北京：群众出版社，2004年，63页。

接受的父权制文化对子女的压迫。”①

波尔和丁母就是这样丧失自我、自觉或不自觉地接受并传承父权制传统文化的母亲形象。她们用语言清晰地传递着父权制文化的信息，但她们的所作所为同样是父权制文化的身教者，在她们身上体现了传统母亲角色的真相，既是父权制文化的受害者，又是其传承者。她们把笼罩着、欺压着自己的父权制传统文化忠实地当作生活准则，并有意无意地随时随地将其灌输到子女心中。借用鲁迅先生的话来说，“做了奴隶而不自知”，这正是父权文化要长期奴役女人的目的。② 她们既是父权制文化的受害者，又是其帮凶，还是子女们的梦魇。

2. 受害者与传承者

泰勒和方方所塑造的与“慈母”形象与背道而驰的“恶母”形象源于女性自我认识产生的“母亲批判”意识。母亲作为高度社会化的父权文化的产物，“母性”就是把“母职”变成“统治”，把“母爱”化作“虐待”，而子女们只觉得母亲是在压迫和威胁，这造成了其家庭成员间的“疏离”情感。两位女作家就是这样解构“母亲神话”的。如果把这两位母亲的形象置于权力结构里考察就会发现，当她们与主宰性、虐待性的权力整合在一起时，母爱就会顿然消失。这类母性显示了女性文化心理结构的阴暗面，解构了父权中心文化，消解了母亲传统的美好的“天使”形象。

小说中的母亲从博大宽厚、慈爱、无私奉献、不计得失的家庭“天使”到丑陋卑劣、心理变态、猥琐自私的“巫婆”，母亲形象的改变使人们看到一个解读母亲的全新视角。它解构了母性的神话，解构了所谓“贤妻良母”的形象，表明女作家“不再对这个父权文化赋予的角色恋恋不舍，不再对被安排在有等级的二元对立席位恋恋不舍，她们不再要从自身的丑陋上追根溯源，破坏自身的文化传统”。③ 她们对母亲形象的解构，从根本上粉碎了父权制历史塑造女性的文化计谋轨道。“母亲”，这个父权制文化的辅佐者、这个

① 寿静心：《女性文学的革命——中国当代女性主义文学研究》，北京：中国社会科学出版社，2007年，156页。

② 同①，149页。

③ 林丹娅：《当代中国女性文学史论》，厦门：厦门大学出版社，1995年，325页。

曾经完美的形象被拆解得溃不成形了。

从美丽而伟大的母亲形象，到丑陋而卑劣的母亲形象，泰勒和方方开展了对处于传统二元对立项文化思想中的女性自身进行文化反思的书写主题。她们从一个个悲剧的丑陋的所谓“贤妻良母”的角色身上体验着真实的本质的女性自我。两位母亲都有一个传统的信念——对“家”的依恋，“一如中国男人对国家和君王的尊崇，都是一种盲从，是一种愚昧而痴心的‘爱’，同时也是一种证实自身价值的需要”。[①] 女作家们从两位母亲的亲身经历，描述了女性孤立无援的困境和她们独立不羁的坚强个性。

这些母亲的自然母性使其子孙得以健康成长，同时也牺牲了她们的个人本位价值，因而它既伟大崇高令人肃然起敬，又愚昧、丧失自我；它既自然无私，又与传统的女性价值观念相吻合。这种自然母性烙满了传统父权观念的印记，导致了她们的悲剧人生。丁母的“思家”、对拥有“自己”的家的渴望是无可厚非的，受传统的“一女不嫁二夫”的观念，她在丈夫死后多年来无论生活多么艰辛也从未再嫁，这种选择完全符合父权制贞节标准的形象。

由此可知，母亲，这个总是为了家而辛勤劳作、无怨无悔的家庭“天使”，这个对男性认可的价值世界不构成任何挑战、与男性价值观念没有任何不和谐音的美好形象，实际上正是父权制文化根据自己的需要而塑造出的女性楷模，起的是辅佐、巩固父权制文化的作用。她不但自己遵守这个标准，为了维护“自己的家”，她还万般阻挠儿子再娶。她把自己早就接受的一套父权文化观念灌输到儿子心中，并以自己的实际行动实践着传统文化的精髓。两位女作家以此打破了传统的对自然母性的赞颂程式，揭示出母亲们对“家”的依恋是一种盲从，一种愚昧而痴心的“爱”。她们意识不到女人的独立人格，更不能理智地对待儿女，因为她们将守住自己苦心经营起的“家”作为寻求幸福的基石，“自己的家”是她们生命的全部意义。当她们发现所有的子孙都不再需要她们的时候，才意识到自己的存在对于这个“家”毫无意义了，于是她们选择了不归路：波尔病重拒绝上医院，而丁母在医院拒绝接受治疗。

通过中、美两个“疏离之家”，泰勒和方方就这样不约而同地揭开了层

---

① 刘慧英：《男权传统的藩篱》，北京：生活·读书·新知三联书店，1996 年，101 页。

层光环笼罩下的母亲的真实形象：她们既是父权制文化的受害者，又是父权制文化的传承者。双重身份挤压下的“伟大的母亲”被还原为一个卑微而又丑陋的女性灵魂。虽然她们在竭力为子女们提供一片遮风避雨的屋顶的时候，显示出了母亲博大无私的一面，但是，在她们所有为使这个家不零散而做的努力中却浸透着父权制文化的烙印，孩子们记忆中的母亲专断、粗暴，反映了她们在维护父权统治时的“巫婆”形象。

总之，从泰勒和方方对两位传统母亲角色的描述可以看出，她们既是父权制文化的受害者，又是传承者。

3. 女作家的分裂意识与女性分裂形象

泰勒和方方作为同时代不同国度的女作家，在作品中不约而同地重新审视、确立了母性意识的含义：一是对于母性本能的认知，二是对母性角色的认知。“母性”被看作是美德与苦难的象征，虽然波尔和丁母内心保留着以爱为中心的母性天伦和生命真谛，但也不应否认，她们遏制了儿女们的自由精神。女作家们将这两位母亲的形象从“天使”解构为“恶魔”，使人们不得不对母亲的形象进行再思考，她们形象的改变是女作家们对于父权制下的传统女性形象的消解和对母性真相的揭露和母亲批判。那么，导致这些女作家解构传统的母亲形象的根源何在呢？这源于其创作的女性分裂意识。

女性自审是女性分裂意识的前奏，体现了女性主体意识，即面对历史现代性的双重撞击给予积极回应。深层女性分裂意识指女性存在着自我分裂的悖论，原因在于传统与现代文化的冲撞，在于女性文化本身的悖论，也在于在女性建构时产生的悖论，即女性个体承受传统男权文化的压抑与西方女权理论的引导而产生的双向依从、妥协和抗争。这种冲突表现为女性个体与社会、文化的冲撞，由此而产生的分裂就是女人/人或女人/性别的分裂。① 女性分裂意识是一个辩证与动态的概念，它包含了来自于外部的历史与现代的因素，同时还有女性自我的参与。而决定和制约女性分裂意识向纵深发展的又是哪些因素呢？

女性分裂意识的外因来自于历史与现代性的对抗与冲撞，女性作家作品

---

① 田泥：《走出塔的女人》，北京：中国社会科学出版社，2005年，10页。

中的女性分裂意识受其所处时代政治、经济、文化、精神生活诸方面的影响和制约，并随着各种文化思潮的兴起及思想解放运动的推进不断演进、深化着女性分裂意识的内涵。泰勒创作《思》时，正值20世纪80年代初，美国作为西方头号发达国家刚刚经历过60、70年代的女权主义运动，女性获得了越来越多的权利，但是随之也日益凸显出女性过于张扬的特点，这导致泰勒开始重新审视女性，波尔的形象便是她意欲揭示的女性的另一面。

而20世纪80年代的中国女作家方方，处于一个更为复杂的社会转型期。始于1978年的改革开放对中国女性的觉醒起了关键性作用，西方的各种文化思潮大量涌入激发了中国女性的自主意识。在这历史转型时期，女性文学正与社会同步，经历着旧的裂变与新的生长。西方女权理论揭示的女性自身被禁锢、压抑的现代性的导入激发了中国女性的自主意识，并直接影响了女性写作，对更新中国固有的女性意识起到了积极作用，使女作家以自己的方式进行自我拯救，追求精神个性自由。虽然当代中国女性已获得了崇高的法律地位与人权保障，但是作为整体的女性却缺乏真正意义上的“人”的意识，缺乏对自身奴性的反思。[①] 方方就是在此背景下，开始自审并以丁母的形象来解构母性以期唤醒女性觉醒意识的。

泰勒和方方的女性自审，体现在文本中便是其女性分裂意识。这种女性分裂意识促使她们洞察自己在经济、历史、文化中的不利地位，发现女性虽在两性世界处于弱势但在男权影响下自身存在的痼疾，以此来发现自我的潜在能力，并发展自己的个性。因此，女性分裂意识有还原女性本质与提升女性个性的功能，对提高女性地位、实现女性自我价值有积极作用。同时，女性分裂意识也导致她们在创作中对“他审”进行反驳，重新界定女性的身份。因为女性长期处于“被看”的地位，可以说女性是在“父（他）审”—审视社会—审视父权—自审（审美与审丑）的演进过程中认识自我、社会和世界的。这些女作家从重新建构、审视女性在生活中的身份与确立中发现了不合理因素，基于对现实的焦虑与担忧，她们在创作中重新看待自我。泰勒和方方不约而同地颠覆了传统女性形象，将视角集中在了对女性自我痼

① 田泥：《走出塔的女人》，北京：中国社会科学出版社，2005年，18页。

疾的审视，并批判了母性——女性最原始、最自然的生命力。[①] 于是，便诞生出这样一些女性分裂形象：《思》中的波尔和《落日》中的丁母，她们同为父权制的受害者，深受男性伤害，然而却从未觉醒，没有意识到自己的悲剧根源。

总之，泰勒和方方把母性之恶作为新的审视点，对母性正负面及其复杂性的认识进一步深化，增强了对女性人性的思考，在审视社会、反省自我的力度上有了很大的突破。她们在对女性自身的剖析与自责中认识了女性内在的尊严与价值。她们除了强烈批判传统文化与人性负面之外，也对这些母亲形象做了间接批判。她们的作品揭示了女性必须直面自己、反省自己、敢于同既定的文化宿命抗争这一女性自救和重建女性历史的真谛。

四、泰勒与池莉的母性自我反思

自20世纪60年代以来，由于西方女权主义运动和当今社会现代化进程的影响，作为女性主体意识的中外许多女作家与传统的父权主流意识相碰撞，开始重新审视母亲的形象。她们在创作中不再沿袭男作家创作的传统母亲形象，在展现女性人性的传统美德的同时，深入挖掘母亲形象的复杂性，打破了父权文化中的神圣母性神话，揭露母亲丑陋、自私、卑劣的阴暗面。

与泰勒一样，中国“新写实”女作家池莉也是在20世纪80年代成名，在中国文学界有很高的知名度，多部作品多次获奖。泰勒和池莉都善于通过描写日常家庭生活揭示生活的内涵，在创作中都对女性自身进行了审视与反思，通过探寻女性生存现状的困惑与痛苦进而发现了“母亲”这一形象的缺陷与痼疾，她们不约而同地在作品中进行“母亲批判”，展现出母亲形象的阴暗面，通过女性自审意识解构了母亲的“天使”神话，取而代之以“恶魔”形象，这源于她们创作中的分裂意识，因此产生了《思》中的波尔和池莉《你是一条河》（以下简称《你》）中的辣辣这样的女性分裂形象。

泰勒和池莉都从女性的视角展现社会生活。她们都消解了陈旧而传统的伦理与美学评价，使生活与人回归到日常乃至琐碎的生活现象层面上来。她

① 田泥：《走出塔的女人》，北京：中国社会科学出版社，2005年，28页。

们消解了理性，不再美化情感，使人与生活回到现实格局中来，重新安排“女性的命运”。她们的作品都反映了现实的人生，关注的都是普通人的日常生活，都善于通过描写周围平凡的生活故事和细小、微不足道的事情揭示生活的真谛。两部小说都以一个由母亲独立支撑的家庭在几十年里的沧桑变化为线索，展现了普通人生活的重压和人物命运的跌宕起伏。这两个家庭远非平和、宁静的幸福之家，时时、处处充满了冲突、紧张的复杂关系，使得家庭成员孤独寂寞、烦恼不堪、困惑重重，他们之间大多感情疏远、淡漠。两个家庭中的母亲既显示出传统母性的一面，也暴露出对家人无情的阴暗面。泰勒和池莉展现母性的阴暗面是为了进行女性自审。两位作家在两部小说中正是经过这样的女性自审过程而重新审视母亲形象，消解母性神话。

《思》里的波尔和《你》里的辣辣都具有“天使”的某些典型特征，因为她们的全部生活目的都是为了子女和对家人生存的关怀和维护，她们共有的“思家”情结皆源自于她们对于传统女性标准的认同。

波尔年轻时嫁给了推销员贝克·塔尔。但是在孩子们未成年时他离开了他们。波尔将痛苦掩藏在内心，为了使孩子们免受心灵伤害，她决心不告诉他们父亲出走的真相，波尔之所以一直向孩子们隐瞒贝克的出走是希望他们能免受心灵的伤害，不至于为此而自卑，她独自承担着这份内心痛苦。

辣辣与波尔的生活经历相似，在20世纪60年代动荡之时没了丈夫，三十岁便开始守寡，一人养活八个年幼的孩子。没有多少文化，没有固定工作，家境的窘迫迫使她干各种艰苦的体力劳动。在她刚强、泼辣、强悍的气质下掩藏有从未泯灭的母亲天性。当她的双胞胎儿子之一的福子因她的延误而得病后因未及时医治猝然死亡时，辣辣简直“后悔得恨不得一头撞死”。为了一家人的生活，辣辣长期卖血，五十五岁时她的重要器官就已衰竭。

作为传统女性，波尔和辣辣身上具有充分的舐犊之情，凭着母亲的天性以特有的方式“爱”着自己的孩子，可谓具有女人的诸多“传统美德”。然而，她们的“天使”形象却又被其浓重的“恶魔”特征中所淹没，“恶魔”形象反而被彰显。在她的孩子们心目中，波尔完全是一种“恶魔”的形象：喜怒无常、歇斯底里，对他们任意打骂。根源之一是因为个性太强，独断专行，不但在子女未成年时对他们粗暴，而且在他们成年后仍然任意干涉其生活。波尔的家庭悲剧在辣辣家有过之而无不及。像波尔一样，在生活的重压

下，辣辣几乎每天都要打骂孩子，对儿女的教育很不得法。

读者虽然会同情她们为家庭付出的一切，但是更会对她们作为母亲的阴暗面印象深刻，她们的“天使”形象被其“恶魔”形象抹杀，她们所具有母亲传统的完美形象被泰勒和池莉彻底解构了。泰勒和池莉在文本中揭露有悖于传统观念的美好母亲形象的阴暗面，她们揭示了母亲那不为人知的然而是最普遍的真实本相。

泰勒和池莉塑造了与“慈母”形象背道而驰的“恶母”形象，目的是为了进行“母亲批判”。“母性”就是把“母职”变成“统治”，把“母爱”化作“虐待”，子女们会感到母亲的威胁，结果家庭成员间情感“疏离”。将两位母亲与主宰性、虐待性的权力整合在一起会发现她们根本就没有母爱。她们的形象显示了女性文化心理结构的阴暗面，消解了父权中心文化，打破了传统的美好母亲形象。

两部作品中的两位母亲由最初的“天使”变成了“恶魔”形象，这使人们不得不重新思考母亲的本质。女作家“不再对这个父权文化赋予的角色恋恋不舍，不再对被安排在有等级的二元对立席位恋恋不舍，她们不再歌功颂德，要从自身的丑陋上追根溯源，彻底解除产生自己的旧有关系，破坏自身的文化遗传”。“母亲”，这个父权制文化的辅佐者，这个曾经完美的形象被拆解得溃不成形了。这些母亲的自然母性使其子孙得以成长，同时也牺牲了她们的个人本位价值，因而它既伟大崇高，令人肃然起敬，又愚昧、丧失自我，它既是自然、无私的，又与传统的女性价值观念相吻合。这种自然母性烙满了传统父权观念的印记，导致了她们的悲剧人生。

泰勒和池莉就这样通过中、美两个“疏离之家”不约而同地揭开了层层光环笼罩下母亲的真实形象：既是父权制文化的受害者，又是父权制文化的传承者。双重身份挤压下的“伟大的母亲”被还原为一个卑微而又丑陋的女性灵魂，她们竭力为子女们提供一片遮风避雨的屋顶。这确实是博大无私、值得歌颂的母亲形象，但是，在她们所有为使这个家不解体而做的努力中却浸透着父权制文化的烙印，她们不允许孩子们忤逆她，否则就对孩子拳打脚踢，这极不利于他们的心理成长，以至于他们长大后对母亲的记忆仍旧只有“巫婆”的影子。

泰勒通常被归为美国南方女作家，经常和尤多拉·韦尔蒂、威廉·福克

纳及弗兰纳里·奥康纳等作家列在一起，虽然她的出生地离南方很远。相对于很多南方作家来说，她只是后来者，也是个外来者，但她充分利用了当地的生活经验和南方人的身份去进行创作。泰勒是在贵格会教区长大的，这种经历对她的影响可以从她的小说中找到影子。泰勒创作的独特领地是巴尔的摩。这是她自1967年起就生活在其中的城市，她很多小说的背景都定在这个城市。为此，泰勒便作为新一代南方作家的代表人物而为人所知。

泰勒现已跻身美国重要和最有成就的小说家行列。她的小说浅显易懂，很受读者欢迎。如果说给读者带来快乐是小说创作的一大目的的话，安妮·泰勒已经做到了这点，而且还在继续这么做。她小说中人物的生活趣味横生、令人感动，同时又纷繁复杂、多种多样，吸引了大量读者，这使她的小说更加流行。这正是安妮·泰勒的小说在评论界和出版界都获得成功的原因。

结 论

综观英美早期女作家的创作，从 19 世纪中叶至后半期，传统经典女性文学的题材大多以女性的婚姻、爱情、家庭生活和事业为中心，常常通过家庭日常琐细来反映社会风貌，较少描写重大社会问题。20 世纪初，一些有超前意识的女权主义作家具有女性自我意识，塑造了一些有觉醒意识并反抗命运的“新女性”形象。华顿是这一类女作家中的典型代表。

英美当代女性文学的一个共同特征是对父权制的抨击。她们认为父权制是压迫的根源，并通过作品来批判和反对男权社会和传统思想，指出父权制的压迫性。然而，这些作家又有其相异之处。

在英美当代女作家中，丘吉尔、尼·古诺和泰勒仍然沿袭 20 世纪 50 年代之前英国女性文学的传统，大多关注女性的婚姻、爱情、家庭、事业等个人问题，通过小个体的日常生活来反映社会变化，但不直接描绘社会重大问题和女性的联系。她们在女权主义基础上，关注女性如何面对事业和生活相互不协调的压力，社会对其的不认同等精神压力和威胁。她们更加注重女性研究的个性和意识形态问题，刻画了更加丰富、有鲜明特点的形象。

德拉布尔、莱辛、欧茨和金索芙则代表了 20 世纪 70 年代以后英美女作家的创新性创作。她们创作的题材和领域不断拓宽，开始直接关注大的社会背景和女性之间的联系。她们更加直接、具体地关注社会，承担了探寻真理和社会人文主义的责任。德拉布尔将历史、文化融入女性问题之中，莱辛则将种族问题与女性命运相结合，欧茨进行了宏大叙事，关注点涉及道德、司法、政治等更为广阔的美国当代社会生活，金索芙则将她的政治关注、生态关注与社会活动融为一体。她们的创作成就显示出她们对于传统妇女创作的超越。

参考文献

[1] Abbe, Elfrieda. The Margaret Drabble Way. The Writer, 1 Jan. 2006: 20.

[2] Aston, Elaine & Janelle Reinelt. The Cambridge Companion to Modern British Women Playwrights. Cambridge Unit Press, 2000.

[3] Beauvoir, Simone de. The Second Sex. Ed. and trans. H. M. Parshley. London: Jonathan Cape Ltd., 1972.

[4] Bell, Millicent. The Cambridge Companion to Wharton. New York: Cambridge University Press, 1995.

[5] Berger, John. Ways of Seeing. Harmondsworth: Penguin, 1972.

[6] Berger, John. Best American Short Stories of 2001. Houghton Mifflin, 2001.

[7] Betts, Doris. Review of If Morning Ever Comes. Raleigh News and Observer, 29 November 1964.

[8] Bonner, Frances et al. Imagining Women—Cultural Representation and Gender. Cambridge: Polity Press, 1992.

[9] Butler, Judith. Gender Trouble, Feminist Theory, and Psychoanalytic Discourse. Psychoanalysis and Woman a Reader. Ed. Shelley Saguaro. Basingstoke: Macmillan Press, 2000: 324 –340.

[10] Churchill, Carl. Top Girls. Continuum International Publishing Group Ltd., 2008.

[11] Clemons, Walter. Joyce Carol Oates: Love and Violence. Newsweek, 11 Dec. 1972: 77.

[12] Clemons, Walter. Transformations of Self: An Interview with Joyce Carol Oates. Ohio Review, 1973.

[13] Colquitt, Clare et al. Edith Wharton. Newark: Uni. Of Delaware Press, 1999.

[14] Chun an téacs seo a léamh as Gaeilge, brú anseo. Poetry in Irish. Ed. Gréagóir Ó Dúill, Spring 2001. <http: // www. poetryireland. ie/ irishpoetry/ peotryirish. htm>.

[15] Cook, Judith. Daphne: A Portrait of Daphne Du Maurier. London: Bantam Press, 1991.

[16] Cornish, Roger & Violet Ketels. Introduction to Top Girls. Landmarks of Modern British Drama: The Plays of the Seventies. London: Methuen, 1986.

[17] Dale, Daphne. Our Manners and Social Customs: A Practical Guide to Deportment, Easy Manners, and Social Etiquette. Chicago and Philadelphia: Elliot and Beazley, 1891.

[18] Davis, Jeffrey S. The Astrakhan Cloak by Nuala Nf Dhomhnaill. 11 November 1999. < http: //www. msu. edu/davisjef/papers/cloak. htm>.

[19] Dhomhnaill, Nuala Ni. The Language Issue – Ceist na Teangan. < http: //www. irishpage. corn/poems/ pharoah. htm>.

[20] Dhomhnaill. Pharoh's Daughter. Trans. Seamus Heaney, etc. Oldcastle: Gallery Press, 1990.

[21] Dhomhnaill. Rogha Danta. Trans. Michael Hartnett. Dublin: New Island Books, 1988.

[22] Dhomhnaill. Why I Choose to Write in Irish, The Corpse That Sits up and Talks back. The New York Times Book Review, 8 January 1995.

[23] Doody. Margaret Anne. Frances Burney: The Life in the Works. New Brunswick, New Jersey: Rutgers University Press, 1988.

[24] Doyle, R. Erica. Barbara Kingsolver: The Bellwether Prize. Ms., June/ July (2001): 89.

[25] Erlich, Gloria C. The Sexual Education of Edith Wharton. Berkeley: University of California Press, 1992.

[26] Erlich, Gloria C. Early Poetry, Stark Campus. Kent State University 2001. <http: //www. people. Virginia. edu/dpm5h/riley. html>.

[27] Erlich, Gloria C. Fantastic Fiction. Nov. 21, 2008. < http: // www. fantasticfiction. co. uk/ o/joyce – carol – oates/ >.

[28] Erlich, Gloria C. Toward a Feminist Poetics. Selective Readings in 20th Century Western Critical Theory. Ed. Zhang Zhongzai et al. Beijing: Foreign Language Teaching and Research Press, 2002: 465 – 487.

[29] Flax, Jane. Postmodernism and Gender Relations in Feminist Theory. Feminism/ Postmodernism. Ed. Linda J. Nicholson. New York: Routledge, 1990: 30 – 62.

[30] Flax, Jane. Frequently Asked Questions. Retrieved May, 2010. < http: //www. kingsolver. com/ faq/about – writing. html#11 >.

[31] Forster, Margaret. Daphne du Maurier. London: Chatto & Windus, 1993.

[32] Foucault, Michel. Discipline and Punish: The Birth of the Prison. Harmondsworth: Penguin, 1979.

[33] Fracasso, Evelyn E. Edith Wharton's Prisoners of Consciousness. Westport: Greenwood Press, 1994.

[34] Gergen, Mary. Feminist Reconstructions in Psychology. London: Sage Publications Inc., 2001.

[35] Gilbert, Sandra M. Susan Gubar. The Madwoman in the Attic: The Woman Writer and the Nineteenth – Century Literary Imagination. Yale University Press, 1984.

[36] Gilbert, Sandra M. Susan Gubar. No Man's Land: The Place of the Woman Writer in the Twentieth Century, Volume 3: Letters from the Front. Yale University Press, 1996.

[37] Gilbert, Susan. Private lives and Public Issues: Anne Tylor's Prize – winning Novels. in The Fiction of Anne Tylor, ed. Ralph Stephens, 1999.

[38] Gilman, Charlotte Perkins. Women and Economics: A Study of the Economic Relation between Men and Women. The Yellow Wallpaper and Other Writings. New York: Bantam, 1989: 134 – 200.

[39] Glicksberg, Charles. The Literature of Silence. Centennial Review, 1970.

[40] Goodman, Susan. Edith Wharton's Composed Lives. In A Forward

Glance: New Essays on Hawthorne, Nathaniel. Letters of Hawthorne to Willam Ticknor, 1851 – 1864. Newark, N. J.: Carteret Book Club, 1910: 75.

[41] Grant, Mary Kathryn. The Tragic Vision of Joyce Carol Oates. Durham, N. C.: Duke Uni. Press, 1978.

[42] Grant, Michael. Interview. Books. Co., KAET – TV, April 4, 2002.

[43] Greenberg, Scott R. Poetry In Emotion. Pitch – Weekly, March 15 2001. < http: // www. pitch. com/issues/2001 – 03 – 15/niteday2. html > .

[44] Green, Nicholas. The Spectacle of Nature: Landscape and Bourgeois Culture in Nineteenth – century France. Manchester: Manchester University Press, 1990.

[45] Grennen, Joseph E. Geoffrey Chaucer's Canterbury Tales. Trans. Li Jinda. Beijing: Foreign Languages Teaching and Research Corporation, 1997: 206.

[46] Guthrie, Danille Taylor. Conversations with Toni Morrison. Jacksott University Press of Mississippi, 1994.

[47] Heilma, Ann. New Woman Fiction—Women Writing First – wave Feminism. New York: St. Martin's Press, 2000.

[48] Heilma, Ann. Holy Bible. Nanjing: National Tspm & CCC, 2000.

[49] Horner, Avil. Daphne du Maurier: Writing, Identity and the Gothic Imagination. London: Macmillan Press Ltd, 1998.

[50] Janeway, Elizabeth. Contemporary American Literature · American Woman Literature. Beijing: China Literature Combination Publishing House, 1984.

[51] Joslin, Katherine. Women Writers: Edith Wharton. New York: St. Martin's Press, 1991.

[52] Keyssar, Helen. The Dramas of Caryl Churchill: The Politics of Possibility. Massachusetts Review, Spring 1983.

[53] Kingsolver, Barbara. The Bean Trees. New York: Harper & Row, 1990.

[54] Kingsolver, Barbara. High Tide in Tucson: Essays from Now or Never (essays). New York: HarperCollins, 1991.

[55] Kingsolver, Barbara. Holding the Line: Women in the Great Arizona Mine Strike of 1983. Ithaca, N. Y.: Cornell University Press, 1989.

[56] Kingsolver, Barbara. The Lacuna. Harper Collins Publishers, 2009.

[57] Kingston, Maxine Hong. The Woman Warrior Memoirs of Girlhood Among Ghosts. New York: Alfrd A Knopf, Inc., 1984.

[58] Kuehl, Linda. An Interview with Joyce Carol Oates. Commonweal. No. 5 (1969): 307-310.

[59] Lee, Siegel. Sweet and Low. New Repulic, Vol. 220. No. 12, March 22 (1999): 30-37.

[60] Lewis, R. W. B. Edith Wharton: A Biography. New York: Fromm International Publishing Corporation, 1985.

[61] Li, Jin. Maria's Traditional Value and Eve's Independent Consciousness—American Women Writers and their Female Images in Mid 1800s. American Studies 1 (1996): 105-122.

[62] MacComb, Debra Ann. New Wives for Old: Divorce and the Leisure-Class Marriage Market in Edith Wharton's The Custom of the Country. American Literature, 68 (1996): 765-797.

[63] McFerran, Ann. The Theatre's (Somewhat) Angry Young Women. Time Out, 28 Oct. - Nov. 1977: 13.

[64] McMahon, Regan. Barbara Kingsolver: An Army of One. San Francisco Chronicle. April 28, 2002.

[65] McMichael, George. Anthology of American Literature. 2nd ed. 2 Vols. New York: Macmillan Publishing Co. Inc., 1974.

[66] Michael, Krevling. Understanding Eudora Welty. Columbia: University of South Carolina Press, 1985.

[67] Morris, Pas. Literature and Feminism. Oxford: Balckwell, 1993.

[68] Montgomery, Maureen E. Displaying Women. New York: Routledge, 1998.

[69] Morris, Pam. Literature and Feminism. Oxford: Blackwell, 1993.

[70] Nye, Robert D. Three Perspectives from Freud, Skinner, and Rogers

(5th Edition). New Paltz Brooks: Cole Publishing Company, 1996.

[71] Nettels, Elsa. Language and Gender in American Fiction. Houndmillos: Macmilian Press LTD, 1997.

[72] Nicholson, Linda J. Feminism/Postmodernism. New York: Routledge, 1990.

[73] Nin, Anais. The Novel of the Future. New York: Macmillan, 1968.

[74] Ning. Unknown Edith Wharton. Foreign Literature Review 1 (2001): 151 - 152.

[75] Ning, Xin. The Pioneer of Feminism: Mrs. Wharton. Selected Stories of Edith Wharton. Beijing: Foreign Language Press, 2000.

[76] Oates, Joyce Carol. A Fair Maiden, New York: Houghton Mifflin Harcourt, 2010.

[77] Oates, Joyce Carol. Art: Therapy and Magic. American Journal, No. 1 (1973): 2.

[78] Oates, Joyce Carol. A Sentimental Education, Stories. New York: Dutton (1980): 56 - 78.

[79] Oates, Joyce Carol. An American Tragedy. New York Times Book Review, 24 (1971): 2.

[80] Oates, Joyce Carol. The Edge of Impossibility: Tragic Forms in Literature. New York: Vanguard Press, 1974.

[81] Oates, Joyce Carol. A Garden of Earthly Delights, New York: Vanguard Press, 1967.

[82] Oates, Joyce Carol. Little Bird of Heaven. New York: Ecco/HarperCollins Publishers, 2009.

[83] Oates, Joyce Carol. My Sister, My Love: the Intimate Story of Skyler Rampike. New York: Ecco Press, 2008.

[84] Oates, Joyce Carol. New Heaven, New Earth: The Visionary Experience in Literature. New York: Vanguard Press, 1974.

[85] Oates, Joyce Carol. Scenes from American Life. New York: Random House, 1973.

[86] Oates, Joyce Carol. Them. New York: Vanguard Press, 1969.

[87] Oates, Joyce Carol. The Visionary Art of Flannery O'Connor. Southern Humanities Review. 7. (Summer 1973): 242.

[88] O'Brien, Sharon. Edith Wharton and Willa Cather. Contemporary Literature, 1 (1988): 125 - 128.

[89] Olderman, Raymond M. Beyond the Wasteland: The American Novel in the Nineteen - Sixties. New Haven: Yale University Press, 1972.

[90] O'Neil, Mary R. Superstition. The Encyclopedia of Religion. Vol. 14 Ed. Mircea Eliada. New York: Macmillan Publishing Company, 1987,

[91] Pan, Jian. Lily Bart: Sacrifice of Patriarchal Society. Foreign Literature Studies 1 (2000): 126 - 130.

[92] Pan, Jian. Review of the Study of American Writer Edith Wharton. Foreign Literature Studies, 1 (2002): 161 - 164.

[93] Perry, Donna. Backtalk: Women Writers Speak Out. New Brunswick, N. J.: Rutgers University Press, 1993.

[94] Prenshaw, Whitman. Conversations with Eudora Welty. Jackson: University Press of Mississippi, 1984.

[95] Price, Kenneth M. & Phyllis McBride. "The Life Apart": Text and Contexts of Edith Wharton's Love Diary. American Literature, 66 (1994): 663 - 688.

[96] Pu, Yangxiang et al. Twentieth Century American Literature. Beijing: Beijing Normal University Press, 1984.

[97] Ricoeur, Paul. The Symbolism of Evil. New York: Harper and Row, 1967.

[98] Ross, Jean W. Interview. Contemporary Authors, Vol. 134. Detroit: Gale Research, (1992): 284 - 290.

[99] Rubin, Sylvia. Africa Kept Its Hold on Kingsolver. San Francisco Chronicle, Oct. 30 (1998): 3.

[100] Rubinstein, Annette T. American Literature Root and Flower. Vol. 2. Beijing: Foreign Language Teaching and Research Press, 1988.

[101] Rubinstein, Roberta. The Mark of Africa. World I, Vol. 14. No. 4, April (1999): 254.

[102] Salwak, Dale. Anne Tylor as Novelist. Iowa City: University of Iowa Press, 1994.

[103] Scholes, Robert. The Fabulators. New York: Oxford University Press, 1967.

[104] Schorer, Mark. McCullers and Capote: Basic Patterns, in The Creative Present. Ed. Nona lialakian and Charles Simmons. New York: Gordian Press Inc., 1963.

[105] Scott, Mary. Solomon's Wisdom. New Statesman & Society. 10 Dec. (1993): 40.

[106] Selden, Raman. Contemporary Literary Theory. Sussex: The Harvester Press Limited, 1985.

[107] Siegel, Lee. Sweet and Low. New Repulic. Vol. 220, No. 12, March 22 (1999): 30 –37.

[108] Singh, Alka. Margaret Dribble's Novels: The Narrative of Identity. Delhi, India: Academic Excellence, (2007): 187.

[109] Singley, Carol J. Edith Wharton: Manners of Mind and Spirit. Cambridge: Cambridge University Press, 1995.

[110] Showalter, Elaine. A Literature of Their Own: British Women Novelists from Bronte to Lessing. Princeton: Princeton University Press, 1977.

[111] Showalter, Elaine. Sister's Choice: Tradition and Change in the American Women's Writing. New York: Cambridge University Press, 1991.

[112] Stevik, Philip. The Theory of the Novel. New York: The Free Press, 1967.

[113] Stovel, Nora Foster. Margaret Drabble: The Red Queen. International Fiction Review (Jan. 2007): 191.

[114] Snodgrass, Mary Ellen. Barbara Kingsolver: A Literary Companion. Jefferson, North Caroline: McFarland & Company, Inc., Publishers, 2004.

[115] Straub, Kristina. Women, Gender, and Criticism. Modern Criticism

and Theory · 3. Ed. David Lodge. New York: Longman Inc., (1988): 856 – 879.

[116] Sun, Weihong. Tragedy of Contemporary Women. Jiangyin Normal College Journal, 3 (1988): 87 – 89.

[117] Susan, Goodman. Edith Wharton's Composed Lives, In A Forward Glance: New Essays on Edith Wharton. Ed. Clare Colquitt et al. Newark. Uni. Of Delaware Press, 1999.

[118] Smith, Joyce Carol. Ritual and Violence in Flannery O'Connor. Thought, 41 (Winter 1966).

[119] Smith. The Hostile Sun: The Poetry of D. H. Lawrence. Los Angeles: Black Sparrow Press, 1973.

[120] Tan, Amy. The Joy Luck Club. New York: Ivy Books, 1989.

[121] Tao, Xi. New Females in "Old New York" —On Wharton's Life Experiences and Female Characters in her Novels. Anthology of British and American Literature Research. Ed. Yu Jianhua. Vol. 1. Shanghai: Shanghai Foreign Language Education Press, 2000: 290 – 300.

[122] Truman, Cheryl. Author Joyce Carol Oates is Always at Her Finest. Nov. 20, 2008. <http://www.kentucky.com/692/story/515390.html>.

[123] Turner, W. Craig, et al. Critical Essays on Eudora Welty. Boston, Mass.: G. K. Hall, 1989.

[124] Tyler, Anne. Saint Maybe. Ballantine Books, 1991.

[125] Unamuno, Miguel de. The Tragic Sense of Life. London: Macmillan, 1926.

[126] Waid, Candace. Edith Wharton's Letters from the Underworld: Fictions of Women and Writing. Chapel Hill: The University of North Carolina Press, 1991.

[127] Walker, Alice. In Search of Our Mother's Garden. New York Harcourt Brace Jovanovich, 1983.

[128] Watkins, Susan. Twentieth – Century Women Novelists. Bsingstoke: Palgrave, 2001.

[129] Welty, Eudora. The Golden Apples. New York: Harcourt Brace Jo-

vanovich, 1976.

［130］ Weng, Dexiu. Feminist Thinking in British and American Literature. Journal of Jilin University, 5 (1990): 59 – 63.

［131］ Wharton, Edith. Ghosts. D. Appleton – Century Company, Incorporated, 1937.

［132］ White, Barbara. Edith Wharton: A Study of the Short Fiction. New York: Twayne, Publishers, 1991.

［133］ William, Raymond. Modern Tragedy Standford: Standford University Press, 1966.

［134］ Wolff, Cynthia Griffin. A Feast of Words: The Triumph of Edith Wharton. New York: Oxford University Press, 1977.

［135］ Woodman, Marion. "Taking it Like a Man": Abandonment, in The Creative Woman. Ed. Shelley Saguaro. Psychoanalysis and Woman a Reader. Basingstoke: Macmillan Press LTD, 2000.

［136］ Zhao, Huizhen and Shi Juhong. An Early – withered Lily—The Study of the Tragic Reason of Lily, the Heroine in The House of Mirth. Journal of Lanzhou University, 4 (1999): 151 – 155.

［137］ 艾米丽·勃朗特：《呼啸山庄》，方平译，上海：上海译文出版社，1988 年。

［138］ 安妮·泰勒：《思家饭店的晚餐》，北京：外国文学出版社，1988 年。

［139］ 芭芭拉·金索芙等：《自耕自食·奇迹的一年：动物，蔬菜，奇迹》，唐勤译，台北：天下远见出版股份有限公司，2008 年。

［140］ 巴尔加斯·略萨：《中国套盒——致一位青年小说家》，赵德明译，天津：百花文艺出版社，2001 年。

［141］ 查尔斯·鲁亚斯：《美国作家访谈录》，粟旺等译，北京：中国对外翻译出版公司，1995 年。

［142］ 陈慧：《弗洛伊德与文坛》，广州：花城出版社，1988 年。

［143］ 陈晓兰：《女性主义批评与文学诠释》，兰州：敦煌文艺出版社，1999 年。

［144］程倩：“历史还魂，时代回眸”，《外国文学》，2010 年第 6 期，54 – 62 页。

［145］“当代英语戏剧”，2006 – 4 – 6 <http：//fb14. uni – mainz. de / projects /cde /bibl /churchil. htm >.

［146］多丽丝·莱辛：“一个未婚男人的传奇故事”，孔保尔译，《译林》，2008 年第 2 期，155 – 163 页。

［147］方方：《落日》，北京：群众出版社，2004 年。

［148］何畏：《谜信论——对盲目信仰的哲学反思》，长沙：中国工业大学出版社，1999 年。

［149］华莱士·马丁：《当代叙事学》，北京：北京大学出版社，2005 年。

［150］海登·怀特：“历史主义、历史与修辞想象”，见张京媛《新历史主义与文学批评》，北京：北京大学出版社，1993 年。

［151］黄必康：“建构叙述声音的女性主义理论”，《国外文学》，2001 年第 2 期，117 页。

［152］金莉：“十九世纪中叶美国女性作家”，《美国研究》，1996 年第 1 期，28 页。

［153］李良玉：“玛格丽特·德拉布尔访谈录”，《当代外国文学》，2009 年第 3 期，153 – 163 页。

［154］林丹娅：《当代中国女性文学史论》，厦门：厦门大学出版社，1995 年。

［155］刘慧英：《男权传统的藩篱》，北京：生活·读书·新知三联书店，1996 年。

［156］刘阳：“生命交织，命运轮回——玛格丽特·德拉布尔《红王妃》女性形象解读”，《内蒙古农业大学学报》，2008 年第 6 期，396 – 398 页。

［157］康正果：《女权主义与文学》，北京：中国社会科学出版社，1994 年。

［158］罗婷：《西方女性主义文学批评在西方与中国》，北京：中国社会科学出版社，2004 年。

［159］玛格丽特·德拉布尔：《红王妃》，杨荣鑫译，昆明：云南教育出

版社，2007 年。

［160］潘建："自然的世界，超自然的力量——论伊迪丝·华顿的鬼故事"，《国外文学》，2003 年第 4 期，94 页。

［161］邱匀："种族隔离阴影下的南非妇女"，见陶洁《域外女性》，北京：北京大学出版社，1995 年。

［162］苏珊·S. 兰瑟：《虚构的权威——女性作家与叙述声音》，黄必康译，北京：北京大学出版社，2005 年。

［163］申丹：《叙述学与小说文体学研究》，北京：北京大学出版社，2004 年。

［164］申丹、韩加明、王丽亚：《英美小说叙事理论研究》，北京：北京大学出版社，2005 年。

［165］寿静心：《女性文学的革命——中国当代女性主义文学研究》，北京：中国社会科学出版社，2007 年。

［166］陶洁：《域外女性》，北京：北京大学出版社，1999 年。

［167］田泥：《走出塔的女人》，北京：中国社会科学出版社，2005 年。

［168］王岳川：《后殖民主义与新历史主义文论》，济南：山东教育出版社，1999 年。

［169］伊迪丝·华顿：《纯真时代》，赵兴国、赵玲译，南京：译林出版社，2002 年。

［170］伊迪丝·华顿《欢乐之家》，赵兴国、刘景堪译，南京：译林出版社，1995 年。

［171］"英国当代作家艺术评议"，2006 -4 -5 <http：//www. contemporarywriters. com/author/p =auth259 >.

［172］王大力：《韦尔蒂和她的小说：美国当代小说家论》，北京：中国社会科学出版社，1987 年。

［173］王洪、吴岳添：《世界短篇小说名著鉴赏词典》，北京：燕山出版社，1990 年。

［174］王黎明、王力：《"风水"中的科学与迷信》，成都：西南师范大学出版社，1991 年。

［175］王守仁等：《性别·种族·文化——托妮·莫里森与二十世纪美

国黑人文学》，北京：北京大学出版社，1999 年。

［176］翁德修等：《美国黑人女性文学》，长春：吉林大学出版社，2000 年。

［177］西蒙·德·波伏娃：《第二性》，陶铁柱译，北京：中国书籍出版社，1998 年。

［178］轩辕居士："朝鲜王朝历代国王考证"，2008－6－10 <http：//www. 1history. cn/ archiver/ tid－162511. html>。

［179］杨仁敬：《20 世纪美国文学史》，青岛：青岛出版社，1999 年。

［180］詹姆斯·费伦：《作为修辞的叙事》，陈永国译，北京：北京大学出版社，2005 年。

［181］张进：《新历史主义与历史诗学》，北京：中国社会科学出版社，2004 年。

［182］张京媛：《新历史主义与文学批评》，北京：北京大学出版社，1993 年。

［183］资中筠：《20 世纪的美国》，北京：生活·读书·新知三联书店，2007 年。

后 记

我对英美女性文学的兴趣始于读硕士研究生阶段，由当时有一点儿兴趣到逐渐关注女性人物到专注于研究女作家的作品。时光如梭，如今十多年过去了，我在这方面的研究逐渐系统化，这本书的出版也就顺理成章了。

我的研究追溯了英国和美国女性文学的发展历程，涵盖了19世纪到20世纪晚期英美一些代表性女作家的作品。这本书之所以能够如期完成，其中凝聚了多位师长、朋友和亲人的指导、帮助和呵护。

在此，我首先献上对博士生导师郭英剑教授最真挚的谢意，他引导我走上学术之路，在学术上给予了我许多点拨和启发，使我受益颇深。我还要将敬意致以陈世丹教授、杨金才教授、申富英教授和贾冠杰教授，他们在学术上给予我的无私帮助令我终身难忘。

我还要感谢经济管理出版社的张艳主任，在她的大力支持和帮助下，这本书得以顺利问世。在此表示衷心的谢意！

最后的谢意和愧疚留给我的家人，父母和我的先生及儿子全心全力地支持我的工作和学习，毫无怨言。亲情成为我学习的动力，促使我竭尽全力读好每一本书。我深知，师恩深重，友情深厚，亲情无私，一个“谢”字难以带过，他们是我热爱生活、继续探索的源泉。

杨建玫

2012年11月